2016年度公安文学精选（纪实文学卷）

铁笼沉湖

全国公安文联 ◎ 选编

代表本年度中国公安文学最高创作水平

一年一度的中国公安文学盛宴

群众出版社·北京

图书在版编目（CIP）数据

铁笼沉湖：纪实文学卷／全国公安文联编 .—北京：群众出版社，2018.6

（2016年度公安文学精选）

ISBN 978-7-5014-5834-9

Ⅰ.①铁… Ⅱ.①全… Ⅲ.①纪实文学—作品集—中国—当代 Ⅳ.①I25

中国版本图书馆CIP数据核字（2018）第117700号

铁笼沉湖

全国公安文联　选编

出版发行	：群众出版社
地　　址	：北京市丰台区方庄芳星园三区15号楼
邮政编码	：100078
经　　销	：新华书店
印　　刷	：北京市泰锐印刷有限责任公司
版　　次	：2018年7月第1版
印　　次	：2018年7月第1次
印　　张	：7.125
开　　本	：880毫米×1230毫米　1/32
字　　数	：205千字
书　　号	：ISBN 978-7-5014-5834-9
定　　价	：38.00元
网　　址	：www.qzcbs.com
电子邮箱	：qzcbs@sohu.com

营销中心电话：010-83903254

读者服务部电话（门市）：010-83903257

警官读者俱乐部电话（网购、邮购）：010-83903253

文艺分社电话：010-83903973

本社图书出现印装质量问题，由本社负责退换

版权所有　侵权必究

出版说明

为深入贯彻党的十九大精神和习近平总书记在文艺工作座谈会上的讲话等系列重要讲话精神，积极落实公安部关于推动公安文化大发展大繁荣的实施方案中提出的"推出更多公安题材优秀文化作品，出版年度公安文学精选"的要求，进一步加强公安队伍思想文化建设，服务公安现实斗争，着力打造公安文化品牌，推出公安文学精品，发现和扶持公安文学创作人才，满足新时期公安民警对公安文化的新期待、新需求，同时更好地满足广大读者对优秀公安文学作品的阅读需求，全国公安文联和中国人民公安出版社决定继续编选、出版"2016年度公安文学精选"。

由全国公安文联编选的"年度公安文学精选"迄今为止已出版了十九卷，即"2011年度公安文学精选"共三卷，含中篇小说卷《特殊任务》、短篇小说卷《结案风波》、纪实文学卷《追捕始于新婚之夜》；"2012年度公安文学精选"共四卷，含中篇小说卷《归案》、短篇小说卷《编外神探》、纪实文学卷《亮剑湄公河》、散文诗歌卷《我的贺年卡》；"2013年度公安文学精选"共三卷，含中篇小说卷《命运之魅》、短篇小说卷《沙堡》、纪实文学卷《追捕深海"掠食者"》；"2014年度公安文学精选"共四卷，含中篇小说卷《派出所长》、短篇小说卷《无处可逃》、纪实文学卷《"猎狐"行动》、散文诗歌卷《心中有座百草园》；"2015年度公安文学精选"共五卷，含中篇小说卷《风住尘香》、短篇小说卷《神算》、纪实文学卷《刑警"803"》、散文诗歌卷《秘密》、网络文学卷《背后有眼》。以上作品出版后，受到了广大读者，特别是全国各级公安机关民警的欢迎和喜爱。

　　"2016年度公安文学精选"的入选作品，均为发表后受到读者广泛好评并产生较好社会效益的优秀公安文学作品，代表2016年度中国公安文学在中篇小说、短篇小说、纪实文学、散文、诗歌体裁中的最高创作水平，在思想性和艺术性方面具有突出特色，是奉献给广大关心和热爱公安文学的读者的精神大餐。

　　"2016年度公安文学精选"共出版四卷，即中篇小说卷、短篇小说卷、纪实文学卷、散文诗歌卷。

　　这是中国公安文坛第六次举办全国性年度公安文学作品精选的征集选编活动。该活动由中国公安文学精选网协办。

"年度公安文学精选"编委会办公室
2018年5月16日

目 录

铁笼沉湖
　　——杭州下城"6·10"千峡湖铁笼沉湖杀人案侦破
　　纪实／孙　侃 ························ 1

天不藏奸／闫　平 ························ 40

重走长征路：侗乡苗寨的"边关大将"／欧阳伟 ········ 66

我在意大利当巡警／胡　杰　吴　迪 ············ 80

女法医的无瑕人生／吴　迪 ················ 101

飞行，女警的青春梦
　　——记上海市公安局警务航空队飞行员卜佳露／曹国柱
　　 ································ 117

洗刷灵魂的"青春组"
　　——记天津市公安局第一强制隔离戒毒所青少年
　　监室／谢沁立 ························ 126

360张汇款单／谢沁立 ································ 134

看见·发现
——小记上海市浦东新区公安分局刑侦支队八队民警
　　黄剑辉／陈　虹 ······································ 140

社区民警高宝来／张和平 ···························· 147

西子湖畔的温暖警营／马树德 ···················· 184

草根警察的滴水人生／夏晓露 ···················· 195

铁笼沉湖[①]

——杭州下城"6·10"千峡湖铁笼沉湖杀人案侦破纪实

孙 侃

这是曾经震惊全国的沉尸案,著名企业家为何被杀?公安部门怎样破案?铁笼内到底隐藏了多少秘密?为解开这起骇人听闻的铁笼沉湖杀人案,公安机关不惜代价全力以赴侦查追寻杀人证据,先后四次大规模搜寻,耗时两年半,最终揭开了谜底。在依法治国呼声日益强烈的今天,此案无疑具有警示意义。

---

① 本文原名《追寻》。

这是一只长宽高均不足一米的自制铁质猪笼，这只铁笼沉在百米深的水底长达840多天。为了让这只铁笼重见天日，杭州下城警方耗费大量人力物力，前后实施了四次大规模搜寻行动，终于将其成功打捞出水，从而完成了全国公安史上难度最大、足以载入刑事侦查史册的深水打捞！

下城警方为何要如此全力以赴、不惜一切代价地搜寻这只铁笼？搜寻以及打捞的过程中克服了多少难以想象的困难？铁笼对案件侦破和法院庭审有着怎样关键性的作用？而这又是一起什么样的凶案？它的来龙去脉又如何？

一、百米深水下，铁笼露踪影

2014年12月28日，浙南地区青田县，千峡湖（滩坑水库）巨大的湖面上。冬日已渐渐斜入西侧，湖面上波浪起伏，寒风一阵紧似一阵。一条钢质驳船一直在忙碌，这是杭州市下城区公安分局"6·10"专案组的工作驳船。此时，执行搜寻打捞任务的民警和专家都在紧张工作，端坐在监视仪显示屏前的专案组人员，仔细监看着水下机器人"老虎"（简称ROV）从百米水下传输回来的每一帧水下影像，不放过任何一处疑点。四周静寂，人们甚至可以听得见彼此的心跳。

"这是什么？大家快来看！"

下午4点多，下城刑侦大队副大队长吴信炎在淤泥翻滚的水底中，发现了一个形似脚掌的物体。他突然意识到了什么，不禁"疯狂"地大喊。众人从未见过一向沉稳镇定的吴大队长竟如此"失态"，便从打捞工作船的各个位置向船舱中央飞快地跑过来，围紧在显示屏前。

没错，这是一个人的脚掌，不可能是别的东西！ROV操控专家殷宏伟操控着水下机器人"老虎"，从各个不同角度一遍遍扫描这一物体——人形脚掌更清晰了，它的轮廓、形状、表皮……接着，众人又渐渐看清了类似铁笼横档的铁条。

现场的气氛紧张而兴奋，每个人的心都被提到喉咙口。一直在打捞现场指挥的下城公安分局副局长巢震宇竭力控制住激动的情绪，命令在场的专案组成员反复查看验证。"老虎"便绕着这目标继续缓缓转圈。专家组一致确认：显示屏上这一铁笼状器物以及笼内人形物体，确是已寻找了两年多的此案关键证据。该物体位于北山大桥 8 号桥墩东南方向 4 米处的一条深沟中，距水面深度为 83 米。

"找到了，找到了！"

终于，再也遏制不住兴奋的众人放声欢呼，因长期的辛劳而累积在身上的压力，一下子释放出来了。

是的，就在这天上午，持续多日的第四次搜寻工作又经历了一次失败，原本以为希望较大的一处水底，虽经木箅梳头般反复搜索，但最终无功而止。当筋疲力尽的人们知道又白耗了不少时间精力时，难免泄气。有几名年轻民警蹙紧眉头，拉着电缆，嘴里呜呜叫着，恨不得钻入这深达百米的水底去探个究竟。人们好不容易才让自己平静下来，继续思索下一步的行动。

正午过后，太阳慢慢西斜，但天色还未转暗。趁湖面波浪稍缓，众人调整好情绪，再次鼓起勇气，准备进行新一轮搜寻。此刻，众人忽地想起有一位当地船老大说过，北山大桥 8 号桥墩下面，原先是一条七拐八折的盘山公路，两侧山高约为 11 米。水库蓄水后，这两座山之间的公路便成了一条深沟。这沟究竟有多深，沟里有没有容易缠牢"老虎"的异物，这些都不知道。没错，去那儿探寻不无风险，万一像上回那样"老虎"被杂物缠住，十天半月上不来就麻烦了。但在连日搜寻都没结果的当口，是不是应该去那儿探个险？专案组经慎重研究，决定在尽力保证人员、设备安全的前提下，让"老虎"向那个未曾探测过的疑点移动、搜索，再移动，再搜索……

谁知，数百天的期待和努力，竟然在这一天有了令人振奋的成果！

众人放声欢呼过后，巢震宇副局长等专案组成员初步分析，装有人质的铁笼是在往千峡湖推下去时，先落在了水下的山梁上，又沿着山坡，翻滚到了山间这条公路一侧，这是最不容易被发现的地方。

铁证已被找到的大好消息，在第一时间从青田传到了杭州，传到了密切关注打捞进展的下城区公安分局和上级有关部门。下城区委常委、公安分局局长郑洪彪再三叮嘱专案组：在确保万无一失的前提下，尽快把这一关键证据打捞出水！

2015年1月6日，铁笼打捞开始。因铁笼沉在水下已有多时，铁笼门也处于半敞开状态，加之水下情况复杂，打捞存在一定难度。专程赶到现场的郑洪彪局长和巢震宇副局长等领导全程指挥，及时决策打捞过程中的诸多环节，化解难题。当晚7时许，在众人热切的目光中，铁笼被起吊器渐渐吊出水面，最后稳稳落在工作船上……

由此，失踪920多天，且已在水底下沉了840多天的被害人被找回，下城区公安分局完成了全国公安史上难度最大、足以载入刑事侦查史册的深水打捞！

此时，距即将开始的第四次庭审时间只有一个月，离向检方提交关键证据的最后时限仅剩四天！

艰难曲折的铁证搜寻终告成功，这起大案的来龙去脉发人深省。让我们回到案件的起点，细细追述这篇公安民警与犯罪分子斗智斗勇、比拼意志的传奇故事吧。

二、巨债起纷争，老板遭绑架

"快去救救我的老板！"

2012年6月11日，天刚蒙蒙亮，一名李姓小伙子神色焦灼地走进下城公安分局武林派出所，说自己的老板张宏昨晚被一伙人带走了，整整一个晚上都没有音讯。他还提供了一条重要线索，老板与一个名叫胡方权的温州人有巨额债务纠纷，很可能已被这姓胡的非法拘禁。

接警的民警仔细听完，已在细细分析报案者所讲的究竟是真是假。在民间债务纠纷案中，尽管有时会发生谈判破裂而惹出拷打、拘禁之类的歹事，但有时也会以居间调解、互相退让等方式化解僵局，握手言欢，有的还会在重新和好后，好好搓一顿乃至玩个通宵。这回会不会又是一场虚惊？

"我说的全是真的！我们老板肯定被他绑架了，这个胡方权是个敢下毒手的人！"因为心急，李姓小伙子的回忆有些语无伦次：张宏在昨晚7时20分给他发来过手机短信，但只有"温德姆酒店"这几个字，别的什么内容都没有，这说明那边的情况不允许张宏说得更详细；昨晚11时他又接到张宏妻子的短信，说那伙人向她索要5000万元巨额赎金，声称见钱放人；张宏妻子通过各种关系想与对方商量，对方的态度非常强硬，一点儿让步的意思都没有。

如果真是这样，那便是一起典型的因债务纠纷引起的非法拘禁！武林派出所接警后，马上派出民警前往该酒店侦查。

下城区凤起路与环城西路交叉口，距景色怡人的西湖景区仅一步之遥的地方，一座富丽堂皇而又风姿绰约的高档酒店矗立着，这便是杭州温德姆至尊豪廷酒店。进入酒店，查看现场，询问证人，调取并查看酒店监控视频……民警们的侦查从该酒店开始，对于事发时的那段视频尤其关注，几乎逐个查看。

据视频显示，6月10日晚6点30分左右，一辆奥迪Q7轿车出现在酒店大门口，挺着啤酒肚的胡方权从轿车左后座内走出，张宏从右后座下车，两人一前一后走进了通往酒店客房的电梯。57分钟后，胡方权与张宏乘坐另一辆奔驰轿车离开酒店。此时的视频里，胡方权身边又多了一个身穿花衬衫的男子，似乎是他的马仔。

民警还清晰地发现，视频中，张宏跟随胡方权和花衬衫男子走出客房，脸上的表情似乎比进入酒店时更为放松，还主动与胡方权搭话，但胡方权没接他的话茬儿，只是摇晃着将军肚，头也不回地走出了酒店。但不论怎样，监控视频中没有胡方权对张宏施以暴力、控制人身自由等行为。

难道真是一场虚惊？

查看了监控视频的民警没有简单地将此事放过，而开始了对胡方权初步的案底调查。不查不知道，一查吓一跳，原来此人是个有案在身的人——有赌博、非法持有枪支、寻衅滋事等多次违法犯罪前科，并因流氓罪、赌博罪两次被判刑，张宏事件发生时仍处于取保候审阶段。

顿时，民警们的职业警觉性被调动起来——遇上的极有可能真是一起刑事案件！而尽快查清张宏的下落，即成为众民警最大的关注点。

接下来发生的事情是，张宏依然没有回来，胡方权及马仔却一次次对张宏妻子打电话索钱，口气越来越强硬。张宏本人也多次打来电话，起初还在电话里安慰妻子，后来几次却传来嘶哑的嗓音，甚至抽泣，说自己再也忍受不了啦，快点儿付赎金吧。强烈的担忧、巨大的恐惧让张宏妻子神志混乱，身体急剧消瘦，老是觉得长年患糖尿病的丈夫肯定熬不过残忍的虐待，说不定快要死了……

情况变得更加凶险，案情显得更加复杂！

同时，下城警方正式立案，郑洪彪局长主持专案研究，刑侦大队与武林派出所抽调精兵强将组成"6·10"专案组，并由下城公安分局副局长巢震宇担任组长，案件侦查工作全面展开。

张宏和胡方权怎么会结下这天大的梁子，闹出这么大的动静？这需要从两人的经历和习性谈起。

失踪老板张宏为内蒙古人，1968年出生，经商多年。他先以大米加工厂起家，后又涉足旅游、宾馆等多项实业，生意做得风生水起。在老家内蒙古拥有大米加工厂、宾馆酒店等多家企业，当地方圆几百里内，几乎无人不知张宏。

但平日里的张宏除了正儿八经地从商，还偷偷流连于赌场，在赌场上手头还特别松。虽然知道这一癖好于己有害，可上了瘾的他难以彻底歇手，好不容易克制了一段时间，又忍不住朝赌场跑。

赚来的钱常常抵不过各种各样的资金需求，张宏免不了四下找钱。就这样，10多年前，他通过朋友认识了千里之外的温州民间融资圈人士胡方权。

胡方权可是一个颇有来历的人物。他 1962 年出生，尽管只有小学学历，但机灵、胆大、强悍，人生经历和社会背景复杂。18 岁时就多次偷渡出境，上世纪 90 年代初又干起了出境偷渡的非法中介。这种俗称为"蛇头"的职业，使他掘得了第一桶金。那些年，他先后到过越南、印尼、泰国、马来西亚等多个东南亚国家，以及伊朗等西亚国家，甚至熟悉这些国家的社会现状和法律漏洞。2000 年，胡方权利用非法积攒的资金和先前的人际关系，在温州注册成立了一家融资投资公司，以此作掩护做起了高利贷生意，还在温州、丽水等地开办了多家规模不小的地下网络赌博场所。"生意"大了，气也壮了，人也变得颐指气使。无论是他的马仔，还是与他有经济往来的朋友、商家，都尊称他为"权哥"。

可想而知，与胡方权这样的人合作，甚至企图从中获利，无异于与虎谋皮。

"没错，胡方权与张宏结识后，凡是张宏在资金上有需求，胡方权都会满足他，这让张宏获得了大笔民间借贷资金，也让张宏越来越离不开胡方权。两个人还相约一起去澳门参与洗码（为赌徒提供赌资现金并帮助其带回资金），由此可见两人交往之深。"一名知情者告诉警方，胡方权的主要目的是谋得更多的贷款利息。他敢于把钱借给张宏，一方面认为张宏有经济实力，不怕对方还不起；另一方面自己是个黑道人物，料定对方不敢赖账。

后来据胡方权本人陈述，从 2010 年到案发，他借贷给张宏的资金达 2650 万元，这还不包括其他大额赌债。

2012 年后全球经济环境剧变，也让两个人遇到了资金运作上的困难。一个借钱不还，一个讨债未成，双方都站在自己的立场上争利，谁的理由都很充足。就这样，先前称兄道弟的关系一落千丈，只是因为账还没结清，互相之间还没有撕破最后的脸皮。

然而，张宏万万没想到的是，比撕破脸皮更为可怕的事情，在 2012 年 6 月 10 日晚上猝然发生。

这天晚上 6 时多，几辆豪车忽然驶抵杭州某酒店，下来挺着将军肚的胡方权及几名马仔。他们径自上楼，找到了才到杭州不久刚刚在此住下的张宏一行。张宏这回从内蒙古前来上海洽谈生意，应胡方权"对账"的要求又专程来到杭州，与他见面。

"怎么样？晚上一起去外面洗个桑拿？"胡方权像个地主似的发出邀请。

"就坐在这里聊吧，外面还不如这里安静呢。"张宏明显不想跟他走。

"不，跟我去外面，一边洗桑拿一边聊天会让你更舒服，你的几个兄弟也不用跟着。"胡方权的口气显得强硬起来，不给一点儿商量的余地。

张宏缓缓起身，看了一眼身边的几名下属。下属都已看出，老板是碍于面子，被迫无奈，才跟在胡方权的身后走的。毕竟欠着对方的钱，而且对方今天的态度十分固执，不可能拒绝他。下属们虽然猜到老板这次去"洗桑拿"肯定不轻松，却没法儿把他留住，又不允许跟去，只能眼睁睁地看着他被债主带走。

跟着胡方权出门的张宏，那若无其事的样子是竭力装出来的，因为一旦流露出惊慌失措，对方更会鄙视自己。这真有点儿单刀赴一场"鸿门宴"的感觉。

的确是一场"鸿门宴"。为了彻底了结所谓的债务问题，胡方权这回特意从温州带来了一群马仔，分乘两辆车赶到杭州，有一种杀气腾腾的意味。

载着张宏的奔驰轿车消失在夜色中。半个小时过去了，一个小时过去了，张宏的下属们没有接到老板的任何音讯。

越来越不安的小李忍不住给张宏发了条手机短信。7点20分左右，张宏回了，却是真正的短信，因为只有"温德姆酒店"几个字。小李稍觉宽心，可又觉得这样的回短信方式不是老板一贯的风格，为什么不说得更清楚一些？难道正忙着？或者已经争吵起来？也许正在把酒言欢？

深夜11时，情况突变！小李接到了远在内蒙古的张宏妻子的电话。电话一接通，首先听到的是她的哭泣声："大麻烦来了，张宏被那姓胡的关起来了……刚才来过电话，说必须马上把2650万债务和另外的赌债还掉，不能讨价还价，一共5000万！"

"不要急，不要急……"小李赶紧劝慰，心里却一片空白，没有任何主意。

张宏妻子又说，虽然她已通过各种关系跟胡方权交涉，但对方没有任何商量的余地，说来说去只有一句凶言：如果不把这笔赎金拿来，那就看着办。

此时已接近子夜。窗外黑沉沉的，寒风拂过，发出瑟瑟杂响，仿佛四周还埋伏着某种危险。跟着张宏来杭的所有随从都蜷缩在房间里，一是人生地不熟，二是不知此事深浅，不敢贸然去找自己的老板，更不敢去找胡方权，甚至不敢出门，只等天亮后寻求警方帮助。小李回忆，那晚他们几个基本上没怎么睡着，默默地等待消息。深夜的恍惚中，他还连做了好几个噩梦，每个噩梦都是血淋淋的老板在拼命呼救。从梦中惊醒，他大汗淋漓。

8月9日，张宏妻子再次接到丈夫打来的电话，但听不见对方的说话声，只听见一声声粗重、急促的喘气声。这究竟是怎么回事？等了好一会儿，她才听到丈夫拼足力气，用气若游丝般的声音哭求："救救我，我快不行了……"

救夫心切，赶紧还钱！张宏妻子开始想方设法、上天入地般筹款找钱，所有的亲戚朋友那儿，所有的合作伙伴那儿，所有能借到钱的地方，她甚至停掉了张宏在内蒙古经营的所有产业，折价抵押贷款……就这样，按照胡方权的指令，张宏妻子通过银行转账陆续汇去赎金620万元人民币（另有300多万元汇款未能查实）。可她苦苦筹来的这些钱，与对方所催逼的5000万元相比，仍相差太远，太远。

张宏啊张宏，你现在究竟被关在哪里？何时才会重新出现？

三、不惧千般苦，万里擒凶顽

全面出击，全力追踪！

此时，下城警方已在温州鹿城、永嘉及台州等几处疑似关押张宏的地点进行了摸底排查，初步搞清了胡方权妻子、儿子、情人等重要关系人的相关情况，对胡方权催款电话的时间段、号码、来电显示等进行核查分析，还在重点监控地点安装监控探头，对相关车辆予以悄悄跟踪，可以说已是滴水不漏……

与此同时，专案组专门抽调精锐警力，展开实地蹲守。在当地公安机关的协助下，下城警方在胡方权有可能出现的多个地点日夜蹲守。

"大热曝万物，万物不可逃。燥者欲出火，液者欲流膏。"（宋朝诗人梅尧臣）如同古人描述，那个夏季的浙南地区特别炎热，户外温度常常在40摄氏度以上。火辣辣的太阳能把人晒脱几层皮，说能把人烤焦也绝非夸张。但参与蹲守行动以及负责跟踪、调查任务的每个民警，劲头一直很足，从早到晚从不松懈，时间长达45天。"记忆中这是我经受的最热的夏天！而且往往没有起码的避暑条件，最多用毛巾蘸水擦把脸。但我们经常互相鼓励，说哪怕被晒得随时有可能倒下，也要坚持下去。"时任下城公安分局副局长、现为分局调研员的孙惠康回忆道。

胡方权毕竟是个老手，具有很强的反侦查能力。知道警方已盯住自己之后，行踪飘忽不定，一会儿在温州，一会儿去了丽水，一会儿又在杭州出现了，还不断地更换居所，更换身边的人，好像与警方玩起了捉迷藏的游戏。好几回，好不容易发现了他的行踪，等专案组扑过去，却已踪迹全无。

狡猾的狐狸一次次从猎人的手下逃过，便变得胆大起来，甚至挑衅猎人。比如8月9日，他逼迫张宏打的最后一个催款电话，来电显示地竟然是杭州！也就是说，他故意在警方的眼皮底下晃了一下。而自此以后，张宏再也没有打电话给妻子催款，与胡方权一样仿佛人间蒸发。

"找不到线索，破不了案，我们就不回杭州！"

狐狸的极端狡猾更激起了猎人的必胜之心。专案组民警顺着犯罪嫌疑人的生活和活动线索，凭着丰富的侦查经验和高度的责任心，沉着而细致地梳理疑点，一点点寻找漏洞和软肋，草蛇灰线中寻查对方的踪迹。经过数十天的蹲守和越来越深入的研析，侦破此案的思路已进一步成熟。

专案组决定从胡方权以往的马仔及主要社会关系入手，采取内紧外松的侦查策略，不放过任何蛛丝马迹。比如他长期经营地下赌场、放高利贷，只要与他有过接触就有可能留下有用的"雪泥鸿爪"；比如他有那么多马仔，每个马仔都是一条藤蔓，顺此藤蔓可以探摸下去；比如他总要充当老大，身边总要有女人陪伴……

首先是他的儿子。暑期，胡方权还在读大学的儿子放假回家。通过对他的跟踪，警方发现了胡方权的又一处居所——因为户主的名字不是他，起初没有发现。侦查表明，该居所除了胡的儿子，他本人并未在附近出现过。连儿子都回避着不见，这一反常现象说明他正在竭力逃避警方的追踪，不太可能在温州一带。

其次是他的妻子黎娟。专案组发现张宏妻子汇给胡方权的620万元赎金中，有一笔汇入了黎娟姐姐的账号。8月10日，专案组民警控制了黎娟，黎娟却向警方提供了离婚证。警方查实，两人离婚是在张宏被拘禁之前，离婚时胡方权还特意把一套价值千万的豪宅和两套普通民宅划到了妻子名下，自己基本上是净身出户。可见他已对家人作了妥善安排，准备事发后逃之夭夭的意图由此显露。

再次是他的马仔。8月16日，专案组控制了曾给胡方权开车的马仔李国成。在杭州温德姆酒店非法拘禁张宏时，胡方权动用了奥迪Q7和奔驰两辆轿车，其中奔驰轿车还故意使用了假牌照，这辆车就是李国成驾驶的。李国成告诉警方，胡方权此前也向他借过钱，至今未还。有一次胡方权对他说，张宏欠他2650万元巨款，李国成若能帮他把钱讨回，之前他的欠款可以直接从张宏的还款中拿。这又明显地流露出胡方权的内心急切，那就是张宏这笔欠款于他十分重要，他太想拿到这笔钱了。

当然还有他的情人。胡方权固定的、半公开的情人戴某居住在温州市区一个偏僻的住所内，专案组遂对她的行踪和电话进行24小时严密监控。

那天晚上突然出现了情况。夜已深，戴某忽地驾车从住处神秘分分地出发，而且专走小街小巷。如此诡异，必有蹊跷。专案组民警马上悄悄跟上了她，戴某的车七绕八拐，与之拉开距离的专案组民警紧紧跟上。那一刻，众人十分兴奋，似乎有一种谜底即将揭晓的预感，便更加不敢放过。这一次跟踪十分成功，被跟踪者根本没感觉后面有车跟着。

遗憾的是，当专案组民警跟着戴某来到了几十里外的永嘉某宾馆后，通过监控画面发现，与戴某会面的并非追寻已久的胡方权，而是另一名与案情无关的人员。噢，原来胡方权的情人另外还有人，看来此女子确实不寻常！

但这回的跟踪并非没有任何收获，从此，专案组对她的行踪盯得更紧了，直至从她身上终于发觉了胡方权的去向。

2012年10月上旬，专案组及时得悉戴某已突然失踪，在分析她留下的所有信息时，发现了她与胡方权通过跨国电话联络的痕迹。电话内容也很快被查实：胡方权正帮助戴某偷渡离境，与自己在国外会合，并随他去国外生活。

原来，胡方权已在9月初偷逃出国！

"擒获他的难度不小，但我们应该毫不犹豫地全力投入新一轮的侦查追凶之中，绝不松劲，争取全胜！"

深夜，城市喧嚣已散尽，下城公安大楼内气氛却依旧庄肃而紧张，郑洪彪局长亲自与专案组成员一起分析案情，研究部署具体的抓捕方案。2012年11月，分局在市局、省厅的部署和指导下，紧急联系公安部，开始寻求国际合作，并发出了红色通缉令。

此时的胡方权已成惊弓之鸟。他心里十分清楚，在警方正全力追踪他之时，唯有跑得离中国越远越安全。此时他最想做的事，就是一次次越境，一次次偷渡，直至逃到国内警方难以抓到他的地方为止。前面已经说过，胡方权有着多年的"蛇头"经历，早已积累起一些国外的社会关系，这一回他把这些全用上了。他先是通过非法手段潜逃到了越南，与戴某会合后又急急忙忙地长途奔走，相继潜逃到缅甸、柬埔寨、印尼等国家。在他的计划中，将从伊朗经土耳其偷渡到欧洲，准备与戴某在欧洲定居，从此开始另一段逍遥法外的人生。

但对于下城警方来说，只要胡方权露了一次马脚，他的行踪就很难再完全掩盖。从查获戴某与胡方权的那个跨国电话起，在多方协同下，专案组一点点地掌握了他接下来的逃跑路线，那就是从越南出发，一路经缅甸、柬埔寨、印尼、伊朗，而后进入土耳其。

谁知胡方权的如意算盘突然失灵。

"站住，快站住，不然就开枪了！"土耳其边境，距欧洲境内仅100米的地方，胡方权和戴某正准备悄悄越过这里进入欧洲，身后突然传来拉开枪栓的声音，顿时吓得两人全身发抖，原来他们恰好遇上了一队正在巡逻的土耳其边防军。在手持武器的土耳其边防军面前，再狡猾老到的胡方权也无法掩盖极度的慌乱，而这慌乱引起了对方更大的怀疑。

土耳其边防军首先搜走了他们身上的钱，并通过面相判定二人是中国人，决定把他们遣返回中国。

"我不是中国大陆人，我是香港人，我们来自香港啊！"胡方权惊恐万状地大叫，他太清楚遣返中国意味着什么。他百般乞求，并把能证明自己是香港人这一谎言的所有相关证件都拿出来。土耳其边防军想，反正香港也是中国，那好吧，就把你们遣返至香港！

无奈滞留香港的那几天，胡方权既像丧家之犬，又像热锅上的蚂蚁。这可是中国的地盘啊，窗外都飘扬着五星红旗，大陆警方一个转身就能来到这里，把自己抓走，在这里多待一天就多一分危险！他深知自己不能暴露目标，哪怕是打一个极短的电话，都是一次巨大的冒险。可身上的钱都已被土耳其边防军搜走，钱囊干瘪，插翅难飞，困守在这里，每分每秒同样处于巨大的危险之中！一番痛苦地犹豫后，他选择了饮鸩止渴，给内地的马仔打电话要求汇钱。

正如胡方权所担忧的，钱是汇来了，但他在香港与国内马仔之间的所有联系，都被专案组清清楚楚地掌握。从此，专案组对他的行踪有了越发清晰的定位。尽管收到汇款后胡方权带着戴某以最快速度逃离香港，但已无法彻底遁形。

"他就在东南亚一带，跑不掉了！"专案组对在国外流窜的他始终紧盯不放。

2013年2月20日，经国外警方协助，专案组查明胡方权与戴某已从香港潜至泰国。经细致分析，他的下一步逃跑路线，仍将从泰国经他国向欧洲方向潜逃。

必须在泰国把他拿下！下城公安分局马上向杭州市公安局作了详细汇报，并通过省公安厅，请求国际刑警组织中国国家中心局的紧急协助，辗转联系泰国当地警方进行协查缉捕。

2月26日，下城区公安分局派出了以巢震宇副局长为队长、由6名民警组成的精干的缉捕小分队，当天抵达泰国曼谷，实施捉拿。

泰国警方的协助十分得力。2月27日，通过泰国警方实时监控，搜寻到了胡方权的确切位置。按照泰国法律，由泰国警方实施具体抓捕。

"为什么抓我？我究竟犯了什么罪？"当几名泰国警员冲进胡方权躲藏的宾馆把他紧紧按住时，他的情绪十分激动，质问的嗓门儿特别响亮，因为按照他的判断，自己犯罪嫌疑人的身份泰国方面不可能知道。

泰国警员明确地告诉他："中国杭州市下城公安分局的警察跨国前来追捕你了。"胡方权一听，顿时全明白了，随即停止反抗和质问，垂下脑袋，束手就擒。

专案组在泰国马上对胡方权进行了第一次审讯，重点是人质张宏的下落。迫于压力，原本还想全盘抵赖的他承认，自己确实非法拘禁了张宏，但又死死咬定不知道张宏现在在哪里，因为他家人拿不出5000万元高额赎金，关着也没用，所以已在2012年8月中旬带到温州市区给放了。

专案组再反复审讯，胡方权咬住牙关，怎么也不肯多吐一个字。

2013年3月7日，专案组把胡方权及其情人押解回国。

主犯已经落网，下城警方马上收网，在广州、温州、丽水等地同步缉捕本案其他犯罪嫌疑人。张崇宣、金朝国、傅雄武、曾方照、陈晓貌、马兵、金震寰、李英等13人悉数归案。

犯罪嫌疑人已经落网，被害人张宏却依然下落不明。一个大活人真会人间蒸发？毫无疑问，胡方权等犯罪嫌疑人还隐瞒了一个巨大的真相。

那么，当这个真相揭开，将会暴露出怎样可怕的情节？

四、人质遭关押，铁笼沉湖底

嫌犯落网，警方的审讯随即展开，案情真相渐渐显露。

警方查实，张宏在杭州被非法拘禁后，当晚就被胡方权等人掳至温州，先后关押在永嘉县陡门乡潘垟村、上塘镇新民村，再转至青田县松树下村。可想而知，这些村庄都十分偏僻，居民不多，隐蔽性好，外人极难发现。胡方权疑心很重，不断更换关押地，每换一个关押地还同时更换一拨看管人员，这都体现了他掩盖自己和人质踪迹的苦心。而当把人质关到青田县松树下村后，看管更严了，24小时都有专人看管。从此，没有现金、没有手机，更没有自由的张宏彻底"消失在人间"，与外界的联系完全切断。

而等待他的，又将是一个可怕至极的结局。

"我干吗要杀他？杀了他我能拿到钱吗？我只让我的兄弟为他租了房，想再关他几个月。后来想一直关着也没意思，就拉到温州市区索性把他放了，那是2012年8月中旬的一天……"在警方面前，好不容易开口的胡方权只是留声机般重复这段话，绝口不提另外的情节。

那些马仔也像暗中对过口供，只承认关过张宏，都说张宏早已被放了。

谎言毕竟是谎言，专案组民警越来越感觉他们在撒谎：虽然每个人都咬定已放了张宏，细节却大有出入，说法都不一样。这是其一。倘若张宏真的被放了，为何不与家人联系？这是其二。一个操外地口音的异乡人，在人口稠密的浙南地区，如果还活着，免不了出来活动，怎么会没人发现他，难道他新学了最高超的隐身术？这是其三……

富有办案经验的专案组民警十分细致地观察这 13 名犯罪嫌疑人的言行细节，运用心理学、攻心术、面部观察等方法，一点点剥去他们的伪装。审查步步紧逼，多名犯罪嫌疑人扛不住了，心理防线逐渐坍塌，有几个心虚得甚至不敢看侦查员的眼睛。

侦查员步步追击，终于，金朝国、张崇宣、傅雄武三人的心理防线首先溃决，坦白出了实情。

"人质不在人世了……已经被我们扔进了水库里。"

这句话由犯罪嫌疑人说出，尽管不出警方意料，还是让大家吃了一惊。

在警方的继续努力下，案情从露出冰山一角，到大部分浮出水面，金朝国等人的描述越来越详细，人质遇害的全过程渐渐复原：8 月 31 日晚，金朝国、张崇宣、金震寰、傅雄武等马仔按照胡方权指使，把身高 1.8 米的张宏强行塞进一只专门制作的长 80 厘米、宽 70 厘米、高 60 厘米的铁质猪笼。张宏意识到了什么，使出仅有的力气挣扎，但终究不是这群人的对手。为了防止逃脱，虽然张宏已被折磨得奄奄一息，仍被铐在铁笼横档上，铁笼上仅有的一扇小铁门也用手铐牢牢铐死。

那晚星月全无，浓稠的黑暗真可谓伸手不见五指。子夜过后，在胡方权指挥下，这群人把装有张宏的铁笼扛上一辆奥迪 Q7 轿车，从青田县松树下村出发，沿着曲曲折折的乡间公路向前行驶。万籁俱寂，轿车行驶时的发动机轰鸣声异常清晰，只因一直在山坳间行进，很少有人察觉出这番动静。

途中发生一桩奇事——轿车突然没来由地爆胎，像是不肯成为这群人的"帮凶"，趴在路上不动了。这群人急了，马上调来一辆尼桑皮卡，继续向前行驶。

神秘的汽车一共行驶了约莫 50 分钟。

前方，模模糊糊地出现了一大片白色。夜色中，这茫茫的白色此时很显异样，给人以一丝恐怖的感觉。它便是那个大湖——千峡湖的滩坑水库。尼桑皮卡慢慢驶上那座横跨湖面的大桥，这便是早已精心踩点的北山大桥，然后停下。一条条黑影从车上下来，搬下那只铁笼,像一群互相勾搭着的鬼魂,再把铁笼搬上桥栏,一起用力往外一推,铁笼连人便抛进了湖中。

静夜里传出一声巨响,但在人烟稀落的山里无人关注,一切似乎都已被这幽暗而巨大的深水抹去了……

而这全过程,胡方权始终亲自参与。

犯罪嫌疑人的供述使整个案情越来越完整,很多谜团渐渐揭开。当然,有了湖中抛笼这一情节,案件则由非法拘禁转化为故意杀人!

那么,胡方权为什么要故意杀人,其动机到底是什么?根据这些犯罪嫌疑人的供述和已掌握的案情,对胡方权的动机和心态进行分析,可以得知:一是因为尽管胡方权拿到了被害人家属汇来的几笔赎金,但与他的索求还存在很大距离,距债权总额相差甚远,这让他十分不满;二是虽几经逼迫,张宏身上再也榨不出什么油水,放走他不仅便宜了对方,还有不可预料的后患,而留着他,既是个累赘,也会有不可预料的后患;三是因为生性多疑、明白自身处境的胡方权,总觉得警方随时可能找到他和张宏,所剩时间已经不多,自己急着逃遁,索性心一横,把他"做"了。

尽管别的犯罪嫌疑人都已坦白了抛人质入湖的情节,案情已经明了,但胡方权始终不肯承认故意杀人。他拒不承认,无非是在负隅顽抗拼死抵赖罢了。不过民警们知道,要判定胡方权故意杀人,必须有他故意杀人的铁证,这铁证不是几名犯罪嫌疑人的供述,而是那个沉入水底的铁笼,特别是铁笼里的张宏。有了铁证,胡方权再也无法抵赖杀人之罪。一句话,能否获得这件铁证,是最终能否判定主犯死罪的前提。

然而,谁都想不到,接下来专案组必须完成的搜寻打捞铁证的任务,甚至比万里擒凶还要难!

面对茫茫大湖,该怎样搜寻,怎样打捞?

五、首战遇难题，水下救"老虎"

"顾教授，这一回，我们非要请您和您的团队出马不可了！"

2013年4月初的一天，浙江大学机械工程学系顾临怡教授正在办公室里忙活，几名民警忽然前来拜访。面对这几张焦急的脸，顾教授已把对方的请求猜出了七八分。

果然，一见到顾教授，专案组民警首先竹筒倒豆子般说出了来意，诉说了这次打捞的重要性、迫切性，更诉说了近一个月来四处寻找合适的打捞团队的艰辛——网上查找，四处走访，找了多家专业打捞公司，盘算过水下蛙人搜索，还与东海舰队联系过，甚至设想让"蛟龙"号深海载人潜水器帮助，但均无可行方案。一句话，这一回非请顾教授及其团队出马不可了。

顾教授默默地听着，眉头越锁越紧。他当然听说过千峡湖，在省内，它是仅次于千岛湖（新安江水库）的第二大人工湖泊。41.55亿立方米的总库容，80平方公里的库区面积，其烟波浩渺可想而知。但更让人惊叹的是，达58米的平均水深，也就是说，大部分湖面的水深可以轻而易举地淹没一幢数十层的高楼。在这样深的湖底，打捞一个半个多立方米的铁笼，难度之大，令人咋舌！

顾教授是国内海洋装备技术、开关液压与液压混合动力技术的专家，所研发的利用不间断海水液压源进行压力补偿的技术，在深水打捞领域处于国内领先地位。更重要的是，顾教授的专业打捞团队刚刚购得了一台世界最先进的水下机器人。原来，专案组早已把顾教授及其打捞团队的种种所长，了解得清清楚楚。

但顾教授没有马上答应下来，而是显得顾虑重重。他强烈地预感到他与他的团队将遭遇从未有过的巨大困难，万一失败怎么办？业内专家对没有把握的事都是极谨慎的，这关系到信誉，更关系到声望。专案组民警看出了顾教授的顾虑，继续恳切地请求，决不愿轻易放弃。末了，被民警们的诚意所打动，顾教授终于同意一试，率领由浙大师生组成的专业深水打捞队，前去进行尝试性打捞，同时开展相关的学术课题研究。当然,那台绰号为"老虎"的水下机器人设备(简称 ROV)肯定是要带上的。

价值 180 万元的"老虎"刚从美国进口,虽然是这次深水打捞的利器,但还没参加过真正的野外"实战"。几名师生也只在浅水池塘里对它做过几个小实验,操控经验几乎等于零。但顾教授明白,专案组也明白,这次千峡湖深水搜寻和打捞的大半希望,已寄托在它的身上。

巨大的千峡湖上压着沉沉的乌云,长长的北山大桥的另一头掩隐在浓雾之中,细雨霏霏,湖水激荡。

4 月 6 日,与顾教授敲定合作后没几天,专案组和浙大机械工程学系专业打捞团队共计 30 多人,就已带着庞大的水下机器人设备来到千峡湖畔。首先当然来到北山大桥踏勘现场。

不看不知道,一看还是吓一跳。顾教授手抚桥栏,向大湖深处望去,不由得倒抽一口冷气,专业打捞团队的不少成员被惊呆:我的天,什么叫大海捞针?说的不就是这种不可能完成的打捞任务吗?

当然,专案组和顾教授都知道,千峡湖库区面积辽阔、湖水极深,这对本次打捞自然是一大难题。但更让人惊惧的是,湖底的地形地貌没有一处是平坦的,布满了浅沟深壑。因为在水库建造前,这里分布着 10 个乡镇、50 多个自然村,居住着 5 万左右的村民。村民迁走后,原有的村镇格局、房屋建筑、树木等都还留着,成了湖底的废弃物。水库建成后丢弃的井子架、升降机和堆积如山的建筑垃圾等也都留着,成了奇形怪状的废弃物。废弃物究竟有哪些、有多少,谁都说不清。

另一大难题是北山大桥桥墩过高。北山大桥是钢筋混凝土连续桁梁式大桥,总长度 995 米,最大跨度为 170 米。最大特点是桥墩极高,其中最高的那座桥墩高达 116 米,比杭州大厦的高度还要高几层,堪称"浙江第一高桥墩"。另外,它的桥墩下方还有一座座高低各异的小山坡,落差很大,按顾教授的说法,如此直落深渊的水下地形,哪怕目前世界上最先进的大型海洋勘察设备,或许都无能为力。

　　让人头疼的另一大难题还有复杂的水流。千峡湖建于崇山峻岭之间，从上游到下游有多条支流纳入其中，水库的沿线还建有多级水电站，每天都在放水发电，每天又都在不停地蓄水，各种水流纵横交汇，整体水域的水流奇谲变幻，没有规律，无法预测。一旦遭水流冲击，力量十分巨大，且根本不知被冲向何方。

　　"铁笼这么小，只要被水流随便一冲，或者被陷进水下的山沟沟里，挂在了施工用的脚手架上，掉进某座民居的院子里……哪怕你放下去十只'老虎'，都是很难找到的！"一名跟随顾教授参与过多次深水搜寻的教师对着湖面感叹。

　　然而他的感叹没人回应，众人只是报以长时间的沉默。是啊，总不能为了找到一个小小的铁笼，而把整座水库的水都放空吧？唯有全力以赴，迎着天大的困难，把湖底疑点找个遍，除此之外没有任何别的选择。

　　杭州警方曾在2009年成功破获了一起水中沉尸案，在温州瓯江出海口的水深30米处，由一家受委托的专业深水打捞公司以蛙人搜索的方法，打捞起了被害人遗体。但与眼下的这项任务相比，瓯江出海口那一次可谓小巫见大巫。

　　了解了以上这些现场实情，就知道接下来的深水打捞将何等艰巨！

　　众人在北山大桥上伫立良久，谁都知道，接下来的将是一场深水搜寻和打捞的"恶战"！

　　茫茫大湖边，出现了一条外形特别经常停在某个区域久久不动的船，这便是本次打捞的工作驳船。为加快速度、节省费用，专案组从当地借来这条钢质驳船，又从杭州西湖文化广场特地借来两顶大帐篷搭在船上，因陋就简地搭起一个临时指挥台。这可是打捞战役的指挥中心！设施虽然简陋，但非常实用，参与打捞作业的全体人员，工作、吃住等都可以在这条工作船上解决。

　　打捞还没正式开始，现场冒出来的一个个难题又把专案组和打捞团队纠缠住了。

"老虎"在水下操作时需要稳定的360V高电压源,专案组民警火速与滩坑水库浙能发电厂协商,从厂区拉出一条380V的高压电缆,拉到北山大桥,再沿着大桥放到工作船上,长度近两公里。电源问题虽然解决了,但这条电缆太粗太长,很容易把人绊倒甚至人会跌进水里,一旦漏电还会把人电倒,所以大家总是本能地避着它走,能不碰到它就不去碰。不过更大的隐患是这条又粗又长的电缆死沉死沉,大风吹起,巨浪翻滚,工作船就在湖面上颠簸晃荡,绑在桥栏上的电缆就使劲地拉动大桥,整座大桥晃晃悠悠,好像随时都会塌掉。它真的会拽塌桥吗?

真的会塌!千峡湖天气恶劣,每天下午起风后水急浪高,工作船的剧烈晃荡让人没法儿工作,用缆绳把工作船系紧大桥的栏杆确是无奈之计,但这一举动再次把当地村民吓得不轻,赶紧过来大声提醒:"赶紧把电缆解开!把缆绳解开!你们这样会把大桥拽塌的,桥面上围观的上百号人也会掉进水里淹死!"

看到村民如此惊恐万状,连话语都打着冷战,打捞人员便连忙收起电缆和缆绳。

很快了解到,北山大桥会被拽塌的说法的确有根有据。前面说过,它的桥墩过高,长度又超长,桥体稳定性明显欠缺,建造时就发现桥面不稳,直到水库蓄水后桥墩被水裹挟,桥体才稳定下来,可谁敢说隐患已消除?乖乖,这太可怕了!但解开缆绳、撤去电缆后,工作船就像一片无依无靠的树叶,只能在浩渺的湖面上晃荡,工作难度增加不少。电缆不得不从岸边通过,又添了不少麻烦。

刚来到大湖,还没进入角色的"老虎"也很不配合。尽管它号称世界一流,但非常"娇贵",需要百倍呵护,种种缺陷不断暴露出来。它的主要材质是金属,可到了水下竟还有浮力,不得不在它左右两侧绑上重重的铅块,反复调试平衡,才让它稳稳地下到水底。可它体积太小,稍不注意就会"失踪",无法定位。打捞人员又特意做了一个50公斤重的参照物,沉在深水里,由岸上人员拉着它一点点向前,"老虎"则跟在它后面向前搜索。每次工作时,如果要让水下的"老虎"往前挪3米,桥面上的10多个精壮小伙儿就得拉着沉重的参照物往前挪3米。参照物沉重，粗大的缆绳在水里泡涨后更沉重，拉得久了，每拉一下，大家的喘气声像是刮大风。一天下来，负责拉缆绳挪移参照物的专案组民警都会累得瘫倒在地上，站起来走路都是摇摇晃晃的，像喝醉了酒。

除了拉参照物，还得拉"老虎"。千峡湖底多如牛毛的废弃物是"老虎"的"天敌"，"老虎"下水后经常被缠牢，每天都要发生十几次。一旦被缠住，就得尽快帮它浮出水面，清除杂物恢复功能后再投入水中，又得耗精费神。一天要拉上十多次，这300多斤重的设备实在让众人苦不堪言。

疲劳还算能对付，自身安全也时常经受考验。按照顾教授和打捞团队的要求，"老虎"下到深水搜寻时，需要随时布放缆绳，让一条总长达1500米的缆绳一直牵着它。站在工作船上布放这条缆绳时，既要在风浪中晃荡不已的工作船上站稳，又要竭力打开这条长长的缆绳，一旦缆绳没及时打开，互相打结，不仅"老虎"放不下去，设备还有可能被缠住。在与风浪、缆绳、"老虎"搏斗的过程中，稍有不慎，就会掉进水里喝湖水。

"这可是上百米深的大湖啊，水流又复杂，水性再好的人也难保没危险！所以每次布绳，我们的心总是悬着！"参与搜寻打捞工作的下城刑侦大队技术中队中队长李伟说。不得不冒险的事情当然不止这个，为了勘测北山大桥东西两侧的地形，所有人员必须从一面陡峭的斜坡上上下下，虽然众人练就了一身类似猴子攀岩的好本事，仍不能踩空半步，一旦脚底打滑，落入水中，后果如何，不说也知。

深不可测的大湖到了晚上风急浪高，黑漆漆的，真有点儿恐怖。北山大桥桥面上没有安装路灯，光源都是自带的。工作船上的光源也很有限，而摸黑操作、工作到晚上10点以后是常有的事。所以每次收工，大家做的第一件事并不是急着休息吃饭，而是把人员集中到码头，清点人数，确认全体人员安全。有人感叹，在一片漆黑中清点人数时，免不了提心吊胆，直到得悉大家都在，发紧的心头才舒展开来。

"'老虎'被缠住了,'老虎'上不来了!"2013年4月23日,令所有人担心的事情终于发生了。

与以前不一样,那天的"老虎"被水下的杂物纠缠之后,虽经操控员反复努力,却无论如何都不肯上来,原来它身上的电缆与水底废弃的一条细钢筋紧紧缠在了一起。急出大汗的操控员招数用尽,也不见任何效果。操控员不由得失态地大叫起来,毕竟这是180万元的贵重东西啊,更重要的是会误了大事。打捞团队马上着手解救,两天时间过去,想出各种方法对付它,"老虎"却始终窝在水下岿然不动,像是决心成为水底最贵的废弃物。

其实"老虎"被彻底缠住这天之前,尽管铁笼还没找到,专案组和打捞团队还是很有收获的。通过模拟投放铁笼的实验,已基本弄清了被害人张宏当时被抛入湖中的情形,还着手弄清铁笼入水后,在湖底遭水流冲击的移动状况。

那个模拟铁质猪笼与犯罪嫌疑人描述的大小、形状、材料等基本相同,第一次放进100公斤石头,第二次放进100公斤砖头,第三次放进从附近村民那儿买来的一头100公斤左右的活猪,分别从桥上抛进湖里。扔下去,又拉上来,第三次把装着活猪的模拟铁笼抛进湖里后,就索性让它留在水底。一是看看装有活物的铁笼在水流冲击下是怎样移动的,二是看看这猪在温度极低的水底会腐烂到怎样的程度,三是检验一下"老虎"的性能。如果能得心应手地搜索到活猪铁笼,也就不愁找不到装有被害人的铁笼。

谁知道就在这个节骨眼上,"老虎"却不肯上来了,这可怎么办?

"老虎"窝在水下不肯上来的消息传到远在杭州的顾临怡教授那里,他当然急坏了。他先是提供了几套解救办法,经现场打捞人员尝试,均未奏效。他从杭州运来另一台由他自己研制的水下机器人"海螺",让它下到湖底,去帮助解救被困水下多日的"老虎"。连派两台水下机器人,顾教授所有的高端"武器"都已用上。

众人大气不喘,看着"海螺"潜入深水。"海螺"虽是首次执行这样高难度的任务,但在操控员的操作下,非常争气,慢慢靠近被异物纠缠得无法动弹的"老虎"后，举着机械手把横七竖八地缠在"老虎"身上的那些细钢筋一一剪断。机器人的机械手当然不像人手那样灵活，它的每个动作都需要操控员一步步操作。一切都在混沌不清的深水之下进行，操控员的操作比捏着绣针绣花还要细心，所以这个过程特别漫长，长到什么程度？足足花了15天！

在这15天时间里，众人的焦虑可想而知。"老虎"终于被救上岸时，众人恨不得冲上去抱住它，极度欣喜的心情像是与久别的亲人重逢。

5月26日，随着"老虎"的解救成功，历时50天的第一次搜寻就此结束。虽然铁笼未能搜到，但积累了不少宝贵经验。专案组民警对水下影像的监视判断能力、浙大打捞专业团队的"老虎"操控技能，以及众人对千峡湖水底情况的掌握等都大有长进，这为最终的成功打捞打下了基础。

千峡湖依然波浪翻卷，日夜拍击着石岸，撞击着桥墩。宽阔的湖面茫茫无际，似乎能把天大的秘密掩藏在深水之下。困难早有预料，勇气已经蓄足，人民警察的词典中绝无放弃一说，暂时的收兵只意味着新的战役又在酝酿！

六、高端加土法，努力再努力

2014年1月2日，元旦刚过，寒风呼啸的千峡湖边又集结起一支人马。专案组和浙大打捞专业团队经过一番秣马厉兵，着手展开第二次搜寻行动。

"第二次搜寻的最大特点，是高端设备和土方法同时上，有点儿尝试性的，主要是为了避免'老虎'再次被异物缠住。"巢震宇副局长回忆，这个方法经过了专案组与顾教授等打捞专家的反复研究，"在动用侧扫声呐、超短基线定位系统等高科技设备的同时，还用手工制作了一个拖体——一只最普通的锅盖，在锅盖上绑了多个水下耐高压的摄像头，再在上面安装了一个水下定位设备，以这个古怪又简陋的水下拖体,来代替'老虎'下水搜寻,它没有电力驱动,只能靠人力拉动、人工检测,工作量大得可怕。"

这个高端加土法的搜寻设备,若被别的专家看见,说不定会嗤笑一通,但它可是多方智慧的结晶。它运用了第一次搜寻时未曾采用的高端技术,却又以日常用品为材料。只有敢于尝试、勇于实践的人才会走出这一步。

土洋结合的搜寻方法一共持续了 11 天。打捞人员在北山大桥那一头的岸边,把连着绳索的自制拖体沉入水中,由坐在一条小艇上的人员拉着它,慢慢地移向这一头的岸边。移动的过程就是水下扫描的过程,扫描完了这一条,稍向前移,再从大桥这一头的岸边移向那一头,就这样一遍遍来回,慢慢地前移。冬天湖面的寒冷自不待言,冷风刮在脸上如同刀割;不停地艰苦劳作又让众人身上直冒汗。冷热交织,像是把人一半浸在冰水里,一半在火上烤。

设备的简陋绝不意味着搜寻的马虎。尽管第二次搜寻的范围并不太大,但众人仍忙碌了 11 天,可见其细致和认真的程度。第 11 天下午,专案组和浙大打捞专业团队研究后,宣布此次搜寻结束。

这次搜寻依旧没能搜寻到目标,其主要原因是整套自制设备还不尽完善,信号稳定性较差,拉动拖体的小艇在较为猛烈的风浪中无法平衡,但最根本的原因是水下地形地貌实在太复杂,自制拖体根本没法儿贴着水下复杂的地形一点儿不漏地搜寻。

然而毕竟尝试过了,知道了此路不通,也是一份宝贵的收获。

在这次搜寻时,打捞人员还特意拉起 2013 年 4 月抛在水底的那个仿制铁笼,发现被水流冲击后的铁笼移动距离并不大,猪尸也没有腐烂得面目全非。众人不由得信心倍增,这表明装有被害人的铁笼可能会被水流冲着跑,但不会跑得太远,打捞范围基本可控,而基本完好的猪尸表明,深水下肉体的腐烂相对较慢,一旦找到铁笼,它绝对是一件不可辩驳的铁证!

这边正在全力以赴地搜寻铁证,那边的犯罪嫌疑人在庭审时发现了关键证据一直缺失,内心深处从未泯灭的侥幸心理又滋长起来,竟然集体翻供。

"千峡湖里根本没有张宏的尸体！"

"我们从来没有往水库里扔过铁笼！"

"我是因为想早点儿结案，才故意编了个抛铁笼的故事……"

2014年6月18日，在法院的一次庭审上，除了胡方权依旧闭口不承认，那些马仔们又都当庭翻供。

法庭上的胡方权始终沉默不语，脸上还挂着一丝淡淡的冷嘲。他的闭口死扛自然有着他阴毒的盘算。自己从未承认过抛尸杀人，反正现在马仔们已在纷纷翻供，为首者的自己，此时的沉默便是对马仔们的认可，更是对警方最好的回应。争辩有时反而有害，多说一句话，甚至多说一个字，也有可能被对方抓住把柄。只要关键证据没有找到，只要自己一直死死扛着，谅你警方没法儿拿我怎么样。

庭审不得不中止，在场旁听的下城警方，面对气焰嚣张的犯罪嫌疑人不免恼恨，却又无奈。

是的，在全面推行依法治国的今天，对于证据的要求和重视程度大大提高。关键证据缺失，给庭审带来不利，更会给犯罪分子以可乘之机。"如果没有找到关键证据，就无法对其杀人情节予以量刑，最多只能以非法拘禁罪判处主犯三至五年徒刑，这不足以向受害人家属交代，也无法维护法律的尊严。"郑洪彪局长说，"所以，这个案子成了我们挥之不去的心结，干警们的压力非常大，但压力也成了我们坚持不懈的动力！"

的确，旷日持久的搜寻，一次次的失败，哪怕是再有耐力的团队，也不免产生沮丧和迷茫。况且谁都不能说清这铁笼究竟在哪里，谁都无法预料这一轮轮的搜寻何时才是头。有的民警担心如此耗精费神的搜寻，最后会变成无用功。有的认为自己应该去完成更重要、更紧迫的任务，为一个铁笼牵绊住手脚，有些不值得……下城警方及时发现民警们的思想苗头，及时予以疏导，让每个人都十分清楚搜寻工作的意义和价值所在。还敞开心扉，告诉大家，眼下我方已没有任何退路，唯有鼓足勇气，不惜一切代价找到铁证。

是啊，正义者自有信心和神勇在，天网恢恢，岂能让罪犯逃避罪责！

为了找到铁证，下城警方耗费了大量人力、物力、财力，这些办案经费、打捞费用，包括专业打捞公司的人身意外保险费用，都得从下城区公安分局的公共经费中支出。对此，下城区人民政府也想方设法，从区政府的财政经费中，专门拨出经费给予支持。

此案最后的开庭审判期限为2015年3月，如果在这之前依然没能找到被害人的遗体，此案主要犯罪嫌疑人胡方权的最后定罪，很可能只是非法拘禁。

时间在一天天过去，时限在一点点逼近，有的专案组民警说都不敢看日历了。为了最终仍能严惩犯罪分子，下城警方甚至还作好了最坏打算——倘若一直找不到证据，就先按非法拘禁罪将其移交给他的作案地丽水警方，由丽水市人民检察院重新起诉，直到法院判决并对其收押后，再继续寻找他故意杀人的有力证据。

最终找到铁证的可能性忽然间又增大了几分。

2014年10月，巢震宇副局长在微信朋友圈里看到一段视频，该视频详细介绍了美国劳雷工业公司打捞起2002年大连空难黑匣子的过程。视频上还说，劳雷工业公司北京分公司拥有目前国内最顶尖的深水打捞和扫描设备，中国民营打捞机构80%的设备也是通过该公司引进的。

"好帮手来了！"巢震宇副局长骤然涌上强烈预感，把他这段视频连看三遍，认定这是新的成功希望！

专案组很快与劳雷工业公司北京分公司联系上了。听了有关情况介绍，该分公司老总立即从北京赶到杭州，与专案组见面，第二天又来到千峡湖搜寻现场察看。应劳雷工业公司北京分公司要求，专案组民警设法找到了一份滩坑水库建成之前的地形图。

10月中旬，专案组开始实施第三次搜寻。为确保这次打捞成功，在筹划阶段，下城警方又专门邀请专业从事海洋勘察和打捞工作的中船重工第715研究所、以海洋科研见长的国家海洋局第二海洋研究所等高端科研单位共同参与，这些单位也都派出最富经验的人员和团队，提出多套方案。

劳雷工业公司这次动用的，包括国产和进口的水下机器人、侧扫声呐、超短基线定位系统等高科技设备，主要任务是对北山大桥及周边的水下部位进行地毯式搜寻，并根据所得到的湖底地形资料，不断尝试多种搜寻和打捞方法。

劳雷工业公司的先进设备确实起了作用，连续十多天的地毯式扫描，精确还原了重点搜寻区域的水底详情，完成了水下三维影像建模，绘出了一张十分珍贵的水下三维地形地貌影像图。面对如此清晰完整的水底景象，人们不由得惊呆了：天哪，这比深水蛙人拍摄的那种水底照片还要清楚啊！

打捞团队反复分析三维地形地貌影像图，曾经确定的九处可疑点随后被一一排除。事后验证，这九处可疑点上并没有铁笼。可以说，劳雷工业公司的努力，首先大大省下了打捞团队的空耗时间，使接下来的搜寻有了方向，搜寻打捞的范围、方法和手段从此变得更加准确、完善。

劳雷工业公司水下三维地形地貌影像图的绘制任务一结束，顾临怡教授和他的专业打捞团队就又出马了。

"我要向你们推荐一名优秀的操控员，是我们打捞团队新任的副队长殷宏伟。不要觉得只有 27 岁的他太年轻，他长期从事海上石油勘探工作，具有 6 年操作大型 ROV 深海设备的经验，持有国际认可的 ROV 设备操控上岗资质证书，持有这种上岗资质证书的，全国不到 400 人，所以可称得上是个专家级的人物！"顾临怡教授向巢震宇副局长"隆重推出"水下机器人操控能手，显得信心满满。

殷宏伟看上去有些腼腆，但一来到操控台上，双眼盯住 ROV 监视仪显示屏，神态就变得极其专注。巢震宇副局长和专案组民警预感，这位年轻而沉稳的设备操控员，在接下来的搜寻和打捞中，定会收获一份巨大的惊喜。

围着劳雷工业公司的水下三维地形地貌影像图，众人又埋头进行了好一番研究。按照这张三维影像图和新的搜寻打捞方案，搜寻范围略有扩大，不少区域水深杂物多，但那些沟沟坎坎最容易藏匿物体，是这次搜寻的重点。为了不留下搜寻空白点，也为了确保

"老虎"的安全,这一次仍将采取"高端加土法"的方式,即采用较为原始的"人海战术"与先进的搜索设备紧密结合的方法推进。

原本"脆弱"的"老虎",在本次搜寻中也将面临更为严峻的考验:一是它将下到前所未有的深度作业,那些区域的照明能见度不足三米,不少地方还是监视的盲区;二是区域内杂物太多,极容易造成"老虎"身后那根上百米长的供电通信电缆被杂物缠住甚至割断。而要尽可能消除这些隐患,就需要操控员的娴熟技能和万般小心。值得欣慰的是,殷宏伟不愧为操控专家,他心里已经有了好几套能让"老虎"及时解困突围的预案。

在第三次搜寻过程中,浙大专业打捞团队实施了连续十多天不间断搜寻,直到在10月底宣告搜寻工作暂停。

这一边在紧张搜寻,那一边情势愈加急迫。继2014年6月18日开庭审理后,8月22日、9月24日杭州市中级人民法院又分别做了公开开庭审理。当犯罪嫌疑人再次发觉,检方仍然没有拿出从千峡湖获得的铁证,马仔们便又一次次地在庭上翻供:

"这么长时间过去了,如果真有铁笼和尸体,早就被你们打捞上来了,根本没有!"

"我们真的把张宏放了,他还活着,你们可以去找啊!"

马仔们七嘴八舌地翻供,似乎还在向胡方权表功,证明自己仍是"忠心耿耿"的。胡方权则故技重演,一言不发,紧抿的嘴角依然露出一丝冷嘲,顽固的内心仍只有那条死理:哼哼,你们这么多天还没找到那个铁笼,也够你们受的!只要我咬紧牙关不承认,你们休想治我的死罪!

犯罪嫌疑人的气焰越发嚣张,目睹此状的专案组民警忍无可忍。"哪怕是一枚针,也要把它找出来!"民警们下了天大的决心,全体打捞人员也摩拳擦掌,准备抓住最后的时限,奋力一搏!

千呼万唤却迟迟没有露面的铁证,什么时候才能找到你?

七、搜寻终有果，铁证见天日

一切已到了最后的关头！随着第四次庭审时间的一天天临近，专案组每位成员都十分清楚，想要不放过这次庭审的机会，彻底制服犯罪嫌疑人，就必须快快行动，急迫得已连喘息的工夫都没有了。巢震宇副局长戏言，任务急迫，情势吃紧，大家食不甘味夜不能寐，而他连头发都白了一大片！

2014年12月初，第三次搜寻刚刚结束，下城警方和专案组便开始了新一轮搜寻前的准备工作。这一回的事先准备工作更加充分，承担指挥和组织任务的领导，推开了手头其他所有工作，倾尽全力。

专案组和打捞团队夜以继日地工作着，重点是系统研究前三次搜寻的经验和教训，一一列出曾经遇到的所有难题，逐一破解，制订了一系列新的搜寻方案，种种针对性极强的具体任务和步骤尤为明确：

专门租来一台发电机，以代替那条从发电厂拉来的380V电缆，从而保障打捞人员的人身安全，大家在桥上、岸边、船里走动起来更快捷了。

进一步缩小搜索打捞范围，依照劳雷工业公司绘制的水下三维地形地貌影像图，再次研究确定了搜寻的重点区域。

网格式搜寻法全面采用。按照操控员殷宏伟的建议，考虑到水下能见度只有两米多，又有大量遗弃建筑物，可以借鉴水下考古的办法，对水底进行网格式搜寻，即在水下每隔五米布放麻绳，在水面上"画"出格子，让"老虎"沿着麻绳逐格向前搜索。搜索时仍以ROV设备为主，声呐反射搜索等方法为辅，以适应水下地形地貌的特殊性……

以上这些建议很快得以采纳。

2014年12月22日，第四次搜寻工作开始。这次搜寻所投入的人力、物力，为历次搜寻活动中最多的一次。千峡湖畔各式设备集聚，各路高手云集，其浩大阵势前所未有，有点儿大会战的味道了。

远远地望着搜寻现场的当地村民感叹道，他们真要把这片湖底翻个遍了。

"寒风吹日短，风浪与云平。"（唐朝诗人杜甫）时值"北风卷地白草折"的隆冬，千峡湖巨大的湖面上更是朔风凛冽、雪窖冰天，连惯于抗寒的专案组民警和打捞团队成员都被冻得浑身哆嗦，握着麻绳的手战栗不已。但这点儿困难根本成不了搜寻工作的障碍。

为了在北山大桥两侧的重点搜寻区域布放网格式搜寻的缆绳，众人长时间弓背蹲在工作船上，把专门买来的麻绳一段一段铺设在水面上。尽管这回的搜索打捞范围已经缩小，但需要"画"出格子的水域范围仍然很大。为了便于辨认，麻绳又分红、黄、蓝三种颜色，每隔15米绑上1.5公斤左右的铁片和浮球，以使"老虎"在移动时拥有十分清晰的"航道"。而按网格式搜索的要求，又必须在疑似区域水面，每隔5米，逐个下放拴有铅块的麻绳至湖底，以使"老虎"前部的摄像头能时刻按照所示区域逐格进行搜寻……有一个数据可以约略知悉这项任务的工作量之巨——直径约2厘米的麻绳，其总长度竟达4000米，光是买这些麻绳就花了好几万元！

巢震宇副局长回忆起这项异常艰巨的任务时，忍不住连连唏嘘："当地的老百姓都说，这样寒冷的冬天，当地人都习惯于躲在家里'窝冬'，只有你们才会不要命地在千峡湖上整日忙碌！那一天，好奇的当地人前来观看我们的工作，瞄了一眼就吓坏了。你想，那么大的寒风，那么高的浪，湖中央的工作船哪有平稳可言？布放麻绳的人员只要一用力，船就晃得像要翻掉，人随时都会掉进大湖里。记得最长的一条麻绳有1500米，水里浸泡后吃足了水，加上缀在麻绳上的铁片、浮球，重量超过400公斤，十几个小伙子'嗨哟嗨哟'拉着它在水里铺设，没过多久就累得瘫倒。但我们的计划是一天内必须布放完毕。不得已，我们分几批人轮流上，一批人累得吃不消了，另一批人立即接上；上一批人已经喘过一口气了,马上去替换这一批人。那一天的辛苦真的没法儿用语言来描述,累得所有人员骨头散架,力气耗尽,瘫在地上只会喘粗气,才终于搞定!"

一条硬杠子是必须顶着寒风限时完成敷设网格式"航道"的艰巨任务,另一条硬杠子则是必须达到细针密缕、完美无瑕的程度。虽然这与每次搜寻的总体要求是一致的,可这一回的精细标准到了堪称苛求的地步。是啊,若是网格都歪歪扭扭,怎能保证"老虎"有出色的表现?

事实证明,在重点搜寻区域布放缆绳进行网格式搜寻的做法是有效的,它让没有定位功能的"老虎"不跑偏、不遗漏,从而消灭了水下搜索的空白点,也大大争取了搜寻和打捞的宝贵时间。

2014年12月28日,一个貌似平常的日子,但对下城警方来说,这是难以忘怀的重要一天。

这天上午,"老虎"又一次被水下异物缠住了。专案组民警和打捞团队人员使出全力拉动粗麻绳,一直忙碌到中午,"老虎"才被艰难地拖出水面。筋疲力尽的人们横七竖八地坐在工作船上休息,咬破手掌上的血泡,努力调整情绪,互相鼓励。经历了多次失败,它已经摧毁不了众人的意志了,只会激起更大的决心、更强的斗志。决不放弃,直到成功!这句话不知说了多少遍,但每一次失败,大家依然把这句大实话拿出来反复念叨。是的,天大的道理明明白白地摆在这里,谁都不愿选择任何一条退路。

与往常一样,等到大家稍稍缓过一口气,投身于新的搜寻之中,已是午后了。

"要不要去那个方向再去搜寻一下?"巢震宇副局长、吴信炎副大队长等几位围在劳雷工业公司绘制的那张水下三维地形地貌影像图前,又一次与操控专家殷宏伟等人一起,分析并确定搜寻地域。

几乎想到一块儿去了。大家想起,前不久有一名当地的船老大主动向专案组提供信息,说北山大桥8号桥墩下面原先是一条七拐八折的盘山公路,两侧山高约为11米,水库蓄水后,两座山之间的这条公路成了一个深沟。这深沟是以前未曾探测过的一个点,要不要去那里探寻一回？

但大家毕竟对"老虎"一次次地被缠在水下感到担忧，会不会又是一次无用功呢？会不会又只是弄出一身臭汗却别无所获？

没错，那条深沟的水究竟有多深还没弄清楚，深沟里隐藏着怎样的异物也是个未知数，而异物和水深是最能让"老虎"失去战斗力的两大弱点。倘若像上回那样，"老虎"被杂物纠缠得十天半月救不上来，抢在第四次庭审前搜寻到这一关键证据的最后希望就将破灭。

"可是，如果不去试一下，不是同样少了一分希望吗？"

"就算没有找到铁笼，至少排除了一个可疑点啊！"

众人的意见又出现了差异，谁都无法担保进入一个陌生区域的"老虎"必然会有收获，必定安然无恙，但众人很快停止了争论，气氛一下子又变得平和。是的，争论同样耗费时间，在分分秒秒正在流逝的时间面前，哪怕白白空耗一个小时，也是惊人的浪费。

争论之后便是冷静的思索和理智的分析。出现了一段短暂的静寂，静得只听见船外阵阵风浪声。末了，专案组一致决定，让殷宏伟操控"老虎"，向那个未曾探测过的疑点处进发！是的，与其放弃对疑点的搜寻，为了保住机器而丧失一次成功的机会，倒不如痛下决心向前闯。

奇迹总是眷恋勇于冒险和探索的人。

决定一旦作出，接下来便是从速行动。

殷宏伟全神贯注地操控"老虎"，让它沿"航道"一点点向前移动，搜索，再移动，再搜索……端坐在监视仪显示屏前仔细辨认着 ROV 设备传输回来的每个细节的人们屏住呼吸、一眼不眨。

人们清晰地看见，"老虎"缓缓进入那条深沟，向下探去，又沿着沟底，在翻滚着淤泥的深水里小心翼翼地向前……

时间在一分一秒过去。在深沟里工作不息的"老虎"，对一处陌生区域探寻结束后，又移到了另一处区域，继续探寻、搜索……

冬日已渐渐斜入千峡湖西侧，渐近黄昏时的风寒意更深，工作船上的帐篷、布帘乃至玻璃窗、舱板，都被猛风推得哗啦啦乱响，但众人的注意力全在水下的"老虎"身上，在监视仪显示屏上。

于是，便到了本文开头的那个时间点。下午4时多，下城刑侦大队副大队长吴信炎跟着"老虎"摄像头的推进，在位于北山大桥8号桥墩东南方向4米处的一条深沟里，在距水面深度为83米的淤泥翻滚的水底中，突然发现一个形似脚掌的物体。这是什么？吴副大队长的脑袋抵住显示屏，差不多要伸入显示屏里面了。

"这是什么？大家快来看！"吴副大队长无法遏制地狂喊起来，工作船上的每个人都听见了他"疯狂"的喊声。没在船舱里、没在显示屏前的人们闻声赶来，刚才正在船舱外的巢震宇副局长也马上来到监视仪显示屏前，他竭力让大家先安静下来，让"老虎"再对着这目标绕一圈，确切弄清这究竟是什么。

殷宏伟继续操控"老虎"，从各个不同角度扫描这一物体。人形脚掌更清晰了，不可能是别的东西。渐渐地，众人又模模糊糊地看见了类似铁笼横档的铁条，铁条后还隐隐有一个模糊的人影……

"找到了，找到了！"终于，大家欢呼起来，因长期辛劳而累积在身上的压力，一下子被释放出来了。

经巢震宇副局长等专案组成员反复查看确认，显示屏上出现的这个长约80厘米、宽约70厘米、高约60厘米的铁笼状器物以及笼内人形物体，确实是已寻找了两年多的此案关键证据！该物体位于北山大桥8号桥墩东南方向4米处的一条深沟中，距水面深度为83米。经初步分析，判断胡方权等人在抛笼时，铁笼先被抛到了千峡湖水下的山梁上，然后沿着山坡，翻滚到了盘山公路上。

920天的艰苦寻找，这一天终于发现了被害者的下落！

大好消息很快传到杭州，上级部门立即指示，必须尽快把这一关键证据打捞出水！

"找到铁笼，这只是成功的第一步，接下来必须马上解决的难题是赶紧把它从近百米深的湖底打捞上来。没想到，证据的打捞又让我们耗费了不少人力物力！"巢震宇连声感叹。

经过"老虎"细致勘查发现，这铁笼已严重腐蚀生锈，有几根钢筋与铁笼脱开，铐门的手铐掉落在了笼底，连笼子的铁门也微微敞开。这也难怪，在水下污泥里浸泡了两年多，加上被湖底水流冲来冲去，没被烂成一堆铁条，已经够运气了。不过，一个令人担忧的问题是，假如在打捞的半途，铁笼突然散架了呢？

更让人担忧的是，被害人张宏的尸体已在水底待了那么久，虽然经过活猪沉湖实验得知，在水温较低的湖底，尸体的腐烂速度会迟缓很多，但猪毕竟只沉了半年左右，沉了两年多的张宏尸身究竟会腐烂到怎样的程度，比如有否"皂化"，一时难以预料。勘查发现，尸身是面朝下俯卧的，打捞时如果过于用力地把铁笼往上提，尸身很可能从敞开的铁门中漏出来，四肢、骨头等肢体若稀里哗啦落进湖里，随着水流四处飘散，那就前功尽弃了。

刚刚尝到找到铁证的喜悦，又陷入了怎样打捞铁证、保护铁证的烦恼。

几乎又度过了一个不眠之夜。经过好一番研究，专案组想出了一个先留取证据的好主意——先对尸身进行检材取样，在其脚趾部位切片，提取DNA，这样既能确认此具尸体的身份，又能保证一旦在打捞时遭遇意外，可以得到一定的补救。

成功取样便成了打捞铁证前的重要一步。

一台非常灵巧的机械取样装置被火速送到打捞现场。这台机械装置由远程遥控操作，能用锐利的刀片把尸身上的所需部位自如地切割下来，再把检材送到岸上，类似一个小机器人。这台专用的机械取样装置，是专案组委托浙大顾临怡教授的团队以最快速度研制的。为了验证它的奇功，打捞人员还在当地菜市场买了一根猪棒骨做实验。当猪棒骨置放在刀片之下，只见装置启动，刀落骨断，干脆利落的动作引来众人的一片叫好。

不过，与"老虎"一样，这装置也非常"娇气"。前面说过，它是由电脑远程遥控操作的，电脑机械控制柜对环境的温度和湿度要求非常高，稍有"怠慢"，柜里的电子元器件就损坏了。青田天气多变，一会儿阴雨，一会儿放晴，空气湿度非常大，控制柜很容易受潮。"情急之下，我们又搞了土洋结合，用一个通了电的灯泡塞进控制柜，让它驱潮烘干，可又不知道究竟要烘多久。运气好的时候，几个小时温度就升回来了；倘若温度没有回升，工作就得暂停。"殷宏伟介绍，除了怕潮，控制柜还很怕受热，温度太高了同样会停止运作，必须随时把它搬到露天里散热，所以众人又不得不把控制柜抬进抬出……

取样装置的"娇气"还表现在它必须保持绝对平衡，稍有歪斜，刀片切割就无法精准。众人反复调试，确保它入水后不出现哪怕是头发丝般细微的失衡。为了同步运行，取样装置需要调试，与之配合的"老虎"也得调试，这又苦了众人。那段时间，一帮人在北山大桥上举着这台装置缓缓放到水里，再慢慢拎上来，一次又一次。另外一帮人则不厌其烦地调试"老虎"，让它变得越来越乖。

也正是因为准备工作做得非常充分，大家都有一种冲刺的感觉，水下检材取样这一环节后来进行得非常顺利。"老虎"相助，刀片一旋，作为重要证据的一截尸身脚趾随即取得。欣喜之余，众人不免猜想：是不是随着打捞工作的逐步推进，集体的智慧和能力得到了飞跃式的提升？

警方立即对所得的检材标本进行了 DNA 鉴定，最终确定是被害人张宏无疑。

接下来，便是打捞工作的压轴戏，即对铁笼和被害人尸体进行完整打捞。

铁笼滚在了水底的一处深沟里，打捞之前，"老虎"对它进行了最后的勘查。越发灵巧的"老虎"在水下把铁笼轻轻翻转过来。铁笼能翻转，说明它基本完好，可以实施整体打捞。接着，"老虎"利用其下方的一条空心钢管，把插在钢管前的两只大钩子，一一套在早已确定的铁笼支点上。

别看这两个钩子形状简单，制作时也颇让专案组费神。专案组委托青田当地铁匠，按钓鱼钩的模样制作了两只铁钩。第一次做的是直钩，试验时发现，这种钩子会使整个铁笼失去平衡，容易倾倒，便让铁匠改为弯钩。但第二次做的弯钩又容易造成所系绳索互相打结，便又重做。直到第三次改进制作的钩子才符合要求……

噢，连一只小小的钩子都仔仔细细地做三次，由此可知打捞人员的高度认真。

为了保险起见，打捞人员又特意做了一个活扣，让"老虎"用它把尸体的脚掌与铁笼拴在一起。两只钩子加一个活扣，一共有了三个支点，在打捞时就绝不会脱落了。这打活结的动作必须由"老虎"在近百米深的水下用机械手完成，众人不免有些担心。没想到，打这个活结，"老虎"一次性成功！

一切都确凿无疑地表明，最后的成功已经走近。

2015年1月6日下午，铁笼打捞正式开始。铁笼还未出水时，两只钩子忽然滑动，互相缠绕在了一起，惹得监视着它的众人一声惊呼，幸好没有影响整个铁笼的稳定性，便继续进行。

夜色渐渐浓重，铁笼已经起吊，但还没有出水。有人担心暗夜里操作会发生什么闪失，建议第二天再继续打捞。一直在现场指挥的郑洪彪局长、巢震宇副局长等领导分析认为，已腐蚀的铁笼门处于半敞开状态，若让铁笼悬在水中，有可能使被害人尸体从笼中滑出，掉入湖中。所以虽然此时天色已晚，打捞工作难度不小，但两相比较，还是趁热打铁继续全力打捞更为适宜。

继续打捞的决定一经作出，众人便加快动作全力操作。天色更黑，众人干得越发细致认真，铁笼也被起吊器一点点吊出水面。当铁笼完全出水，并缓缓吊向工作船时，在场的每个人都屏气凝神，关注着铁笼的任何一点儿微小抖动。

铁笼即将被吊到工作船上时，打捞人员用事先准备好的大网兜，兜住了它。这下子，哪怕它滑出铁钩也不至于坠落和解体。

1月6日晚7时许，装有被害人尸体的铁笼，终于稳稳地落在工作船上，人群中再次发出一阵躁动。就这样，失踪920多天，且已在水底下沉了840多天的被害人被找回，下城区公安分局完成了全国公安史上难度最大、足以载入刑事侦查史册的深水打捞！

张宏的尸体打捞出来后，即在警方的护送下，当晚被封存在青田县殡仪馆。1月8日，专案组把该关键证据从青田运至杭州。为确保无虞，一路上，专案组的警车和殡仪馆的运尸车始终保持十米左右的距离。

此时距即将开始的第四次庭审时间只有一个月，离向检方提交证据的时间仅剩四天！

尾声——最后的结局

古人有言："魔高一尺，道高一丈。"

2015年2月11日早上9点45分，"6·10"故意杀人案在杭州市中级人民法院1号法庭第四次开庭。惯于抵赖的胡方权起初仍强作沉默，拒不认罪，其余几名被告也都有逃避罪责的企图。

此时，法庭忽然通过视频，出示了水下的铁笼、铁笼内张宏的尸体，以及铁笼的打捞过程等证据。胡方权在内的犯罪嫌疑人不敢相信自己的眼睛：快三年了！怎么可能呢？这都能找到！他们不由得耷拉下脑袋，此时任何狡辩撒谎，都已显得苍白无力。

是的，铁证在手，再凶残、再狡猾的凶手也无法逃避法律的严惩。

在庭审中，公诉人特别指出，本案的办理，体现了杭州下城警方敢于担当、锲而不舍、不枉不纵的精神。公安机关耗时长达两年半，耗费巨大精力打捞被害人尸体，直至成功打捞，除了为庭审提供铁证，还为避免出现"亡者归来"的错案、确保案件办理质量、严防冤假错案的发生，起到了不可替代的关键作用。

公诉人的评价，代表了公众对杭州下城警方的高度肯定和敬意。

2015年3月16日，杭州市中级人民法院一审庄严宣判：被告人胡方权犯故意杀人罪，判处死刑，剥夺政治权利终身；犯非法拘禁罪，判处有期徒刑三年，两罪并罚，决定执行死刑，剥夺政治权利终身。张崇宣两罪并罚，决定执行死刑，缓期两年执行；金朝国两罪并罚，决定执行无期徒刑。被告人傅雄武等六名从犯，分别被判处有期徒刑一年九个月至三年不等的刑罚。

法院同时判决胡方权赔偿张宏亲人40万元；金朝国、张崇宣则需分别赔偿20万元。

"捷克作家米兰·昆德拉说过:'永远不要认为我们可以逃避,我们的每一步都决定着最后的结局,我们的脚正在走向我们自己选择的终点。'当三被告人把被害人装入铁笼的那一刻,当三被告人把铁笼抬到栏杆的那一刻,当他们把铁笼抛入水库的那一刻,就注定了把自己引向了今天这条不归路。"庭审中,公诉人以这样一段颇具文学色彩的话语,道出了这群罪犯之所以最终罪有应得、咎由自取的根本原因。

"我们坚持了三年时间,耗费了百万巨资,投入了数百人次警力,动用了国内最顶尖的科技,可以说是穷尽了一切手段和努力,只为追寻今天这样一个事实真相!只要能还被害人家属以公道,还社会法律以公正,我们倾注再多的辛酸和汗水,也值了!"结案之际,郑洪彪局长有了如释重负的感觉。

"今日长缨在手,何时缚住苍龙?"(毛泽东《清平乐·六盘山》)是的,正义、信心、智勇在手,哪一名犯罪分子能逃脱法律的天罗地网?

天不藏奸

闫 平

一、枪口下的"救命稻草"

时间：2008年7月21日。
地点：新疆博尔塔拉蒙古自治州博乐市。
这是夏季里的一个天气晴朗的上午。
夏天，是一个生机盎然的季节，一个充满诗意的季节。繁花似锦，绿树成荫，一派欣欣向荣的景象。万物经过春天的萌发，开始爆发出更强的能量和活力，生命在热情的渲染中绽放。
对于一个人来说，青春，是人一生中最美好的季节。宛如一生中的花季，是那样迷人芬芳；宛如一生中的雨季，是那样迷茫惆怅。
但是，并不是每一个人的青春，都是那样鲜

活,那样光彩照人。他们将人生作为一场赌局,押下的是时间,赌上的是疯狂和任性,还有他们丑恶的灵魂。

在靠近天山北麓的一处偏僻的戈壁滩上,警灯闪烁,警笛刺耳。一队荷枪实弹的公安、武警威风凛凛,严阵以待。一个即将被执行死刑的年轻生命,在公安人员的押解下,双手和双脚都带上了沉重的刑具。他身体绵软、脸色苍白、步履趔趄,几乎是被两名身强力壮的警察搀扶着走向刑场,这个即将结束他罪恶生命的鬼门关。

他的名字叫张得月,一个只有28岁的年轻生命,他罪恶的灵魂即将接受法律公正的判决。

对于一个即将走上刑场被执行死刑的罪犯来说,临死前的赎罪心理,将促使他们写下忏悔的遗书,或者提出要和自己最想见的亲人见上最后一面,对他们进行一次发自内心忏悔的告诫;有些人甚至要求监管民警或法官给受害人家属捎话,表示自己的悔过之心,希望通过自己的真心赎罪,抚慰他们失去亲人的悲痛,博取死者家属的宽恕。

但是在2008年7月的这个夏天的上午,一个由最高人民法院核准死刑并立即执行、即将在刑场上结束自己罪恶一生的死刑犯人——张得月并没有表现出一个重罪犯人临行前的种种忏悔之意,他镇定的外表,掩饰着一个早已为自己逃脱罪恶精心策划的阴谋。他在等待时机,早了容易做成夹生饭,让机敏的警察看出破绽;晚了如果执法人员扣动了扳机,他酝酿的阴谋再完美,也不能挽救自己的小命。

刑场上万籁俱寂,时间仿佛停止了。此时此刻,死刑犯张得月的身后,执法人员黑洞洞的枪口正在对准他的后脑勺,等待法官下达死刑执行命令。

可以预见,一旦枪响,正义的子弹将瞬间结束张得月恶贯满盈的生命。他的身体就像一堵墙轰然坍塌,生命如一缕青烟,消失在灼热的阳光下……

这时,法官宣读完最高人民法院死刑核准书,对张得月验明正身,威严的法警拉动枪栓,子弹上膛,准备对死刑犯张得月就地正法。就在法警即将扣动扳机的那一瞬间,这个曾经在新疆博乐市犯下惊天大案的罪犯张得月,突然变得焦躁不安起来,颤着嗓子向法官高喊起来:"法官大人,我要检举揭发,我知道一桩凶杀案的真凶是谁,请给我一次戴罪立功的机会!"

二、凌晨的报警电话

2007年3月6日凌晨,博乐市达勒特镇村民史维春,接到一个陌生的电话。那个时候史维春正在酣睡,一阵急促的电话声,惊醒了他的好梦。电话中一个恶狠狠的声音说:"你的侄子在我手里,你必须在四个小时内,交赎金15万元,不然,我就撕票。为了你侄子的生命安全,你千万不要报警。"

脑子里迷迷糊糊还没有完全清醒的史维春,以为这个电话是别人在跟他开玩笑,但这并不是因为他和侄子的关系不好,听到侄子被歹徒绑票的消息,不愿意掏这笔昂贵的赎金。以前他曾在电视中,看到过绑匪敲诈勒索的镜头。他认为遇上这样的事情,大多发生在达官贵人身上。他只是一个地道的农民,这几年地里收成不好,刨除成本和一家人的生活开销,几乎没有攒下什么钱。现在突然遇上这种莫名其妙的敲诈,让他又好气又好笑。于是他揉揉眼睛,没好气地说:"你是不是香港电影看多了?"说完便挂断了电话。

时间仅仅过去了五分钟,这个陌生的电话又一次响起。歹徒加重了语气威胁说:"你侄子在我手里,如果你不拿15万元赎金救人,你侄子就死定了。"

此时此刻,史维春仍然不相信侄子被歹徒绑架,他甚至对这个恶作剧制造者的执着有些气愤,他没有丝毫的考虑,直接就回绝了绑匪:"你他妈的瞎了眼,敲诈到老子头上来了,要钱没有,你想怎样就怎样。"说完,气愤地挂断了电话。

间隔不到五分钟的两次电话,让史维春睡意全无,虽然他不相信侄子被歹人绑架，但考虑到侄子的安危，他还是给弟弟打了一个电话。当得知侄子史新进一个晚上没有回家，而且手机关机，无法联系时，他的脑子"嗡"的一声炸响，这才惶惶地预感到侄子可能遭遇了不测。

他顾不得多想，急忙拨打了110报警电话，将侄子遭绑架绑匪索要赎金的事情，向警方报了案。

当时，博乐市公安局刑事侦查大队的民警，接到110指挥中心的转警电话，经过分析，认为史维春只是一个老实巴交的农民，家里没什么钱，经济也不富裕，谁会去绑架他侄子勒索钱财呢？同时，史新进时年22岁，已是成人，具有行为规范能力，家庭经济拮据，与人无冤无仇，怎么会遭人绑架？

怀疑归怀疑，虽然报案人和警方对这起案件存在的真实性都有着不小的疑虑，但是博乐市公安局刑事侦查大队还是依法迅速受理了史维春的报案。作为人民警察，面对人民群众的生命安危，必须用实际行动履行好保护人民、惩治犯罪的责任，是不可能对这种认为不可能的事情存在侥幸心理的。

接案后，博乐市刑事侦查大队根据报案人提供的资料信息迅速成立专案组，安排精干力量，对案件展开了摸排、走访。仅仅过了一天，办案民警就根据目击证人的证词，将当天晚上和史新进在一起并且有作案时间的犯罪嫌疑人张得月带到了刑侦大队。

当侦查人员进入张得月租住在89团10连的一处民房的时候，犯罪嫌疑人张得月显得神色慌张，面色苍白。由于掩饰不住内心的惊慌，竟两腿发软，不由自主地向后退，一屁股坐在了床沿上才稳住了神。

侦查人员将犯罪嫌疑人张得月带到了刑侦大队。当时的刑侦大队民警巴图见到张得月，也不由得吃了一惊。对于此人，巴图有着深刻的印象，张得月当年贩卖棉花时，在运货车辆上做手脚，诈骗了六万元钱，判了缓刑，栽倒在巴图的手里。

巴图对这个人简直太了解了。审讯张得月的时候，别看眼前这个嫌疑人一脸稚气，但城府很深，心理素质特别好，逻辑思维非常严密，整个审讯就像挤牙膏一样，挤一点儿说一点儿，让巴图费了好大的劲。不管嫌疑人多么奸诈，怎样为自己开脱，最终还是让巴图一点一点把罪证固定下来。

犯罪嫌疑人坐在审讯室里，审讯他的巴图与他四目相对，彼此都在打量、揣摩着对方。巴图通过观察，在捕捉犯罪嫌疑人任何一丝不易察觉的表情和动作，他在寻找主动出击的战机，力争一击制敌。犯罪嫌疑人张得月处于守势，他表情淡漠，好像什么事情也没有发生过。

两人相互揣摩，一攻一守。

仅仅依靠目击证人的证词和自己对张得月的了解，巴图是无法证明张得月就是绑匪的，他需要从张得月的口中得到有价值的线索，而让张得月主动交代自己的罪行，这在巴图看来简直就是异想天开。之前的办案经验告诉巴图，眼前这位犯罪嫌疑人，一定会顽抗到底，不抓住他的狐狸尾巴，他是不会轻易交代自己的罪行的。

当年由于办案条件的限制，办案人员只能用笔记录，字里行间难免会出现笔误、错别字等情况。尽管张得月在笔录上签了名，但是在法院开庭的时候，张得月将公安局之前做的询问笔录全部推翻，对自己的供述事实不予承认，以这种办法来回避法律对他的制裁。

这一年，年轻的巴图在公安战线上摸爬滚打，警龄已有十年。他经办过许许多多的案件，荣立过一等功，先后荣获过民族团结先进个人、优秀公务员等光荣称号。

这次询问，巴图吸取了上次的教训。为了防止张得月翻供，他要求记录人员在询问笔录上不允许出现一处错误，甚至一个错别字都不能有。如果这项工作做得不够细致，最后法院开庭，可能会导致犯罪嫌疑人的翻供。

询问整整进行了三个小时，笔录上一个字也没有记下。张得月一副坦然的样子，不管审讯人员怎样询问，他低着头始终一语不发，真有点儿死猪不怕开水烫的架势。

审讯遇到了阻力，仿佛进入了死胡同。巴图心中种种复杂的情绪，很快被意想不到的困难压倒了。

三、一滴血迹发现疑点

根据我国《刑事诉讼法》规定，对犯罪嫌疑人的传唤、拘传持续的时间，最长不得超过12个小时。张得月一言不发地对抗着办案民警的问询，让询问的民警倍感焦虑，如果拘传超过12个小时，犯罪嫌疑人不承认自己有罪，公安机关又没有足够的证据证明犯罪嫌疑人的犯罪事实，将不得不释放张得月。

在没有获得任何犯罪嫌疑人口供的前提下，趁着询问时间没有结束，博乐市公安局刑事侦查大队副大队长王永峰带着一名技术人员，赶到了犯罪嫌疑人张得月暂住的民宅。

在痕迹专家王永峰看来，询问工作难以突破实属正常。作为我国为数不多的足迹学专家，他除了平时参加繁忙的侦查破案工作，还承担着许多警员的教学任务，对于证据的依赖，他已达到近乎痴迷的程度。他心里明白，对于这桩案件，到最后打的就是证据战，给罪犯定罪的依据就是痕迹物证。

案发那天晚上，目击证人看见张得月带着史新进进了他租住的民宅。

痕迹专家王永峰和技术人员来到前一天晚上犯罪嫌疑人张得月和失踪者史新进走进的房间。因为没有任何人知道在这个普通的民宅究竟发生过什么，而且警方也没有任何有力的证据，甚至没有明确的目标指向，能够说明这个民宅可以构成一个杀人现场，这让到达现场的痕迹专家王永峰和技术人员一时不知道该如何开展工作。

就是在这样一个几乎找不出任何疑点的普通房屋，刑侦人员经过在房子的边边角角、大小物件上反复的筛查，还是发现了一处非常细小的疑点——在屋子里的花盆的边沿上面，王永峰发现了一处低角度喷溅上去的血迹。正是根据花盆上这一点儿微小的血迹，凭着十几年在公安战线上的摸爬滚打而磨练出来的职业敏感，王永峰的脑海里迅速闪现出一个连他自己都不愿相信的假设，那就是在花盆边的地面上，曾经有人用利器砍过人，否则不可能形成一个如此低角度喷溅状的血迹。

由此王永峰判断，被绑架者很有可能在这间屋子里被人分尸。

喷溅状血迹的发现，让王永峰的心里隐隐不安，人质史新进此刻很有可能凶多吉少，而现场血迹依靠技术手段只能初步判断为人血，是不是人质的血迹还无法马上认定，DNA 的鉴定数据最快也得三天后出具。可是，再过几个小时，拘传犯罪嫌疑人张得月的时间就要到期，接下来的工作就是与时间赛跑，必须在短时间内找到铁的证据，让犯罪嫌疑人张得月认罪伏法。

在此期间，博乐市公安局领导也对此案给予了极大的关注，指示刑侦技术人员在案发现场最好能发现一些证据明确、有指向性的物证。局领导要求办案民警要发扬不怕苦、不怕累的革命精神，坚决打好勘验现场这场攻坚战，彻底打掉犯罪分子的嚣张气焰。

现场勘查工作一直持续到深夜。队员们忍饥挨饿，仍然没有放弃努力，他们对线索证据的查找，从屋内到屋外，逐步扩大勘查范围。

任何一个案件的发生，都有时间和空间的限定，所谓的信息都是依靠证据来支撑的，要想破案，必须要在这个犯罪的空间区锁定犯罪分子留下的痕迹物证。

下半夜，刑侦技术人员终于在院外墙角下一处灰堆之间，有了重大发现。王永峰在一堆炭火的灰烬中，翻找出几块烧焦的人骨和牙齿的残骸。

对于王永峰来说，能够确定这几块人骨和室内现场提取的血迹。两个物证加在一起，对这起绑架勒索杀人碎尸案的成功告破，基本上八九不离十了。

刑侦技术人员从现场拿回来足以确定犯罪嫌疑人罪证的物证，主审人巴图加快了审讯步伐。在三四个小时的时间里，询问张得月的手写笔录，长达 17 页，一共有一万多字，中间没有任何一个修改之处。可见这份询问笔录做得是多么细致、完美，不留一丝缺憾。

据犯罪嫌疑人张得月交代：张得月是从甘肃来的一名打工仔，他生性懒惰，好逸恶劳，因嫌钱赚得太慢，经过一番精心的谋划，他决定铤而走险。

2007年元旦，张得月认识了家住博乐市达勒特镇年龄比他小六岁的一个新朋友，这个人名叫史新进。史新进年龄不大，虚荣心较强，爱吹牛，在与人交往中，常以富家子弟自居，人前人后总是夸耀自己父亲或者叔叔如何有本事，一年能挣几十万、上百万。

他家庭的富有，赢得了许多人的赞美和羡慕，他也在这种炫富中得到了虚荣心的满足。张得月听到史新进家里这么有钱，就把他作为自己发财致富的首要人选，在以后的接触中，就以和他联合做化肥生意为由，刻意交往了三个多月。

2007年3月5日，张得月感觉到作案的时机成熟了，将史新进骗到了临时居住房，好酒款待，然后乘他昏睡之际将其绑架。让张得月没有想到的是，史新进家里根本就没有钱，在向史新进的叔叔索要赎金时，还被史新进的叔叔嘲笑为香港电影看多了。因此，犯罪嫌疑人恼羞成怒，感觉自己受到了极大的侮辱，竟不顾史新进的苦苦哀求，将其杀害并分尸。为了掩人耳目，他对尸体进行了焚烧，并仔细打扫了现场。他自以为杀人碎尸做得干净，没有留下任何痕迹，即便警方前来勘查，也不可能找到任何蛛丝马迹。

于是，在公安局的审讯室，他就以沉默的方式来对抗民警，然而几个小时过去，经过几场短兵相接的较量，他就败下阵来。在警方强大的攻势和证据面前，他只能低头认罪。让他没有想到的是，刑侦专家仅仅依靠一点儿血沫子就还原了整个案发现场。

这真是聪明反被聪明误，多行不义必自毙。

四、寻找尸源现场

在对张得月执行死刑的2008年，我们国家施行的还是1997年1月第一次修订实施的《刑事诉讼法》。

根据《刑事诉讼法》第二百一十一条规定：下级人民法院接到

最高人民法院执行死刑的命令后,在执行前罪犯揭发重大犯罪事实或者有其他重大立功表现,可能需要改判的,应当停止执行,并且立即报告最高人民法院,由最高人民法院作出裁定。

死刑犯张得月在行刑前的最后一刻,突然高喊枪下留人,他要戴罪立功,揭发另外一起凶杀案。

新疆维吾尔自治区博尔塔拉蒙古自治州中级人民法院刑事审判庭法官林静,是当年参与执行张得月死刑的一位法官,对于那次特殊的刑场经历,她至今记忆犹新。

死刑犯张得月背对着执法人员,他的前方是一片荒芜的戈壁滩。林静基本上看不到张得月的面部表情,但是他说那段话的时候,可以从语气里听出很仓促很焦急。因为当时的刑场比较空阔,声音也不会传得很远,张得月说这番话的时候,林静听得很清楚。

在场的执行人员很快就意识到,他们遇到了一个前所未有的情况。应该说林静在多年的执法生涯中,遇上临刑前有重大案件要检举揭发的事情还是第一次。

根据死囚张得月供述,2006年的秋季,一个从伊犁到博乐名叫杨艳的拾棉女工,被人先奸后杀。尸体埋在第五师89团10连一块棉田的渠道里。

死刑犯张得月对这个凶杀案发生的时间、地点说得特别详细,让刑场上所有的办案人员隐隐感到了一丝不安,一起骇人听闻的命案或许会因此昭然世间。

博尔塔拉蒙古自治州中级人民法院的法官们,在与监督执行的检察官商议并请示最高人民法院同意后,决定暂时中止张得月的死刑执行。

死刑犯张得月供述的埋尸地点,位于新疆生产建设兵团第五师公安局下辖的塔斯海垦区分局的辖区。在接到案情之后,刑侦支队的支队长李华,带领刑侦人员迅速赶赴现场。

在张得月的指认下,刑侦人员很快找到了埋藏杨艳尸体的具体位置。死者埋藏在棉田旁的渠道底部。

民警找来铁锹、十字镐等挖掘工具,开始轮换着清理现场。

时值盛夏，博尔塔拉午后的阳光炙烤着大地，天空没有一丝风，地表温度接近50摄氏度。民警们挥汗如雨，挥镐使锨奋力挖掘。由于现场地方狭小，一拨人干累了，另一拨人轮换着继续干。渠道里带有黏性的泥土，混合着坚硬的鹅卵石，坚硬程度不亚于混凝土。十字镐碰击鹅卵石，不时发出"嘭嘭"声，溅起无数的火星。飞溅的石头渣不时地打在民警的脸上，抹一把生疼。每挖一个小坑，都要付出巨大的努力，挖掘工作进展十分缓慢。十字镐用不了一会儿，镐尖就磨钝了，铁锨刃也卷了，甚至镐把和铁锨把震劈了好几把，不能使用。

这让在场的民警隐隐有些疑虑：这么坚硬的戈壁地面，嫌疑人当年为什么要将尸体埋在这种地方呢？最大的疑点就是死刑犯张得月会不会编造一个理由，使自己苟延残喘多活一段时间？或者寻找机会逃跑？

根据张得月的犯罪记录，知道案宗的警员大多有着这样的猜测。

就在不久前，关押在博乐市看守所的张得月，曾企图越狱逃跑。他利用每天放风的机会，有意接近看守，企图在看守没有防备的情况下，劫持看守，达到越狱的企图。但是就在他准备劫持看守时，被管教民警识破，成功地预防了这起越狱事件。

挖掘工作一直持续到傍晚8点，从中午的3点钟开始，整整5个多小时的挖掘时间。地面长2米、宽1米的挖掘深度，已经达到了1.4米，已经远远超过了张得月供述的被害人埋在1.2米的深度，但是民警一无所获。

满腹疑惑的民警，不得不再次将张得月带到现场进行确认。大家都坚持不住了，对死刑犯张得月临刑前供述的这个凶杀案现场，已经不抱有任何希望。

根据第五师公安局塔斯海垦区分局痕迹鉴定技术室主任赵文的推测，在这片特殊的戈壁滩上，要想成功地埋尸，深度不会超过1.5米。尸体埋得浅了，肯定会被其他动物刨出来让人发现；埋得太深，一个人的力量不可能完成这么大的工作量。经过现场测量，民警的挖掘进度已经十分接近这个数字了。

挖掘工作还在进行,当天晚上9点多,张得月声称的女尸仍然没有踪影。围在现场的公检法人员,商议之后决定,如果再挖一锨深不见尸体,死刑犯张得月将重新押赴现场执行枪决。

就在民警下挖了一锨深之后,案情出现了转机。正在坑里挖掘的一个民警兴奋地叫了起来,他的铁锨接触到了黑色的泥土,黑色的泥土发出的腐败尸臭味,将围观的执法人员熏得直捂鼻子。

支队长李华突然意识到,挖掘工作到了最关键的时刻,他让坑里的民警上来,撤走了十字镐和铁锨。他跳到坑中,打开勘查设备,就跟考古一样,拿小铲子一点一点进行剥离,小心翼翼地清理着土坑底部附着物上的泥土。

此时已是北京时间晚上10点了,但是由于时差的原因,新疆西北边陲的太阳还没有下山。在令人窒息的土坑底部,支队长李华早已汗流浃背,但他始终不敢有丝毫大意,依旧缓慢地搜寻着土层中渐渐暴露出来的任何有用的东西,仿佛怕突然惊醒沉睡多年的亡魂。

由于条件限制,现场勘查人员没有很好的保护措施,他们只能在面部围上一条简陋的毛巾,来抵抗越来越强烈的腐败气味。

随着土层渐渐被挖开,突然李华的手停住了。此时,在坑外的警员全然不知李华心中泛起的一阵悸动,一具尸体高度腐烂,已成一堆白骨的尸骨终于重见天日。

根据死刑犯张得月的供述,塔斯海垦区警方在掩埋尸体的引水渠里,深挖了1.6米,找到了一具女尸。在水渠的底部,由于尸体已经掩埋了两年多的时间,基本上已腐烂得非常厉害,呈现出白骨化的状态。在尸体上方,尚未腐烂的毛衣边缘呈现出一个向上翻卷的状态,这应该是在罪犯拖拽尸体的时候,衣服和地面摩擦导致的。面容就是一具骷髅,形状骇人,无法辨认。

根据法医的认定,死者的舌骨的根部有骨折的现象,初步推断应是外力导致窒息死亡。在尸体的旁边,警方发现了一张身份证,身份证上的主人名叫杨艳。像这样一桩凶杀现场,尸体高度腐烂,死者的身份并不能仅凭一张身份证就断然确定。

如果真像张得月交代的那样，死者就是杨艳的话，为什么两年多的时间没有任何人报警，找寻过这个女子呢？这个杨艳到底是个什么样的人？她的家人又在做什么？

带着重重疑问，警方驱车赶往杨艳的老家。

新疆伊犁地区霍城县芦草沟乡，位于伊犁西北部，如今已是中国最著名的薰衣草产地之一。而在2006年，这个小镇的年人均收入不足4000元。以务农为生的杨艳家，经济状况并不富裕，收入水平属于全镇的最低层次。

一辆警车停在了杨艳家门口。民警的到来让杨艳的母亲李红霞猝不及防。她告诉民警，女儿杨艳在2006年9月到博乐市捡拾棉花失踪。两年来家人四处寻找，但得不到任何音信。

自从杨艳失踪以后，母亲李红霞终日茶饭不思，只能对着女儿的照片暗自伤神。

母亲李红霞回忆，杨艳失踪的时间，刚好与法医尸检的死亡时间大致吻合。警方推断，曾经容貌出众的杨艳，有没有可能就是土坑底部那具化作枯骨的尸骸呢？办案民警提取了李红霞的血液样本，准备前往公安部物证鉴定中心送检，与那具疑似杨艳的尸骸做DNA比对，确认尸源。

由于当年办案条件的限制，第五师公安局并没有保存尸体的地方，挖出尸骸以后，只能寄放在当地医院的停尸房中，每天200元的寄放费用，这对于经费紧张的公安局来说，是一笔不小的开支。

五、谁是真正的凶手

2008年的新疆，公安部门还不能对白骨做DNA鉴定，只能把比对检材送往公安部。当年由于公安局的经费紧张，民警出现场时车辆加油都很困难。为了节省经费，局里决定让刑警李鹏携带尸骨包裹乘坐硬卧火车，前往4000多公里外的北京。

为了保证万无一失，只身一人的李鹏，甚至将装有骸骨的纸箱枕在自己的枕头底下，寸步不离。这是非常重要的一个物证，一旦遗失，对案件的后期侦查会造成很大的困难。

就在李鹏将无名尸源送往北京做 DNA 鉴定的同时，另一组侦查人员对死刑犯张得月进行了详细的询问。按照法律规定，死刑犯张得月既然要立功赎罪，就必须如实交代他所知道的涉案内容。

2008 年 7 月 22 日，中止对死刑犯张得月执行死刑的第二天，博乐市中级人民法院将死刑犯张得月重新收监，关押在博乐市看守所。对于许多民警来说，张得月得以侥幸存活让他们的心情十分复杂。老百姓有句话叫杀人偿命，张得月既然杀了人，理应偿命，这是天经地义的事情。但按照我国《刑事诉讼法》的相关规定，他在临死前揭发重大犯罪事实或者有其他重大立功表现，就能够免去一死，法律给他提供了一次戴罪立功、重新做人的机会。

比民警更不能接受这一切的，还有被张得月杀害的史新进的家人。他们原本一直等待着张得月的死刑执行，结果被眼前这一变故惊呆了。他们不断地上访，他们要给死者讨还公道。一时间，各种议论纷至沓来，公安部门面临着死者家属和来自社会上的种种责难，他们必须尽快破案，给死者家属一个交代。

此时，办案民警更想知道究竟是谁杀害了那名埋在地下的女子？如此不可告人的秘密，死刑犯张得月为何知道得那么清楚？

自刑场回到看守所，死里逃生的张得月一直努力地配合警方的审讯工作。为了能够立功赎罪，他将所知道的案情经过非常详细地向警员们描述了出来。据张得月交代，2006 年 9 月，89 团 10 连的一个名叫阿杰的蒙古族青年，将死者杨艳杀害后，胁迫张得月一起将尸体掩埋。

2006 年 9 月，死者杨艳是受雇于张得月的哥哥张得年，在张得年的棉花地里拾棉花，与蒙古族青年阿杰恋爱。同年 10 月末的一天，阿杰告诉张得月，自己失手杀死了杨艳，尸体就埋在了 89 团砂石料厂的一处废弃的砂石坑里。阿杰胁迫张得月，让他帮助移尸掩埋。起初张得月不肯，阿杰就用刀子胁迫他，不同意就要其性命。张得月被逼无奈，和阿杰一道，将杨艳的尸体转移到棉田附近的渠道，挖坑掩埋。

不日，在北京焦急等待公安部结论的李鹏，终于拿到了无名女尸的 DNA 比对报告。公安部的工作人员一看李鹏是从新疆万里迢迢来的，知道事情紧急，不能耽搁，一路绿灯，很快就把送检的血样、尸骨的 DNA 做了出来。死者就是 2006 年 9 月在 89 团 10 连捡拾棉花失踪的杨艳。

尸源的最终确认，初步证实了张得月交代的凶杀案是真实的，这让负责审讯的警员感到了一阵轻松。大家相信，依靠张得月的供述，很快就会使案情水落石出，逍遥法外的凶犯很快就会被逮捕，并被绳之以法。

六、案情节外生枝

这是一支季节性的劳务大军。每年 8 月下旬，来自甘肃、河南、四川等省份的近百万采棉大军，奔赴新疆各地广袤的棉田。这支浩浩荡荡的队伍中，80% 的成员是年龄在 18—50 岁的农村女性。她们利用夏秋之间短短 70 天相对农闲的时间，来到新疆捡拾棉花，挣得一份丰厚的劳动收入。她们在创造了巨大的经济效益的同时，也解决了新疆劳动力的紧缺问题。

而在当年，被害人杨艳就是这百万拾棉大军中的一员。工作之余，由于缺少娱乐方式，拾棉工常常会在夜幕降临之际，聚在一起喝酒唱歌。她们用这种最朴素的方式，来解除一天工作的劳累，缓解远离亲人的孤独。

他们三五成群地小聚一下，吃吃饭，喝喝酒。音乐成了释放情感的最佳方式，篝火燃起的暖意和音乐带来的快乐，使许多来自五湖四海的务工人员彼此熟悉。也正是在这个时候，喜爱音乐、弹得一手好吉他的蒙古族青年阿杰，用一曲曲欢快的曲子，赢得了拾棉姑娘杨艳的爱慕，阿杰和杨艳走在了一起。

张得月向办案民警供述了阿杰和杨艳的一段缠绵悱恻的情感经历。在捡拾棉花期间，这对情人感情发生了裂隙，最后阿杰残酷地杀害了情人杨艳。

办案民警在审讯张得月的同时，另一队刑警开始对阿杰展开调查和抓捕。负责抓捕的警员，带来了一条让所有民警都难以置信的消息：阿杰在一年前已经死了。

阿杰是在一年前的一起交通事故中死亡的。

在一份由博乐市公安局出具的事故鉴定书中，对阿杰的死亡过程做了详细的记录：阿杰的死亡时间是在2007年4月28日。

这一天，阿杰因为酗酒驾驶一辆无牌照摩托车在公路上狂奔，致使车辆失控翻下路基，撞死在树林带里。

难道大家都被张得月耍了，把杀人的责任推给一个死人，自己却白捡一条命？

然而仔细一推算，民警发现2007年4月28日这一天，死刑犯张得月因绑架杀人碎尸案已在博乐市看守所关押一个月，对于阿杰的死，他根本就无法知道。

阿杰的死，使所有的证据变成了孤证，杨艳被害案件成为了死案。不过最让民警头疼的是，到底死刑犯张得月供述的这起案件算不算立功？他的死刑还要不要继续执行下去？

最让赵文困扰的是阿杰那匪夷所思的作案动机，热恋中的他为什么要毫无征兆地杀害自己的恋人杨艳呢？这起惨案又是如何发生的？

在这起凶杀案中，三个当事人中有两个人都已死去，张得月的话没办法印证。

而张得月对凶杀案第一现场的描述，也让赵文顾虑重重。在89团郊外的一间废弃的民房里，赵文曾带领队员勘查过这个现场，但是案发已过去了两年，赵文在这里没有提取到什么有价值的物证。

更让赵文感到疑惑的是埋尸的地点似乎也不太合理。根据张得月的供述，阿杰先把杨艳的尸体埋在了砂石料厂废弃的砂石坑中。因为戈壁太硬难以挖掘，杨艳的半条腿露在了外面。之后阿杰不得不找来好朋友张得月，两人将杨艳的尸体移到了棉花地里重新掩埋。

民警分析：根据当地的地质结构采样，张得月供述的阿杰最初掩埋杨艳的地方和最后掩埋杨艳的地方，都是戈壁地质，坚硬程度极为相似。如果阿杰已经将杨艳埋在了砂石料厂废弃的砂石坑中，只须叫来张得月在原地再挖深一点儿，就可以把杨艳掩埋了，他们没有理由将沉重的尸体远距离地搬运，找一个坚硬程度相同的地方，再挖一个新坑，按常理来说这应该是不可能的。

这就奇怪了，为什么阿杰要在已掩埋杨艳之后，找来好友张得月把尸体移走，再次掩埋呢？难道他不怕张得月把他杀人的事说出去吗？这些疑问，让办案民警对张得月的供述产生了很大的疑问。

89团10连是第五师重要的产棉基地之一，也是张得月供述当年阿杰和杨艳这段恋情开始的地方。

侦查员李鹏接受了新的任务，开始了摸排走访工作。虽然张得月供述阿杰杀害杨艳的事实存在诸多疑点，但此时，阿杰已经死亡，办案人员只能依靠外围摸排，来证实张得月的供词。

经过民警李鹏的详细调查，种种证据显示，阿杰并不具备杀害杨艳的可能。由此李鹏推断：张得月知道杨艳死亡的详细过程，会不会杀害杨艳的人就是张得月，而阿杰只是张得月抛向警方的替死鬼呢？

张得月案发被警方羁押一个多月后，阿杰死于非命。张得月在看守所是不可能知道阿杰死亡信息的。张得月在监所关押期间，是通过什么渠道得到阿杰的死亡信息？

阿杰的死，使原本比较简单的案情，变得扑朔迷离。

七、扑朔迷离的案情

这天，赵文和队员们查阅了张得月绑架杀人碎尸案的庭审资料，他们发现了可能泄密的一处破绽。

张得月有一个哥哥叫张得年，在张得月被羁押之后，哥哥张得年参加了法院对弟弟的开庭审理，可能和弟弟有见面的机会。民警怀疑，会不会在法院庭审当中，兄弟俩发生了接触，在接触过程中实现了阿杰死亡的信息传递？

但是经过民警调查，很快就否定了张得月与张得年串供的可能。法庭的庭审制度极为严格，法院庭审时，张得月是站在被告人席上，两侧都有法警严密看护，整个过程甚至连头都没有回一下，无法跟身后旁听的张得年有任何联系。他哥哥坐在观众席上，两个人没有单独在一起的时间。

民警又推断，会不会在张得月关押期间，哥哥张得年给弟弟送衣物，然后将阿杰死亡的消息传递给弟弟？

经过民警核实，又将这个疑问给否定了。看守所有着极为严谨的看守制度，家属给在押人员送私人物品都要交由管教民警转达，并且都会经过严格的检查，就连看起来微不足道的裤带、鞋带都会因为可能产生伤害而不允许带入。张得年给弟弟送的东西，是通过法警和看守所民警传递的，绝对没有纸片夹带这种情况。

民警没有查到哥哥张得年串通弟弟张得月的证据。刑警李鹏在对张得月和张得年周围的人进行调查走访中，得到了一个令人难以置信的消息，这使整个案情出现了转机。

当年，据知情人士透露，阿杰和杨艳只是一般的朋友，情感远没有上升为情人关系。杨艳在89团10连采摘棉花，和张得年的关系比较密切，平时两人经常在一起。张得年对杨艳的生活起居也格外关照，采摘棉花时，张得年以户主的名义，经常跑到杨艳捡拾棉花的地块，将自己捡拾的棉花装到杨艳的口袋里。杨艳和同住的女工发生了口角，张得年就腾出一间房子，安排杨艳住到了自己的家里。

在张得月的供述中，杨艳是在他哥哥张得年的棉田拾棉花，他不可能不知道杨艳和哥哥谈恋爱的事。他们每天捡拾棉花，抬头不见低头见，根本就容不下第三者阿杰的插足。但是张得月却说杨艳谈恋爱的对象是阿杰，这让民警不得不有所警惕，怀疑张得月刻意隐瞒哥哥和杨艳之间的关系，他的用意到底是为了什么？他为什么要极力回避哥哥张得年和杨艳之间的这段感情经历？会不会是张得月过于忌惮和张得年之间的兄弟感情，才刻意隐瞒了这段实情？

警方判断：如果杨艳和张得年在谈恋爱，阿杰根本就没有和杨艳谈过恋爱，甚至两人之间只是认识，并不熟悉，那么阿杰杀害杨艳的动机就难以成立。如果阿杰没有杀害杨艳，那么张得年有没有可能就是杀害杨艳的真凶呢？

让警方怀疑张得年就是杀害杨艳的真凶还有一个更为重要的因素，埋藏杨艳尸体的地方，正是张得年家的棉花地。

根据以上判断，张得年有杀害杨艳的重大嫌疑。塔斯海警方迅速盘查了张得年。但是对张得年相关的调查，进展得并不顺利。张得年矢口否认自己和杨艳有过谈恋爱的经历。他说："我和杨艳只是一种雇用关系。她给我捡棉花，我给她支付报酬。我们之间没有任何的情感瓜葛，采棉季节过去，杨艳就回家了，之后再也没有联系。"

虽然张得年在警方面前撇清了和杨艳的关系，但是这并没有打消警方的疑虑，因为张得年无法解释为什么杨艳没有回家，而是被埋在了他家的棉花地里。试想一下，如果张得年杀了人，他把人埋在自己的棉花地里更不容易让人发现，还是埋在别人的棉花地里更不容易让别人发现？

按照赵文的推测，张得月所说的阿杰长距离运尸、两次埋尸的说法都难以成立。按照生产建设兵团特殊的地貌条件，凶手掩埋尸体并没有太多的选择，他应该在杀害杨艳之后就近掩埋，而张得年家的棉花地，应该就是案发的第一现场。

正在警方将杀害杨艳的注意力转移到张得年身上的时候，再次面对警方提审的张得月突然一反常态，一句话也不说。他表情压抑，目光呆滞，也没有先前提审时那么兴奋了。

张得月的抵触表现，让警方有了一丝焦虑，看来这起案件并不像张得月之前供述的那样简单。而如今时隔两年之后，缺乏人证和物证的支持，这起凶杀案通向真相的道路，只能依靠张得月的供述。如果他一再沉默，与民警不合作，案件的侦破只能在原地踏步，不会有丝毫进展。

这个时候，最受煎熬的是赵文。他拿上张得月的口供闭眼前在想，睁眼后还在想，就是在梦中，也会出现张得月那充满狡诈的面孔。

八、山重水复疑无路

山重水复疑无路，案件的侦破工作陷入停顿，似乎进入了死胡同，没有任何进展。2008年8月底，杨艳被杀案陷入僵局的第四十天，经上级公安机关研究，决定指派刑警支队副支队长张毅负责接手死刑犯张得月的审讯工作。

上级领导的工作安排，让参与此案的很多警员都感到意外，因为此时的张毅正在医院接受治疗。由于张毅长期伏案工作，积劳成疾，患了严重的腰椎间盘增生。就在不久前，张毅在一次抓捕过程中负了伤，颈部和腰部严重损伤，已不允许他继续工作。医生认为他当务之急就是在家静养，慢慢恢复，身体状况并不适合马上投入工作。

对他来说，命令就是催征的号角，不允许他挑肥拣瘦贻误战机。审讯张得月这样的重刑犯，已经到了攻坚阶段，如果贻误了战机，很有可能成为不了了之的死案。两军对垒智者赢，狭路相逢勇者胜。他别无选择，只能全身心地投入到审讯死刑犯张得月的工作中。

然而让这位身负战伤的老刑警临危受命，却是上级领导几经考虑之后的精心布局。在几十年的公安工作中，张毅极为擅长捕捉犯罪分子的心理状态，在他侦办过的1000多起案子中，他就是一个让不法分子胆战心惊的对手。

对于张毅来说，死刑犯张得月能够绑架杀人碎尸，他的犯罪行为特征必定非同寻常。只有完整刻画出他的犯罪心理，对症下药，才能从他的内心深处找到答案。为此，张毅并没有急着提审张得月，而是先拜访了老朋友——在博乐市公安局工作的刑侦专家王永峰。

王永峰也是一名在公安岗位上摸爬滚打几十年的老民警了，他对死刑犯张得月的这个案子比较熟悉。在勘查张得月绑架杀人碎尸案现场时，正是凭借着他的火眼金睛，根据罪犯未来得及处理掉的一处血沫子，还原了整个案发现场，否则仅凭审讯想让杀人犯张得月认罪伏法，结局难以预料。

张毅明白，张得月的心理素质非常好，审讯中如果没有物证支持，审讯工作将不会有任何结果。如果牵强介入，会做成夹生饭。在提审张得月之前，他想听听老朋友王永峰的意见，也许他会给自己支些招数。

这一天，在张毅的授意下，侦查员李鹏和同事，来到了伊犁霍城县芦草沟乡杨艳的家，他们向杨艳的母亲说明情况后，开始搜索杨艳的卧室，希望在杨艳生前的物品中，找出杨艳被杀案的蛛丝马迹。

自从杨艳在两年前神秘失踪后，母亲思念女儿，对杨艳居住的房间物品，基本保持了原样。她甚至想，女儿只是出了一趟远门，有一天女儿突然回来，还会像小时候那样，张开双臂像小鸟一样扑进自己的怀抱。

民警在杨艳居住的房间里，搜集一些杨艳生前遗留下来的物品。在一个存放在屋角的纸盒里，李鹏有了重大发现，他们找到了杨艳大量的信件，写信人不是别人，正是张得月的哥哥张得年。

现在，从张得年写给杨艳的信中，可以肯定地说，张得年和杨艳之间是恋人关系，在2000年的时候，张得年和杨艳就确定了恋爱关系。他们通过信件传达互相的爱慕之情。从他们肝肠寸断、爱意缠绵的信中可以看出，她和张得年的那段爱情，是她18岁少女的第一次初恋，给她留下的印象最为深刻。

张得年写给杨艳的信中说："还记得吗，那两个一高一矮的水塔，高的是我，矮的是你，现在，这么多年过去，水塔依然这样耸立……"

张得年在另一封信中对杨艳说："除非你先改变方向，否则我不会走向另一条路的……"

知道女儿杨艳和张得年的恋爱关系，杨艳的母亲感到非常意外，因为早在2000年，年仅18岁的杨艳跟随母亲来到张得年的棉花地里拾棉花，张得年百般讨好杨艳母女，试图追求杨艳，但遭到了杨艳母亲的极力阻止。

杨艳母亲不同意女儿同张得年处对象，自然有她的道理。1997年，年仅20岁的张得年从甘肃到89团种地，之后他响应兵团特殊的户籍政策，落户89团10连，成为一名团场职工。虽然在2000年张得年成为杨艳母女的雇主，但是这个年轻的承包户生活条件正在起步阶段，各方面都不是很好。母亲担心女儿嫁给这位生活贫困的小伙子受苦，多次阻止两个年轻人私下约会。

就在2000年的那次拾棉结束之后，杨艳跟着母亲回到了伊犁霍城县芦草沟乡。然而，让杨艳的母亲万万没有想到的是，张得年和女儿竟然一直瞒着自己，在偷偷地谈着恋爱。

这段维系了多年的隐秘恋情，在2003年的一天突遭变故。在父母的张罗下，杨艳嫁给了同村的一位老实巴交的村民，而张得年也不得不罢手，在杨艳结婚一年之后，也结了婚。

也许是出于初恋刻骨铭心的爱情，杨艳婚后的生活并不幸福，在凑合了两年之后，她和丈夫草草地离了婚。这期间，张得年和杨艳的书信却一直没有中断过。为了掩人耳目，张得年在给杨艳的信中说："我不希望你把我的信给别人看，让你的父母知道……"

这段长达六年的书信往来，终于在2006年的秋天画上了句号，杨艳背着母亲，再次前往张得年家拾棉花。她希望通过这次捡拾棉花，能够和张得年重叙旧好。所以临行时，她没有告诉母亲自己的具体去向，她怕母亲知道后阻止她前往。

让杨艳没有想到的是，她是怀着美好的憧憬来的，最后希望破灭，被人杀害后，尸体埋在了张得年家的棉花地里。

根据侦查人员的情况反馈，种种迹象表明，张得年向警方撒了一个弥天大谎，他和杨艳曾经有过一段鲜为人知的地下恋情。而这段恋情有可能是造成杨艳死亡的直接原因。

虽然张得年的嫌疑在逐步上升，但是张毅心里清楚，张得年仅仅因为不愿承认自己和杨艳的恋情，就怀疑他是杀害杨艳的真凶，这是远远不够的。在他的心中，还有一个巨大的疑惑：如果哥哥张得年真的是凶手的话，那么弟弟张得月指认阿杰是凶手，又该如何解释呢？他是想替哥哥张得年开脱罪责吗？那么他是如何知道阿杰的死讯的呢？

九、谁是杀害杨艳的真凶

作为一名多年在公安战线上摸爬滚打的老公安，张毅敏感地认识到：杨艳凶杀案的背后隐藏着一个巨大的阴谋。

在看守所里，看守每时每刻都在聚精会神地监控着监舍内的在押人员。在接到审讯死刑犯张得月任务之后，张毅一直没有正面接触张得月，不过他早已布置了警力，秘密监视着监舍内张得月的一举一动。

虽然办案人员没有发现张得月与外界可能出现私通消息的疑点，但是这并不能让民警有丝毫的大意。从张得月近期的行为来看，他在监舍内的表现极为镇静，他并不理会同监舍的人，经常一个人独处、思考，甚至会在监舍内来回踱步，似乎也在积蓄着力量，等待着与这个未曾谋面的老警察张毅最终的较量。

张得月的心中究竟在盘算着什么呢？接到看守的情况反馈之后，张毅打算亲自到监舍看一看，从暗处好好地观察一下他所要面对的人。他从同事们的口中得知，这个人是一个非常有心计的死刑犯人。

张毅懂得：掌握犯罪嫌疑人的心理状态，谁的心理占优势，谁就有可能战胜谁，这种心理上的较量又是隐秘的，并没有挂在脸上。

这是一天中的放风时间。按照相关规定，此时死刑犯张得月和其他的在押人员，正在陆续地走出监舍。

张毅站在监舍的高墙上，默默地注视着院子里放风的张得月。他看到张得月正在和近旁的一个在押犯人交谈着什么。就是这个不经意的交谈，让张毅脑海里的火花突然闪了一下。

张毅想到了此前可能会出现的一处纰漏。张得月在监管场所放风的时候，他会不会利用这个时间段，和其他认识的在押犯人发生交流，而且这个人是在阿杰死后关押进来的，他们彼此认识，交流中无意将阿杰死去的消息告知了张得月？

查看在押人员记录，张毅等人马上翻看了与张得月在放风时可能会接触到的每一个在押人员。功夫不负有心人，张毅看到了一个叫科尔吉特的名字。这个人是本地的一个蒙古族，与张得月、阿杰认识。

科尔吉特是在2008年4月因涉嫌盗窃罪被警方羁押。据他交代，在一次放风的时候，他碰到了张得月，无意中将阿杰死亡的消息告诉了他。

科尔吉特的交代让张毅颇感振奋，杨艳之死可以基本排除阿杰作案的可能，而张得月屡屡遮掩，很可能和他的哥哥张得年有很大的关系。从张得年与杨艳恋爱关系来看，张得年很可能就是本案的真凶。

于是，在2008年8月的一天，嫌疑人张得年被警方请到了刑警队。在证据面前，张得年不得不承认他和杨艳之间的恋爱关系，他之前向警方隐瞒这段恋情，是因为另有苦衷，但他坚称自己并不是谋杀杨艳的凶手。

张得年害怕杨艳插足他的家庭生活，他和妻子结婚已经两个年头，夫唱妻随，感情深厚，并且有了一个一岁的儿子，他不愿意让警察知道他和杨艳的一段恋情，担心影响他和妻子的感情。

2006年8月，离婚后的杨艳写信告诉张得年，她想再次来张家拾棉花。出于多年的感情，张得年同意了。那个时候张得年经过多年的打拼，经济状况已有些改善。杨艳到家里来拾棉花，他也可以帮她分担一些生活压力。于是得到杨艳到博乐市的消息后，他就骑车去车站接杨艳。

杨艳来到张得年家捡拾棉花后，提出与他情归于好，但是此时的张得年已娶妻生子，对杨艳的感情已经淡化，最后放弃了与杨艳旧情复燃的机会，支付了杨艳1500元钱让她回家了。

张得年在警方面前，讲述了他和杨艳曾经多舛的恋爱经历，但是对杀害杨艳的事始终不承认。他对警方信誓旦旦地说："我有房子，有老婆孩子，我不可能为了杨艳这么一个人，为了几年前的这段感情，去谋害她的性命，我这样做不值得。"

因为缺少百分之百的证据，警方经过认真分析，认为张得年不具备谋杀杨艳的动机，遂放他回家。

十、嫌疑人露出狐狸尾巴

站在看守所的高墙上，张毅再一次陷入了沉思。张得年究竟有没有可能是杀害杨艳的凶手呢？如果不是他的话，张得月又为什么要替哥哥百般掩饰呢？再次提审张得月，他能如实交代吗？

此时，在监舍内的一角，死刑犯张得月也陷入了沉思，他在静静地等待着即将走向前台的这位素未谋面的对手。

经过仔细分析，张毅认为这个案子对警方来说，就是"自古华山一条路"，只有通过审问张得月，才能在他的供述中，印证警方之前所有的分析和对这起案件的预判。

张毅做好了充分的准备。审讯在即，他在档案室详细地了解了张得月供述的凶杀案情，以及办案民警调查走访的所有资料。熟悉犯罪心理学的他，始终有一个深深的疑惑——死刑犯张得月的犯罪轨迹。

在有关死刑犯张得月十多册的卷宗里，详实地记载了张得月犯下的两起案件：一起是2005年10月犯下的诈骗案；一起是2007年3月犯下的绑架杀人碎尸案。在短短的一年多的时间里，张得月就迅速从一个诈骗犯蜕变成一个杀人碎尸的恶魔，这种心理变化太过突然，好像中间缺少了一个环节，两起案子给人一种衔接不上的感觉，显然不符合犯罪心理学发展的规律。

张毅推测，杀害杨艳的手法没有张得月杀人碎尸那么凶残，不过残暴手段却明显大于张得月早期的诈骗手法，这会是张得月蜕变为犯罪恶魔的心理过程中那最为重要的一环吗？难道这是张得月本人犯下的又一起命案?

从杨艳这起凶杀案来看,发生在张得月诈骗案和杀人碎尸案的中间,这个手段所呈现出的很多特点,符合张得月犯罪的心理成长轨迹。

2008年9月3日,在完成了所有准备工作之后,张毅决定提审死刑犯张得月。为了打开张得月的话匣子,张毅让张得月重新复述了一遍曾经的供词。

张得月在与张毅一问一答中渐渐放松,他开始供述自己和阿杰的抛尸细节。张毅突然插话,问道:"你为什么说是阿杰杀的人?"

张得月不假思索地回答:"阿杰死了。"

张毅问:"你知道阿杰已经死了?"

张得月突然醒悟,否认了前面自己的说辞:"不是。"

此时张得月出现了明显的前后矛盾。

就像张毅之前预料的一样,他等到了绝杀张得月的最佳时机。他抓住了张得月的薄弱点,找到了他的突破口,对他进行最后的打击:"你说实话,阿杰的死,是不是科尔吉特告诉你的?"

张毅播放了科尔吉特交代的录像视频,张得月无法面对张毅的再三逼问,经过短暂的僵持之后,他浑身瘫软,脸色煞白,不得不向警方缴械投降,交代了杀害杨艳的全部经过。

杨艳得到雇主张得年给她的1500元工钱,准备离开当地,而这一切让觊觎杨艳姿色的张得月看在了眼里。当天晚上,他假意送杨艳去车站,骑摩托车将杨艳骗走,在途经张得年的棉花地时,张得月开始调戏杨艳。遭到杨艳拒绝后,张得月恼羞成怒,残忍地杀害了杨艳,并就地挖坑将杨艳掩埋。

几个月之后,张得月又潜入博乐市,犯下了绑架杀人碎尸案,被博乐警方抓获。在羁押期间放风时,张得月无意间从在押犯科尔吉特的口中得知了阿杰死亡的消息。之后他便在监舍内苦思冥想,精心编造了如何将杨艳之死嫁祸给阿杰以达到活命目的的谎言。

直至2008年7月21日,死刑犯张得月被带上刑场的那一天,他便实施了那套在心里预演过无数遍的骗局。让他没有想到的是,骗局终究是骗局，最终还是被警方识破。

这真是：魔高一尺，道高一丈；强中更有强中手，一山更比一山高。

原来，死刑犯张得月在刑场上的戴罪立功表现，其实是他在狱中历时一年精心策划的一场惊天骗局。他妄图利用阿杰的意外死亡，编造一个戴罪立功的假象，把自己曾经犯下的命案嫁祸给阿杰，然后借尸还魂，逃脱法律的惩罚。但是在新疆生产建设兵团第五师公安局侦查人员的努力下，他的这场骗局成了痴人说梦的泡影。

死刑犯张得月没有逃过法律的严惩，他罪恶的一生，最后被一颗正义的子弹结束。

法律是公平的，它会给每个人重新做人的机会，同时法律也是公正的，任何花样在法律面前终究会被识破。

重走长征路：侗乡苗寨的"边关大将"

欧阳伟

一、"老公，你挺男人的！"

龙崇内开着车往所里赶，他一直哭，泪水模糊了视线。

这条熟悉的路今天却是那样陌生，那样凄凉。

他只好把车停在路边，自己差不多是滚下去的。他坐在地上，双手拍打着地面，对着大山歇斯底里地叫喊："女儿，我的女儿啊，你回来呀，爸爸想你，爸爸对不起你啊……"

夜幕下，漫山遍野都是女儿的身影，他撕心裂肺的叫喊声仍在山谷里久久回荡……

龙崇内停好车，抹去眼角的泪水，长长地吁了口气，整理了一下制服，朝所里走去。

教导员杨双乐在所里值班。

龙崇内找出一瓶酒来，说："乐哥，喝点儿酒吧。"

杨双乐没好气地说："值班还叫我喝酒，你神经吧。"

龙崇内抓起一个杯子，往里倒了些酒。

杨双乐闻到酒香，回头瞥了一眼，才觉得不对劲，问："崇内，出什么事了？"

龙崇内再也控制不住了，他双手捂着脸，呜呜地哭了起来。

杨双乐心想，坏了，出大事了。他忙过去拍打龙崇内几下，说："大男人哭什么，有什么你告诉我呀。"

"我……我女儿没了。"龙崇内吐出这几个字，哭得更凶了。

杨双乐一惊，嘴巴张开，半晌说不出话来。

那是2014年10月3日，国庆放假期间，夜里黑漆漆的，四周一片寂静。只有播阳派出所里还亮着灯光。

杨双乐脑子里一片空白。国庆前一天，他俩都在所里值班，崇内老婆杨芳打电话来说女儿病了，崇内说："这点儿事给我打什么电话？国庆期间得值班，你带孩子去医院看看嘛。"过了两天，杨芳又来电话，说女儿病情加重，已经转到靖州医院。前后才几天呀，怎么就没了？

杨双乐倒了酒猛地喝了一大口，说："兄弟，出这么大的事，你都不告诉我一声，你还把我当兄弟吗？你给局里报告没有？"

龙崇内说："我只跟局长请了两天假，告诉他我女儿病了。"

"崇内女儿……崇内女儿没了。"杨双乐打电话给局领导，"政委，龙崇内家里出了这么大的事你们局领导都不知道，他还一直坚持在所里值班呢！"

龙崇内想拦已经来不及了，杨双乐借着酒劲把政委吼了一通。就这样，两个人喝酒聊天，一直到凌晨。聊得最多的就是：这么拼，拼得家里人死活都不管不顾，到底值得不值得？

在靖州医院里，杨芳哭得几次昏死过去，女同学边哭边安慰她,回头对龙崇内吼道:"你是不是男人?你真不是男人!"

龙崇内悲痛欲绝,哑口无言。他内心却是翻江倒海,他在不停地问自己:"我工作上兢兢业业,把老百姓当亲人,进公安三年就当上派出所所长,播阳的治安环境有了明显改变,我自以为是个男人。结果连自己的女儿也照顾不到,才一岁多就离开了人世。我是个男人吗?我配做丈夫吗?我配做父亲吗?"当时,他真的动摇了,不想回所里了,要回家当个男人。

料理完女儿的后事,杨芳紧紧握着崇内的手,深情地说:"老公,你挺男人的!放心,我们再生一个。"

在播阳镇政府,综治办主任吴战勇说:"龙所长家住黄柏村,那天我去送孩子读书,经过那里,正好碰上他夫妻二人,说是刚从靖州回来,其他什么也没说。第二天下午他就在所里上班,我才知道,他女儿没了。唉,出这么大的事,做到这样,一般人都做不到啊。"

杨双乐告诉我:"我们每年都是带家属到所里过年的,人手少,春节要值班,得守在所里,回不去。"

崇内说:"当地村民不许我俩在所里过年,要把我们分开,抢到他们家里去过年。村民把过年看得很重,回想起来,心里真的很温暖。"

还有一件事,今年4月间,崇内的父亲在家里摔了一跤。崇内在派出所忙,走不开,只得打电话给自家老表,让其把老人送去医院。等到崇内赶到医院,父亲已经进了手术室。结果是颅内出血,引起脑瘫。12点进去,到凌晨两点才出来,取出一大杯血,取下一大片颅盖骨。

崇内哭了,哭得很伤心。

好在老人家奇迹般地活过来了。

我很想去崇内家里看看,看看他的父母,看看他的妻子杨芳,看看他的孩子。

出县城约七八公里就到了黄柏村,这里又是一个大的团寨。一路往里走,路边有许多大人小孩儿,他们都与崇内打招呼。崇内说:"这些都是我的亲戚。"

来到一幢破旧的吊脚楼前，崇内说："这就是我家。"

一楼是杂屋，放着一些农具杂物，上到二楼，崇内父母站在楼梯口迎接我们。尽管来之前，崇内已经给我讲了父亲受伤的事，但看到他父亲的第一眼，我还是一阵难受，他父亲的脑袋右边深陷下去，整个少了半边。

他父母都是老实巴交的农民，没有什么文化，也不会讲普通话。与他们交谈，崇内在一边当翻译。

崇内的父亲龙彦科，年过花甲。他喃喃地说："谢谢你们来看我。我自己倒霉，搞成这个样子，住了20多天，花了9万多，害了他，影响他的工作。当初要我补上一块骨头，又要几万元，不补了，没钱。"

我问："您这还痛吗？"

他说："有时有点儿疼，吃点儿止痛药，自己忍着算了。"

崇内母亲杨岳细说："他已经死了一回，有时好，有时又像个癫子，神志有点儿不清，他身边不能离开人。唉，活着就好。"

"听说杨芳真的给龙家又生了一个女儿？"我问。

"是啊，这是上天对我的恩赐，给我们全家最大的安慰。"崇内说，"我当不了一个好儿子、好丈夫、好父亲，我就当一个好警察吧。"

崇内老婆带着一双儿女去县溪乡下外婆家了。

送我们到楼下，崇内的父亲龙彦科说："我们从来不指望他帮家里做什么，只要他把工作干好了，我们就放心。"

我的鼻子有些发酸，崇内在一旁抹眼泪。

通道县公安局纪委书记杨觉耀对我说："那次龙崇内被评上怀化市十大新闻人物，他在全县政法干警会上做了个报告。县委常委、政法委书记连连说，我听了那么多报告，这次小龙的报告，我是真感动了。"

二、"要干就干老百姓喜欢的事"

播阳派出所是通道县最偏远的派出所，位于湘黔交界处，辖一镇一乡，大高坪乡为通道县海拔最高之地，山高路陡，地偏民穷，素有"通道西藏"之称。谁要是分派到播阳派出所，就相当于"戍守边疆"。2011 年，龙崇内调任播阳派出所所长，当起了"边关大将"。

对生于斯长于斯的龙崇内来说，"发配边疆"算不了什么，他最大的感受是肩上的担子重了。播阳派出所辖区面积 191 平方公里，2.2 万多人，21 个村，1 个居委会，1 个农场，50 户以上的团寨就有 53 个。最远的团寨开车要两个小时，遇到冬季雨雪天，得四五个小时。还有 16 个团寨没有"村村通"，只能走进去，一个来回就是一天。

播阳派出所只有三个民警，所长龙崇内、教导员杨双乐和民警龙仲军，还有两个协警。

杨双乐坦诚地说："当初播阳给我们的印象并不好，偏远、乱、蛮、民风彪悍，宗族势力影响大，纠纷多，2010 年之前，每年都出命案。我比崇内先来两年，当时我也有想法，凭什么他一来就当所长？后来在一起工作久了，我发现他有好多地方真的值得我尊重，我们配合默契，早已融为一体，我们三个人好得就像一个人。"

龙崇内说："我刚去的时候，局里领导开玩笑说，你去以后，只要不出命案就算好的。"

当时的播阳派出所刑事、治安、民调都是全县倒数几名。

龙崇内第一招，增强全所民警凝聚力，虽说是只有三个民警、两个协警。他说："我们是战友加兄弟，派出所就是自己的家。"

龙崇内第二招，与村民交朋友，与他们打成一片。进得山寨，村民还是好打交道嘛。进屋必须喝酒，喝酒必须尽兴。你看得起我，我就敬重你。

除去办案、开会，他就是走村串户，双休日不休息，一个月才回家一趟。一年下来，他走遍了辖区内的每个村寨，乡村干部的名字他个个记得，好多热心村民都成了他的朋友，当然他不可能认识村寨所有的人，但是村寨里没有不认识他的。

南门村支部书记李文勇说："龙所长他们对百姓真好，每月至少进村五六次，调解纠纷，宣传法制，安全生产，消防防范，什么都管。如今我们村里治安环境很好。"

东顺木材加工厂厂长俞昌辉说："派出所对我们这种重点防火单位格外重视，龙所长每个礼拜至少要来厂里一次，检查消防工作情况，真是为我们保驾护航啊。如果要为派出所打分，一百分，我打一百二十分！"

龙崇内还发现，这里村民很淳朴，村干部、族老、寨老威望高，说话管用，还有讲红军就管用。本不会喝酒的他，几乎与村寨的头头脑脑都喝过酒，也醉过好多回。有一回快过年了，在外打工的村民回来，发生口角，打起来了，引发两边家族围观的人很多。县委书记去了，说话也不管用。龙所长一去，什么也没说，先与族老喝了三碗酒，族老一高兴，发话了，散了，没事了。

崇内说："这叫入乡随俗，不管你会不会喝，去就得喝。喝酒是一种民风，你得尊重。知己知彼，这也是红军留给我们的传统，更是党的群众路线。"

龙崇内第三招，重点打击，决不手软。播阳有个陈团村，几百户人家，其中有两个大家族，全是亲戚。早在2009年发生一起陈团事件：两个宗族间因历史遗留问题，引起山林纠纷，相互不买账，用木头拦车子堵路，不能过河，不能过村组，不能过田，不能过山……车不能过，人也不能过，反正两边都不能来往。这不但给当地村民生产生活带来极大的不便，而且治安隐患一触即发。

龙崇内摸清情况，向县里汇报，找准切入点，并提出自己的打击方案，请求县局派出警力60人增援，县法院、检察院、司法局、政法委都去做工作。一次抓了九个带头闹事的犯罪嫌疑人，以敲诈勒索罪定性处理。

杨双乐后来对他说："你小子真不怕死，原先好多年好多人都没搞下来的事情，你也敢接。"

"我当初没想那么多，"龙崇内说，"只想为老百姓做点儿事，只要事情做对了，他们还是拥护的。"

龙崇内第四招，边界联防。播阳与广西林溪、独峒，贵州黎平的洪州镇紧挨着，自己警力严重不足，只有借力联动了。他与这几个派出所签订了双边联防协议，办案、办事，对重点人员打击、管控，形成了一种良性机制。原先怕办了案会遭到打击报复，现在再也不用担心了。

嘿，这小子还真有两把刷子！

村民服了，不安分的也安分了。

到了第二年，龙崇内心里有了一个明确的目标，要拿市里的先进。其实，对一个只有三个民警的派出所，在那种偏远又复杂的地方，是不太可能拿到先进的。

杨双乐与龙崇内两个人，在播阳三年多，几乎天天在一起，很少回家。刚开始，晚上无聊，两人开着警车，闪着警灯，到村里去转转，打发寂寞。看到哪里有一点儿光亮，就下车去看看，与村民聊聊。开始村民有抵触，我们这里没人打牌，没人犯罪，总来干什么？吓我们哪！

龙崇内说："好在我俩都是本地人，又会说侗话，与村民聊得来，村里就是我们的家一样，每个团寨都有我们的电话，不要出村，不要出组，有什么事都可以找我们。时间长了，村民特别喜欢我们，停了两天不见就会想我们。"

既然百姓喜欢，我们何不让警灯闪烁下去？说干就干。在全县公安，龙崇内和杨双乐率先搞起了"农村警灯闪烁工程"。每天晚饭后，派出所民警和协警分组轮流巡逻，巡街巡村，进组进户。他们开着警车，闪着警灯，在村村寨寨里穿行，遇到村民打个招呼，问问情况，聊几句家常，累了下车歇歇脚，渴了进屋喝口水……久而久之，警灯闪烁成了播阳一道亮丽的风景，增强了百姓的见警率，加大了对违法犯罪的威慑力，治安形势明显好转。全年警务平台出警74起，求助约占一半，处置各类纠纷百余起，辖区内刑事案件为零，过去常见的丢车丢牛、偷鸡摸狗现象也很少发生。2012年，播阳派出所被评为全县先进派出所；2013年，播阳派出所捧回了"全市优秀基层派出所"的奖牌，迈进了全市先进派出所的行列。

三、"我是所长，就要把后背交给战友"

龙崇内给我讲了一个凄惨的故事：

"2007年7月，我刚参加工作不久，在县溪派出所。所里接到报警，说是杀人了。我们赶到一个团寨，那场面太惨了。凶手杀了婶婶及其两个女儿和三个孙子、孙女。我们还得抬尸体，是一具成人女尸，头被砍得只剩一层皮，盖着白布。我走在前，正是尸体头部这头，两个老民警抬另一头。上了山坡又下山坡，突然一歪，尸体头部断开了，尸水冲到我身上。开始还不知道，后来才晓得一身警服上尽是血水尸水，我吓得腿都软了，把胆汁都呕出来了，那身制服也扔了。

"把那凶手带到派出所，他还说，他们该杀。事情是因为口角引起的，他叔叔家的人老说他没用，只生了两个女儿，而叔叔家枝繁叶茂，有儿有女。为这事，两家吵过几回。他原本是个老实人，也可能是积怨太久，不知怎么，那天他忽然忍不住，拿把菜刀，冲进叔叔家，本想杀叔叔，叔叔跑了，他一不做二不休，杀了叔叔一家六口人。

"他还一个劲儿地说，他们该死。

"直到下午，把他送到刑侦队。夏天嘛，我们正在吃西瓜，由我递一块给他吃，他才吃一口，突然缓过神来，不吃了，才意识到他要死了。要是懂法的人，杀了人，当时很快就能意识到啊。

"那次出警，让我特别震撼，每个村民都要学法懂法守法啊。从那以后，什么死人、尸体、腐尸，我都不怕，都敢摸。

"可是经历了女儿去世以后，我忽然不敢了，特别是婴儿尸体。"

说到这里，他的眼里满是泪水。

侗寨吊脚楼，全是木结构，飞檐黑瓦，户户相连，团寨成片，小的十几户，大的上百户，是侗家山寨的一大特色。

2012年冬天的一个夜晚，忽然接到报警，上湘村发生火灾。

这可是个大山寨啊，有百多户人家。

火警就是命令。龙崇内、杨双乐和李德波直奔上湘村。镇上、村上的干部全体出动，周边村民赶来了，消防也赶来了。

只见一片火海，风助火势，情况危急。

龙崇内、杨双乐两人二话不说，冲进正在熊熊燃烧的楼内，他们怕里面有老人或孩子，挨家挨户地搜。下面的火越来越大，眼看就没有退路了。情急之下，两人只好推开窗户往楼下跳，跌坐在田里。

好险哪！现在想想都后怕。好在只烧了部分村寨，没有人员伤亡。

那一跳，他俩真成了生死兄弟！

龙崇内、杨双乐陪我来到上湘村，侗寨一边明显是新建的，鼓楼背后是一片原始次森林，一条小河绕着村前流过，河上有座风雨桥，这里风景如画，真是一步一景。

龙崇内说："有好些摄影家到这里，来了就不想走，都说通道是我们的天堂啊。"

我望着眼前这个"80后"所长，时间短，成长快，在他身上体现的是一种担当，是心系百姓啊。

杨双乐说："我很庆幸，有这么一个好搭档，也许有人一辈子都难得遇到。"

两个人出警，不要商量，只要一个眼神、一个动作，对方就能心领神会。

当警察的，时刻面临着凶险，突发状况时有发生。

一次，两个团寨因山林纠纷引发大规模械斗，接到报警，龙崇内和杨双乐赶赴现场调解。双方村民正处在激愤之中，谁的话也不听，民警的劝说反倒成了他们转移的目标，一齐把矛头指向民警。

几百号人哪,手里都拿着镰刀、砍刀、锄头等家伙,把他俩围在中间,扬言要狠狠教训这两个"多管闲事"的家伙。

他俩身陷险境,仍然沉着冷静,立马背靠背相互依靠着,一边继续向村民喊话,讲法律,讲后果,讲村寨的传统美德,讲红军从这里走过……一边给局里打电话请求支援。尽管双方气势汹汹,咄咄逼人,他俩始终没有触碰一下腰间携带的手枪。

他俩都清楚,只要他们一掏枪,事态就无法挽回。

那一刻,空气似乎突然凝固了,双方村民都僵住了,就这样僵持着,僵持着……近一个小时啊,一旦失控,后果不堪设想。

明事的村民发话了,这两个民警是好人,不要为难他们!

也许是警察临危不惧的威严镇住了他们,也许是他俩带着枪却始终没动一下的细节使村民释怀,也许是他俩生死与共的大义情怀让村民感动……

待到村民散去,龙崇内和杨双乐相互看了看,衣服都湿透了,后背还是凉飕飕的。

山林纠纷是播阳的老大难问题。

那年秋天,上湘村与上寨村为山林纠纷,互不相让,两边的人越来越多,许多人还拿着锄头扁担,一场群体性械斗一触即发。

龙崇内赶去了,站在两村人的中间,他不慌不忙,扯开嗓子喊道:"乡亲们,莫要冲动,听我说。当年红军长征经过播阳,通道转兵,大家没有忘记吧?我们现在站的地方就是红军走过的地方,你们产生纠纷的山林就是当年红军经过的山林,你们村子里都有红军留下的故事……你们都忘了吗?你们好意思吗?乡里乡亲的,老为山林闹纠纷,你们不觉得丢脸吗?"

在场的人面面相觑,慢慢地往回走。最后由龙所长出面调解,握手言和。

龙崇内说:"在我们这里,有时候村民油盐不进,你跟他们讲红军比什么都管用。"

杨双乐跟我说过这样一句话:"播阳对我们的影响,我们对播阳的影响,这辈子都忘不了。"

四、"派出所的鞋子上没有泥巴,怎么走进我们的心里?"

李文勇是播阳村党支部书记,当过兵,当过合同警,是寨老,还是怀化市人大代表。他在当地是个响当当的人物。

听说龙所和杨教回来了,李支书赶到了派出所。他穿一件红色短袖T恤、黑色裤子,脚穿长筒雨靴。

我问他:"你这是从哪来?"

他说:"巡山。"

李文勇很健谈:"我先跟你说说第一次见龙所长吧。那天中午,镇街上有人喝酒发生口角,你推我挡,两边搞大了,动起了刀子。有人报警,龙所和杨教赶来了。喝酒的说,你们有什么了不起,你们来了有什么用?

"龙所冲到两人面前,大声说:'我们没有什么了不起,了不起的是法律。我们来了就得制止你们闹事。'硬是把那两个人镇住了。

"那时,龙所刚来不久。我看到这一幕,佩服!"

不一会儿,播阳镇最边远的村——龙吉村支部书记粟银军也来了。

龙所说:"他们两个,一个是镇中心村的支书,一个是最边远村的支书,两个都是寨老,都是我最好的朋友。"

李支书说:"不瞒你说,我们这里团寨多,村规民约很管用。出了事,自己的亲人也一视同仁。嘿嘿,包括搞工程,钢筋丢在那里,没人敢动。要动,就是对不起我。什么事搞到派出所,就是对不住我。"

中午,主人客气,请我们吃当地特色土菜。腌酸鱼、腌酸肉,好像在央视《舌尖上的中国》里看到过。第一次吃,味道有点儿怪怪的,但真的很好吃。几杯酒下肚,李支书又侃侃而谈:"腌酸鱼可不是一般的鱼,是我们这里独有的稻花鱼,就是在稻田里放养的小鱼。一年产量全村不到一万斤。经常有人来采购,正宗的得50元一斤。到家吃可以,买,没有。问:有100斤吗?答:只有80

斤。说：要50斤。一听，行家呀。为什么？你想啊，再多要就有假啦。"

龙所悄悄对我说："这两个人在当地说话灵得很，我就把他们搞定，什么事都好办了。"

李支书耳尖，呷了口酒，笑眯眯地说："你别看龙所憨憨的，他其实狡猾狡猾的，我就喜欢他这样，我们就像兄弟一样。"

杨双乐说："去年，我们两个一起调走。播阳镇党委书记和镇长跑到局里请求，镇长说：'所里就他们三个民警，辖区环境熟悉，重点人口、社会面管控到位，我们实在舍不得让他们走啊。'

"书记说：'两个总要给我们留一个吧。'

"'你们的心情我理解，他们三个在最边远的派出所工作那么长时间，也该动一动了。'局长说，'你们放心，我们的民警个个优秀。'"

局党委将他们三个人分别安排到更重要的岗位工作，对他们这个集体及个人都给予了很高的评价。杨双乐到溪口派出所当所长，龙崇内到牙屯堡派出所当所长，龙仲军到县局刑侦大队当副大队长。

播阳所是小所，牙屯堡是中心所。

刚去时头发是黑的，离开时头发变白了。

杨双乐开玩笑地说："我们通道有句广告词，'通道转兵，中国转运'。有人说，我们三个人也算是转运了。"

"有个村民说得好，派出所的鞋子上没有泥巴，怎么走进我们的心里？这句话深深刺痛了我。"龙崇内感慨地说，"我是土生土长的通道侗家人。从我内心讲，并没想当什么典型，我就是一个普普通通的民警，参加工作才十年，没几年就当了所长。这些年，年年是市局先进。其实，我只是干了我应该做的。我对自己说，我是乡下警察，就得下村串户，工作踏踏实实，说话实实在在。"

龙崇内从去年到牙屯堡派出所当所长，李德波是副所长。他告诉我，他是"80后"，湖南商学院毕业后在外打了两年工，做过保险，做过生意。2011年底考公务员进了公安，他与龙所从小一起长大,又是高中同学,受他影响大,想当警察。原以为当警察好威风,穿上制服以后才晓得,根本不是那么回事。辖区内有好多不通车的地方,经常要进村去调解纠纷,查办案子,蛮辛苦的。

李德波说:"有些村民出了交通事故,双方都说要龙所来,龙所来了,我们就放心了。今年梅雨季节,村民的车翻了,导致另一个村民死亡。牵涉到责任划分、经济赔偿,引起了纠纷。死者家属将尸体放在山上,扬言要血债血偿。龙所去了,与他们说,先把尸体处理好,真的就处理好了,下午签了调解协议,矛盾就化解了。"

杨盛华是牙屯堡派出所的教导员。他说:"我与龙所搭档一年多了,以前我们就是球友,经常在一起打篮球。他原先在县溪派出所工作了三年,嫂子是县溪人。龙所说他在县溪最大的收获就是娶到了嫂子。他最大的毛病就是太较真儿,什么事都想争第一,不服输。"

五、"我们要把最边远的地方坚守好"

龙崇内陪同我们来到县溪派出所,这里曾经是他工作了三年的地方,也是他收获了爱情的福地。红军长征曾经过牙屯堡、播阳,特别是通道转兵,留下了许多故事,也留下了许多优良传统。

如今拍红色题材电影电视,来这里取景,对当地村民也是有所触动的。尽管这里民风彪悍,但骨子里都认为红军好,对我们也非常尊重。

我们来到县溪派出所,所长热情地介绍了县溪的治安情况,又陪我们去通道转兵纪念馆。

火辣辣的太阳,照得大地滚烫滚烫的。正好遇到怀化市关工委组织全市留守儿童代表100多人来这里参观。

我问一个女孩儿:"你知道通道转兵是怎么回事吗?"

她望着我,有些茫然地摇了摇头,说:"红军吧?"

历史不容忘记啊。

厚重的历史往往能给人一种心灵的震撼。通道人不忘长征,不忘红军，红军精神根植于这片土地，世世代代，生生不息。

2015年5月27日，湖南省公安厅《警务访谈》栏目，迎来了一位来自边远山区的嘉宾，他就是2014年度怀化市十大新闻人物、通道县公安局牙屯堡派出所所长龙崇内。

节目录播中，龙崇内讲到动情处，节目主持人被他的事迹所感动，潸然泪下，曾两次中断采访……

"我不是什么'边关大将'，只是一个'边关警察'。"龙崇内很认真地对我说，"我们要把最边远的地方坚守好，让老百姓放心、安心、开心。"

我在意大利当巡警

胡 杰 吴 迪

2016年5月,在意大利旅游、生活的华人会惊喜地发现,有中国警察身着制服,出现在罗马、米兰的街头,和意大利国家警察、宪兵并肩巡逻。中国警察怎么会出现在意大利呢?中国警察在亚平宁半岛的土地上又感受到了什么?

我们非常幸运地采访到了参加中意首次联合警务巡逻的西安警察李祥和上海警察撒一鸣,通过"罗马篇"和"米兰篇",来一起听听中国警察在意大利巡逻的特殊经历和趣闻逸事。

罗马篇

小语种派上了大用场

我叫李祥，今年27岁，是西安市公安局的一名特警，西安外国语大学意大利语专业毕业。怎么想起学意大利语？那是因为我从小就是个球迷，对意甲十分着迷。

我是土生土长的西安人，我的父母都是西安市直机关的普通公务员。我们家跟足球有渊源，主要是因为我有个踢足球的舅舅。我舅舅曾经是陕西省足球队的成员，他踢球那会儿，还没有赶上职业联赛。受舅舅影响，我们家都是球迷。从1998年法国世界杯开始，我就迷上了足球。后来上外院，我就选择了意大利语。当时的想法挺简单，就是觉得学会了意大利语，会有机会到意大利亲眼看意甲比赛。等上了大学，吃了一惊，我们班25个学生，只有4个男生。

现场看意甲的愿望很快就变成了现实。大三那年，作为交换生，我到意大利那不勒斯东方大学学习一年。在此期间，我在罗马、米兰、佛罗伦萨等地都看过球赛。现场看过那不勒斯与佛罗伦萨、AC米兰与巴勒莫等重要比赛。有一次，我在机场甚至与整支AC米兰队相遇，亲眼看到内斯塔、西多夫、帕托、范博梅尔等大牌从大巴上下来，然后一个一个从自己身边走过。说实话，当时我都看呆了。

我是独生子，父母希望我能够留在西安工作。这样，大四时，我参加了公务员考试，毕业的当年，2013年11月，我就被分配到西安市公安局特警支队，成为一名警察。意大利语属于小语种，全国公安系统懂的人不多。填过入警的各种表格后，我就被列入到了全国公安系统的人才库里。2014年，中共中央政治局委员、中央政法委书记孟建柱在访问意大利期间，与意大利内政部长阿尔法诺签署了一份警务合作的协议。我们后来参与的这次联合警务巡逻，就是根据这项协议来安排实施的。

2015年9月,我接到公安部的指令,到北京外国语大学参加了一个为期四个月的"国际执法合作培训"。在培训班,除了学习意大利语的听说读写,我们七名学员还要上国际合作业务课。今年3月28日,我又接到命令,再次来到北京,参加了为期一周的培训。参加这次培训的,一共有八个人。四人是参加过海外维和的民警,懂英语;另外四人,包括我在内,是四名懂意大利语的民警。也就是说,我们上次参加培训的同学,三个已经被淘汰了。

培训结束回到西安不久,公安部的文件就下来了,让我赶快办公务护照,要去意大利执勤。4月25日,按规定我们再次在北京集中。最后确定去意大利执勤的,就只剩下四人了:除了我,还有广州市公安局出入境支队副支队长庞波、深圳出入境边防检查总站皇岗站的舒健、上海市公安局国际机场分局的撒一鸣。其中,撒一鸣在意大利生活过,会说意大利语,而庞波、舒健都干过维和警察。

到了意大利之后,我们四人被分成了两组。我和庞波在罗马,舒健和撒一鸣去了米兰。我们四个人中,带队的是庞波。

5月1日,经过10小时45分钟的飞行,我们抵达了罗马。当晚,中国驻意警务联络官张舟在一家意大利餐厅里给我们四人接风,同时与当地警方进行工作对接。在座的,有公安部国际合作局、刑侦局、经侦局等相关领导,有意大利驻华警务联络官,还有两名驻意大利的国际刑警。张舟让我担任翻译,把来宾挨个介绍一遍。可是,遇到"反洗钱""打拐"这样的中文,我却不知道怎么翻成意大利语,只能绕着弯子来解释。看来,我的意大利语还得往警察业务上多靠靠。

意大利的警察同行们

我们入住的富来明酒店是栋六层的建筑,四星级,位于罗马郊区。因为与警方有合作关系,这家酒店除了接待一般的客人,也是外地警察出差办案常落脚的地方。在意大利工作期间,我们的吃、住、行都由意方负责。

5月2日上午9点多,在古罗马斗兽场跟前,有一个中意联合警务巡逻的启动仪式。仪式规格挺高,中国驻意大利大使李瑞宇、公安部国际合作局局长廖进荣以及罗马国家警察、宪兵等部门负责人都参加了。但和我想象的完全不一样,启动仪式既没有横幅,也没有主席台,甚至没有供领导讲话的麦克风。领导来了之后,也只是站着和我们随意地聊聊天。唯一有仪式感的活动,就是大家围成一圈儿照了张合影。如果说和平时有所不同,那就是照合影时,我们身后多了几个骑警。不过,我们这次联合警务巡逻却引起了媒体的高度重视。不光是意大利国家电视台等当地媒体,连美国、德国、法国、日本的记者都扛着摄像机,追着采访我们。在第一周的巡逻中,我们几乎每天都被媒体追踪着,以至于酒店餐厅的服务员阿姨,一见我们都会跟我们说,又在电视里看到了我们。

5月2日下午,意大利内政部长阿尔法诺、国家警察总司令潘萨等还亲自出席了新闻发布会。毕竟,这样的两国联合警务巡逻,在整个欧洲都是头一次。据说之前咱们就曾打算跟法国警察在巴黎搞一次联合巡逻,本来都说好了,但这事儿遭到了法国警察的抵制。旅游热点城市往往都是小偷聚集的地方,和罗马一样,小偷也是困扰巴黎警方的一个难题。可能巴黎警察更要面子,还不能接受这种联合巡逻的工作模式吧。

在意大利,佩带枪支在街头巷尾巡逻的人,一共有五种。其中,戴便帽、执勤服的有两种:上蓝下灰的人,是国家警察,他们负责刑事案件、治安案件以及出入境管理等;上紫下灰的人,是财税警察,他们负责办理经济案件以及知识产权保护等。戴大檐帽、着正装的也有两种:黑色制服上有红色条纹装饰的,是宪兵;深蓝色上衣灰裤子的,是地方警察。宪兵的职责和国家警察基本一致,只是他们不能办理居住证,只能查验居住证,而地方警察主要是负责交通管理。除此之外,街头配枪执勤的,还有着迷彩服的军人。他们的任务,主要是处置突发事件。对于一般游客来说,这么多着制服且配枪的人,看着都眼晕,哪儿还能分得清谁是谁呀!

罗马国家警察局巡警总队共有600人,一天三班倒,上四天、休两天,也就是说,随时能保证街上有100人的警力。第一周里,我们就是和两位巡警总队的国家警察一起巡逻。我们的搭档是一高、一矮两个小伙子。高个儿叫鲁本，24岁；矮个儿叫克里斯蒂安，32岁。鲁本和我一样，身高一米八五，警龄跟我也差不多，刚工作两三年。鲁本家在阿布鲁佐大区，那里盛产葡萄酒。一起吃饭的时候，鲁本常常不由自主地跟我们推销他家乡的葡萄酒，很是以家乡为荣。我以为他家是酿酒的，其实不是。鲁本的父亲和哥哥在老家以经营书店为生，他本人是服兵役回来后，到罗马当警察的。现在，他正在自学法律专业，考在职的专升本。我发现，鲁本和克里斯蒂安都对足球兴趣不大，他们最感兴趣的话题是姑娘，因为他们都还没结婚，也都没有固定的女朋友。克里斯蒂安曾和前女友在美国纽约生活过两年，懂英语。和鲁本相比，32岁的他显得要内敛一些。鲁本的性格热情奔放，见到漂亮的女人，他会想方设法和人家套近乎，加人家的"脸书"；遇到中国姑娘，他也会添加人家的微信。这家伙精力旺盛，有时候晚上在夜店喝酒到凌晨四五点，早上八点半还能着装整齐地去巡逻，并不觉得特别疲倦。

鲁本很热爱他这份工作，虽然月薪不过1500欧元，但在经济不景气的情况下，有一份稳定的工作，还是令人羡慕的。看得出来，鲁本非常尽职尽责，而且对人很友善，特别是对老人和孩子。看到我们中国警察出现在意大利，中国游客常常先是惊诧，然后是惊喜，接下来少不了要求和我们合影。平时对意大利警察敬而远之的中国游客，也会提出想和他们合影。这种时候，鲁本一律都痛痛快快地答应，而且会主动抱起中国小朋友，笑嘻嘻面对镜头。

一次，一个老人走错了路，误入一个正在施工的工地。鲁本发现后，飞奔过去，蹦跳着越过障碍，追上老人，把老人搀扶出来。另一次，在人民广场，有个法国老太太下台阶时，不小心崴了脚。她的丈夫过来向我们求助，但他的话我和鲁本都听不懂。我上学时去过法国，凭感觉老人是在说法语。于是，我把情况跟走在后面的庞波说了。庞波在海地工作过，懂一些法语。庞波听明白后，克里斯蒂安与鲁本马上就近到一家餐馆要了些冰块，帮老太太敷上。十分钟后，救护车赶到这里，把两位法国老人接去医院。

应我们的要求，罗马市国家警察局还安排我们参观了他们的行动指挥中心和一个派出所。指挥中心有一间会议室，遇有突发事件，不光国家警察内部，社会各方面的相关负责人都会汇聚在这里，各司其职，现场解决问题。不过，从监控系统看，罗马的视频监控覆盖率不如西安高，像素也不如我们的清晰。

我们赶到圣保罗派出所的时候，他们的所长、副所长已经守在门口迎接我们了。派出所的国家警察是不上街巡逻的，只负责审讯嫌疑人、居住证发放变更等工作。所长告诉我们，意大利的监狱早已人满为患。对那些非暴力犯罪、社会危害性较小的犯人，他们多是采取监视居住的方式进行管理。具体操作办法，就是给这些人戴上装有 GPS 定位系统的手环或脚环，让他们在家里待着，限制其人身自由。这些人如果超出一定范围，手环或脚环就会报警。这种时候，派出所的警察才会出门。他们要马上去找到这个人，对其进行警告。交流中，庞波介绍了我们中国的取保候审制度，我翻译之后，所长、副所长频频点头，都觉得中国这办法挺有道理。

天天一起巡逻，我们和两位意大利同行处得挺好。鲁本只去过欧洲的一些国家，对中国挺神往。虽然原先甚至不知道台湾是一个海岛，但鲁本很想亲眼看看长城、天安门。他让我跟我们领导说说，最好有机会让他去中国再和我们一起执勤呢。这哥儿俩非常热情，一定要请我俩吃顿饭，连说了好几天，实在盛情难却。那天晚上，他们开车来接我们时，都已经 9 点了，我和庞波早都饿得肚子咕咕叫。鲁本和克里斯蒂安带我们去的是当地一家披萨店。说到披萨，咱们街上的必胜客，实际上是美国披萨。在意大利，最有名的是那不勒斯披萨。据说，那不勒斯是披萨的发源地。当地最有名的披萨店，只卖一种名叫"玛格丽特"的披萨。不过，像鲁本分不清中国人、日本人和韩国人一样，我也说不清罗马与那不勒斯的披萨有什么不同，反正饼上都有西红柿酱加奶酪。那天晚上，我把一只 12 寸的披萨干掉了，还吃了些加了西红柿的烤面包等小吃。我们喝掉的那瓶红酒，就是鲁本强烈推荐的阿布鲁佐产的葡萄酒。

华人在罗马

5月7日下午,我们结束与国家警察一起的联合巡逻任务,刚刚回到酒店,驻意警务联络官张舟给我打来电话:国内某电视台的记者车窗被砸,车上的行李全部被盗。在和庞波乘出租车赶往现场的路上,我给克里斯蒂安也打了电话,让他也过来帮助我们。

中国记者一行共两人,开了辆商务车,停在威尼斯广场法国大使馆旁边的停车场。想着就去吃个午饭,大白天不应该有什么事儿,就没往下搬行李。结果,就这一会儿工夫,他们的商务车右前窗被砸,车上大大小小的六件行李被偷了个精光。不用说,小偷不止一个人,是开着车作案的。中国记者说,发现东西丢了,他们马上搜索丢失iPad上的定位,结果发现,已经被刷屏。也就是说,这伙贼相当专业。如果是普通行李,倒还罢了。问题是他们是一个境外摄制组,除了昂贵的摄像器材,失窃的还有三个移动硬盘,上面存着他们一路辛苦拍摄的原始素材。他们要录制的节目,是关于"一带一路"的。从西安出发,他们沿路经过了好多国家。本来,到罗马住一晚上,就要飞柏林。德国那边的采访,都已经安排好了。发生了这样的事,他们第一时间赶到最近的一个宪兵站报了案。中国记者会英语,不懂意大利语。也许是沟通不畅,宪兵站只是例行公事地给他们出具了一份纸质的报案证明,罗列了他们丢失的东西,就要打发他们走,连现场都懒得去看一眼。

我们赶到现场后不久,已经换了便装的克里斯蒂安也赶来了。问明事情经过后,他马上给刚才受理案件的宪兵站打了电话,陈述了失窃物品的重要性。尽管电话里宪兵站口口声声"马上"派人来,可是,我们站在原地等了两个多小时,也没见到他们那匹"马"。

中国记者只好改签了机票,取消了柏林那边的采访计划。大家已各自散去。晚上7点,我突然接到了宪兵站的电话,问我中国记者是否还在身边。最后,我和他们约定,第二天一早,我陪中国记者一起去宪兵站。

第二天,按原定计划,我们的巡逻地点换到了罗马的华人区,和我们一起执勤的,也变成了宪兵。一早,两位新搭档开车接了我们,先去但丁广场宪兵站报到。听说我们还得去威尼斯广场宪兵站交涉报案问题,但丁广场负责人让两位新搭档陪我们一起,先去处理这件事。

这次去,宪兵站的负责人挺重视。虽然车子动过了,但宪兵还是从商务车被砸坏的那扇车窗下提取了指纹,并且协调法国大使馆,调取了那里的监控。中国记者一行是在此后的第二天离开意大利的。尽管到我们离开罗马时,这起案子也还没有侦破,但中国的警务联络官张舟先生在电话里对他们说,宪兵通过国际刑警,给他发过邮件,说他们对这起案子十分重视,会尽快破案的。张舟还说,为这件事大使馆对我和庞波提出了表扬。

我们的新搭档一位叫奥拉齐奥,另一位叫法比奥,都来自南部的那不勒斯地区。那不勒斯位于意大利这只"靴子"的脚踝处,和北部地区相比,南部地区欠发达,经济主要靠农业和旅游。黑手党的主要市场也在南部。黑手党的两个主要组织,一个是西西里岛的"马菲亚",另一个就是那不勒斯的"卡莫拉"。不过,黑手党已经过了过去那种整天打打杀杀的阶段,他们做的主要是开酒店、揽工程和贩毒,和一般老百姓打交道不多。内政部国家警察总部,就有一个反黑手党的常设部门。每届总理竞选,竞选人都会高举福利牌高调拉票,南部地区是每位竞选人都不能忽视的重要票仓。政府对南部地区老百姓的扶持方式之一,就是让他们更多地进入军队和警察部门,有稳定收入。

性格外向的奥拉齐奥已经有十年军龄,应该相当于咱们的士官吧。法比奥当兵时间不长,不太爱吭气。他给我看过一段视频,是一个意大利姑娘在演练棍术。法比奥自豪地告诉我,这是他的女朋友,从七岁开始就在学中国功夫。他告诉我,李小龙在意大利名气非常大,他小时候也是李小龙的粉丝。对中国的独生子女政策,法比奥挺感兴趣。我告诉他,我就是独生子。不过,中国现在已经允许生第二个孩子了。

在那次新闻发布会上,意大利内政部长阿尔法诺讲到一个数字：每年，到意大利旅游的中国游客会超过300万。那么，有多少华人在意大利定居生活呢？这个数字我不掌握。但是，罗马火车站附近居住的华人，保守估计也得有一两万，他们绝大多数都来自温州。早先来的温州人，在站住脚后会把自己的七大姑八大姨都拉过来。一两个人，可以拉来三四十个人。温州人在罗马主要从事服装店、餐馆、咖啡馆、理发等行当，也有做物流的。在当地人眼里，生活在罗马的华人大多比较富有。他们开的是奔驰、奥迪，在郊区买别墅，身上穿的也都是些大牌子。

全世界都一样，火车站一带人员总是最复杂的。罗马火车站附近就有不少北非难民、吉卜赛人和一些别的国家的非法移民，人种、肤色各异。华人区经常会有小偷出没。有一回我们巡逻，有位服装店老板跟着我们走了很长一段路，边走边抱怨这里小偷太多。他说，他们抓了小偷交给警察，第二天常常吃惊地发现，那个交给警察的小偷又大模大样地回来了。聊到小偷问题，奥拉齐奥曾跟我们说，一般来说，那些有小偷小摸行为的人，常常是在被抓住十多次之后，才会被关起来。一次，我们一大早在富来明酒店等车，一位也住在这里的外地警察自报家门，跟我们聊天。谈到小偷问题，这位警察跟我们说，他们的法律对于限制人身自由管得很严。抓了小偷带回去，是关是放，得由法官决定。意大利属于大陆法系，一起案子审下来，时间跨度会很长。但是，意大利法官的权力很大，警察抓回来的人，法官一句话就可以放掉。

在华人区巡逻时，华商们见到我们总是特别开心，有些咖啡店老板还一定要我们进店坐一坐。话题三扯两扯，就会说到小偷上来。有位先生50多岁，自称在当地华人商会当过办公室主任。他告诉我们，丢了东西，他们干脆不找警察，而是去找小偷的头儿。这样，在交一些赎金后，他们能要回自己最重要的东西。

有一天，奥拉齐奥跟我们说："走，今天带你们去地铁站，争取抓一个小偷！"进到火车站附近的一个地铁站，站在月台上我们就能看到，铁轨里扔着几本护照。显然，这是小偷洗了钱包后，扔在这里的。我们四人坐了一站地铁，发现站台上有四五个孩子，大的十五六岁，小的可能还不到十岁。奥拉齐奥马上示意我们下车。这几个孩子的头儿，是那个岁数大的姑娘。她一头栗色卷发，肤色发黄，看上去有点儿像阿拉伯人，但露脐的牛仔裤又说明，她肯定不是阿拉伯人。奥拉齐奥、法比奥示意他们停下，把包打开，接受检查。虽然没有搜出什么可疑物品，但两个宪兵还是不客气地把他们轰出了地铁站。"他们就是常在这里出现的小偷，都是未成年人。我们能做的，只能是这样了。他们要再进来，就需要重新买票。"奥拉齐奥告诉我们，有的宪兵站对付小偷的办法，就是让有前科而且还可能继续作案的人，在其作案的黄金时段，要求他们必须到宪兵站报个到。

交通管理本来是地方警察的职责，但我发现，宪兵也能查处交通违法。有一回我们巡逻中发现，一辆大货车停在了人行道与马路之间，影响到了行人通行。奥拉齐奥把那位留大胡子的斯里兰卡裔司机叫下车，给他开了50欧元的罚单。他们的罚单挺有意思，三天之内交罚款，会有折扣，而超过一定期限，则每天要交滞纳金。

一天，我们正在巡逻，远远地听到了激烈的吵架声。我们沿人行道跑过去，发现一个站在路边的中年华人在和一个坐在车里的意大利人吵架。华人情绪激动，甚至准备拉开车门打车里的意大利男子，被我们及时制止。见到我们，华人很意外，但他马上气哼哼地给我们讲述了事情经过。原来，这条街停车位非常紧张。华人的车停在自己商铺门前的车位里，这个意大利男子来了后，非让华人把车挪开，让他停在这儿。华人不同意，意大利男子就出口辱骂华人，这才把这位华人激怒了。我把情况转述给奥拉齐奥和法比奥，他俩问了意大利男子。这位戴眼镜、看上去文质彬彬的意大利男子自己又叙述了一遍事情经过。两位宪兵认为，他说的和中年华人说的大体是一致的。也就是说，这个眼镜男是不占理的。于是，在两位宪兵劝说下，眼镜男一声不吭马上把车开走了。

5月14日，我们结束了为期12天的联合警务巡逻任务，告别意大利的同行，登上了回国的飞机。望着窗外茫茫云海，我的脑海中浮现的，仍然是这些天在意大利遇见的人和事，特别是华人们见到我们时一张张惊喜交加的面孔。在华人区，得知我们很快会离开，他们几乎每个人都会马上追问："怎么不多待些日子呢？"

米兰篇

我叫撒一鸣，34岁，上海市公安局国际机场分局民警。当我睁开眼睛的时候，飞机的客舱里一片安静。从北京到罗马的行程为12小时，由于时差的关系，我们这架中午从首都国际机场起飞的航班到达时，恰好是晚上六点。长途飞行令我感到有些口干舌燥，便向身边走过的空姐要了一杯矿泉水。我一边拿着杯子轻轻地抿着，一边朝舷窗外望去，此刻飞机已开始降落，不时可以看到一个个村落点缀在山水之间，突然我想到了披萨上铺满的罗勒叶，似乎又闻到那熟悉的莫扎里拉奶酪的味道。12年后，我终于又将踏上这片位于地中海北端的土地……

我的意大利情缘

说起我与意大利的缘分，那就不能不提到我的父亲。上世纪80年代初，作为最早一批"吃螃蟹"的人，原本有着稳定工作的父亲毅然决定去意大利开创一片新的事业。至于为什么会选择这么个遥远的国度，或许与父亲的艺术学习经历有关吧。在这片土地上，曾诞生了达·芬奇、米开朗基罗、拉斐尔等数不尽的艺术家，他是带着一种"朝圣者"的心态来到亚平宁半岛的。不过，由于父母长期在外经商，让幼小的我不得不寄养在几位亲戚的家中。也正因为如此，仅小学我就念了七个。对于这段分离的时光，父母始终觉得有所愧疚。于是在初中的时候，终于让我来到了他们的身边，来到了意大利北部的小城——摩德纳。

说起摩德纳，或许很多人并不知晓。可要是提起"法拉利""玛莎拉蒂""帕加尼"这些名字，却是无人不知。这座人口不到20万的城市，集中了几乎所有意大利超级跑车公司的总部，比如"法拉利"车标的底色就是摩德纳金丝雀的颜色，所以摩德纳也被称为"引擎之都"。与摩德纳紧紧相联的另一个名字是世界三大男高音之一的帕瓦罗蒂,这里是他的故乡,也是他最后辞世的地方。

上世纪90年代初,中国人的面孔还很少出现在世界上的其他地方,特别是对于像摩德纳这样一座小型城市来说,突然多了一张中国少年的面孔,令我一下子成为了当地的"名人"。为了让我迅速融入当地的学校中,市政府专门聘请了一位懂中文的意大利教师为我补习意大利语。当然除了课堂教学外,与周围意大利同学间的交流也是迅速提升语言能力的一条途径。这些孩子很多人从祖上开始就从来没有接触过中国人,少数也是从马可·波罗的故事里了解到一些这个神秘东方国家的传说。他们对我的好奇不亚于我对于他们的,很快我们之间就能用简单的口语进行交流,而在一年后,我已经能熟练掌握意大利语了。语言是我在意大利生活三年后最大的一笔财富。不过唯一遗憾的是,我的数学就是从那时开始落下的。记得我刚到意大利的时候,发现老师在课堂上教授的竟然是九乘以一万是多少,这对于从小背诵乘法口诀的中国孩子而言实在是太容易了,可无法想象,这居然是意大利中学的内容。但这并不意味着意大利的教育一无是处,相比中国的教育,他们更注重培养孩子的总结能力,比如他们不会教授乘法口诀,却鼓励孩子们在实践中自己去总结。或许正是这种从小教育方式的差异,使两个国家的人在思维方式上最终形成风格迥异的两种模式。

三年初中的学习结束后,考虑到将来的升学,父母还是让我回到了中国继续高中学习。但我与意大利之间的情缘却从未割断,我不仅与那些在三年里结下深厚友情的意大利同学保持联系,我的一位意大利姑父更是每年来到上海,正是这些交流让我在离开摩德纳十多年后依然能说一口流利的意大利语。

斗兽场旁"首次亮相"

到达意大利的第二天一早,按照行程我和此次参加联合巡逻的庞波、舒健、李祥一同前往罗马斗兽场广场参加联巡的启动仪式。一同参加仪式的还有宪兵和意大利国家警察,至此,此次进行联巡的"三大主角"悉数登场了。启动仪式并没有想象中的隆重，但主办方特意选在具有几千年历史的斗兽场前进行仪式却有着强烈的象征意义。一位意大利官员开玩笑地告诉我，今天这算是"拍外景"。我的天哪，这怎么让我想到了当年与老婆一起拍婚纱照的场景。可怜我还没从时差中颠倒过来，幸好当天戴了墨镜，否则当地媒体一定不会用"精神饱满"这样的词汇来形容我。

虽然事先没有进行大张旗鼓的宣传，但是我们在斗兽场前的亮相还是很快引起了注意。斗兽场是罗马甚至整个意大利的标志性景点，几乎每个来意大利的旅行团都会将这里作为第一个景点。很快，就有来自中国的游客发现了我们。几位大妈冲到我们面前，用疑惑的眼光看了看我们警服上写有"中华人民共和国警察"的臂章，迟疑地问道："你们真的是中国警察？""对，是中国警察！""中国警察怎么跑意大利来工作了？"这可说来话长了，我想我即使将《中华人民共和国公安部与意大利共和国内政部关于开展警务联合巡逻的谅解备忘录》背下来，对方也未必能记住，于是开玩笑说道："为了给中国游客服务呀！""真的啊？！"几位中国大妈像孩子一样兴奋地叫道，她们一边招呼不远处的同行游客一起过来，一边拉着我们非要合影不可。其实她们或许刚刚离开国内不久，或许两天前还在家里吃着老北京炸酱面，可此时，在异国他乡见到来自国内的警察，就仿佛遇到了亲人一般。古人所说的"他乡遇故知"或许表达的就是这样一种情感吧。

结束了上午的"首秀"，下午在意大利内政部举行了中意警察联合巡逻执勤启动仪式新闻发布会。我们四位参加此次联巡的中国警察和中国驻意大利大使李瑞宇、公安部国际合作局局长廖进荣、意大利内政部长阿尔法诺、国家警察总司令潘萨一起坐在主席台上。说心里话，面对台下来自国内以及意大利、美国、德国、日本等国家媒体的长枪短炮，心里还是有些紧张的。为了掩饰自己的情绪，我不停地喝着面前的矿泉水。在对此次的联巡工作进行简短的介绍后，便进入了记者提问环节。没想到，上来第一个问题就让现场的气氛有些尴尬。一位意大利的记者问道："这次来巡逻的几位中国警察都会意大利语吗?"或许是没有料到提问会以这样的一种方式开场,我瞥了一眼坐在中间的意大利内政部长,他似乎也不知从何回答。后来我才知道,因为在意大利有时也会出现任人唯亲的不良风气,这位记者的言下之意就是想考验一下几位中国警察是否有真才实学。这时坐在我身边的舒健用手肘轻轻推了我一下,我看见廖局长正用善意的眼神望着我,便接过话筒用流利的意大利语说道:"我们这次参加联巡工作的四位民警都是在国内经过层层选拔挑选出的,我曾在意大利生活过,来自西安的李祥毕业于意大利语专业,另外两位也有着丰富的维和经验。我们希望通过此次联巡工作协助意大利警方与当地的华人及游客做好沟通工作,这不仅是为了华人的利益,也是为了更好地提升意大利的旅游形象。"或许是出乎意料,台下竟然沉寂了几秒钟,随后发出一阵热烈的掌声,现场尴尬的气氛顿时烟消云散……

华人面孔的意大利宪兵

按照既定的安排,从第三天开始庞波与李祥继续在罗马开展联巡任务,我和舒健则前往米兰。当我们乘坐三个小时的高铁从罗马来到米兰的宪兵站时,一位姿态优雅的中国女士已经在门口迎候我们了。

"你好,我叫周小燕,是住在这里的一位华侨,同时我也是凤凰卫视驻米兰记者站的负责人。我们凤凰卫视将在今后的两周里跟踪报道你们的联巡工作。"周女士语速很快,或许是在媒体工作中养成的习惯,她停顿了一下,又用一种长辈的口吻说道,"当然,如果需要什么帮助的话也随时可以来找我。居住在米兰的中国人大多集中在附近的 China Town(中国城)里。"

从周女士的口中我们了解到,在米兰拥有 20 多万中国侨胞,这还不包括没有合法居留权的中国公民,华人人口数约占米兰总人口的 6%。在意大利警方的眼中华人在意大利从不惹是生非,就算在中国城生活的中国人之间有矛盾发生,也从不报警寻求警方介入解决,他们有自己的一套解决方法,这或许与当地华人大部分来自浙江温州地区有关，他们会推选一名"镇长"来处理内部矛盾。但是如果与意大利人直接发生矛盾，那么"镇长"说话就不好使了，常常有想通过意大利司法程序解决问题的中国人，因为语言不通和对意大利司法程序不清楚，无法找到正确的途径去上诉而只能自己吃"哑巴亏"。"所以从新闻里看到说中国政府派警察过来，大家都很高兴，认为这样能够帮助当地华人解决很多问题。"

看着周女士兴奋的样子，我很想告诉她，其实我们这次的任务仅仅是在重要的景点开展巡逻工作，但这也确实体现出了当地华人对于祖国国力逐渐强大的一种期待。虽然此次联巡只是一次试水，但或许这正是国际警务模式的一个新开端呢。

在参加完米兰省行政厅举行的中意警察联合巡逻新闻发布会后，我们马上前往米兰的著名景点多莫大教堂开展巡逻工作。这座于1386年开工建造的大教堂，历经五个世纪于1897年才完工。拿破仑曾于1805年在这里举行加冕仪式，如今多莫大教堂已成为了米兰的象征，也是整个米兰市的中心。

在多莫大教堂旁，我们见到了与我们一起开展巡逻工作的两位意大利宪兵。其中一个竟然是华人，据这位名叫雅各布的"90后"宪兵介绍，他父母都是温州人，他出生在意大利，服完兵役后就加入了宪兵部队。据他说，在米兰的宪兵部队里一共有三个亚裔，除了他之外还有一个中国台湾人和一个越南人，考虑到这次要与中国警察一起巡逻，上级部门专门抽调他来执行此次任务。又遇到老乡，我和舒健都很兴奋，就用普通话跟他攀谈，没想到雅各布却用磕磕巴巴的普通话回答我们，其实除了温州话，他只会意大利语。他还兴奋地告诉我们他有一个中文名字，可刚说了一个姓"林"之后就卡壳了，他只能尴尬地拿出手机，查了半天后告诉我们他叫"林如瑞"，于是在后面的联巡中我们一直称呼他为"小林"。另一位宪兵年龄略长，我们都叫他"警长"。于是我们便开始了当天的巡逻工作。总体而言，米兰的治安状况在意大利算好的，但平静的表面下，却也有着不少暗流在涌动。很快，我们就与意大利小偷有了第一次"亲密接触"……

和披萨一样闻名的意大利小偷

与我搭档的舒健是深圳出入境边防检查总站皇岗站的队长,是有着丰富国际执法合作经验的"老法师"。2002年,他曾参加东帝汶的维和行动,是中国最早的一批维和警察。虽然他不会说意大利语,但凭借一口流利的英语让他在任何一个地方都能迅速融入当地环境。

那天我们第一次巡逻到米兰中央火车站附近,舒健突然悄声对我说:"小撒,注意你'两点钟'的方向。"我立即循着他指引我的方向看去,只见一名男子正鬼鬼祟祟地在摆弄一辆自行车的车锁。我立即用意大利语跟"小林"和"警长"进行了沟通,他们两人也很兴奋,因为前面一路上他们就说要抓一名小偷让我们看看,没想到这么快就有鱼自投罗网了。由于我们没有执法权,所以盘查的工作都由宪兵执行。"警长"走上前去拍了一下男子:"你在干什么?"男子回头看了一眼,镇定地说:"这是我自己的自行车,可是钥匙忘带了。"我在边上听着觉得好笑,竟然会用这么拙劣的借口。果然,宪兵从他随身携带的物品中发现了锯子、钳子、榔头等作案工具。原本以为这下人赃俱获了,不料男子大声说宪兵冤枉了他,并拿出了一个类似于执照的证件证明他就是这辆自行车的主人。"小林"在仔细核对了他的证件信息后,确认他的确是这辆自行车的主人,就对他的身份进行了登记备案后便放他走了。难道是我们判断错了?第一次出手就闹了乌龙,大家都觉得有些尴尬。这时边上的一位小店主跟我们说,那个人经常在这片偷自行车,只不过今天正好开的是他自己的自行车锁。看来我们的洞察力还是不错的,"小林"为了缓解刚才的尴尬,对我们说道:"其实在意大利小偷的活动还是很频繁的,主要是罗马尼亚人、吉卜赛人,还有北非地区的一些非洲人或者难民。"意大利的小偷和这个国家的披萨一样在世界闻名,可为什么这么多年总是屡禁不止依然这么猖獗呢?我好奇地问道,"小林"挠了挠头,不好意思地说,"这个……我也不太清楚。"还是一旁经验丰富的"警长"给出了答案，他说因为意大利司法程序与体制的关系，警察抓到违法对象都要报告检察官，检察官同意之后由法院审理判决。然而法院考虑到羁押期间要供吃供住，司法程序时间较长，对于案值不大的违法嫌疑人，一般也就不深究，结果没过几天可能就把人放了，而这样的情况要被抓获十多次才会判刑，这可能就是小偷猖獗的根本原因。

我们继续往前走着，这时一个年轻漂亮的姑娘跑到我们跟前，打量了我一番，有些羞涩地问道："你是不是来自国内的撒一鸣？"我看着这陌生的姑娘，一时想不起在哪里见过对方，这时姑娘笑了，"你们最近成明星啦，报纸、广播和网上都是你们的新闻。昨天你们还在罗马，没想到今天就在米兰街头碰到你们了。能不能一起拍张合影？"原来如此，从前一直在电视上看到明星的我，没想到到了国外自己也成"明星"了。合完影后姑娘又主动介绍自己是温州人，目前被派驻在当地一家会计师事务所工作。一听到"温州"两个字，我马上拍了拍身边的"小林"，对姑娘说道："巧了，这小伙子还是你的老乡呢。"姑娘一下子瞪大了眼睛，或许她也是第一次遇到能说一口温州话的意大利宪兵吧。两个年轻人很快就搭上了话，我开玩笑说："小林，要不你留下，我们俩继续巡逻。""小林"有些不好意思地笑笑，与姑娘互相加了微信，继续我们的联巡工作。

"民以食为天"的意大利人

在米兰期间，我和舒健被安排住在宪兵的一个兵站里。说是"兵站"，其实是一座酒店式公寓。这座大楼一半对外营业，一半由宪兵部门租下来作为单身公寓。因为很多宪兵来自意大利南部，按照规定，他们只要服役满六年就可以申请调回南部。由于南部的物价水平只有北部的四分之一，所以绝大部分的南方人都会在六年服役期满后回老家去，而在此期间，他们可以住在部队提供的公寓里。像和我们一起巡逻的"小林"，他的父母已经回到了国内，他在意大利没有住房，就每天住在公寓里，也落得个逍遥自在。

兵站除了提供住宿外，还有每顿三欧元的午晚餐，以意大利面和披萨这两样传统食品为主。意大利人对于这两样美食的热爱简直到了痴迷的程度，你可能无法想象他们是如何将面条做出数百种形态的。意大利的食堂大妈也非常好客，每次看到我都给我额外加一大勺菜，令我常常担心回家后腰围增加一圈。不过不少意大利人似乎并不在乎这些，有一个经常同我们一起吃饭的宪兵小伙子，20多岁却有着近三尺的腰围，还依然每天满不在乎地吃着放满奶酪的披萨饼。中国对于他来说是一个遥远的国家，可是他却对中国文化充满了向往，有一天吃饭时他跟我和舒健说，自己最崇拜的人是关公。我不知道他是从哪里听来的关公故事，但就冲着他的这份热情，我把从国内带来的一个关公皮影纪念品送给了他。小伙子欣喜若狂，表示一定回家挂在最显眼的位置。

意大利人对于美食是如此热爱，以至于产生了许多关于他们的笑话，其中有一则是这么说的："'二战'时期德军在沙漠中接收到意大利某支部队的救援请求，于是派出了一个中队的兵力前往救援。当他们千辛万苦与友军会合时，却惊奇地发现意大利人正在用宝贵的水煮通心粉……"笑话归笑话，但意大利人对于美食却是认真的，所以他们对于食品卫生情况也特别负责。在一天的巡逻中，我们跟随"小林"和"警长"对一家意大利酒吧进行了突击检查。意大利宪兵可以检查食品卫生情况、有没有偷税漏税、店员劳工资质、餐饮业配套执照、消防安全以及治安防范隐患，这可比中国警察检查的范围多得多。而且一旦宪兵发现了问题，他们的结论就具有权威性，法院可以直接予以采纳，不用旁证，只要再对店长做完笔录记录下来就可以做出相应处罚，最后只需有关部门批准处罚决定即可生效。看来，这"舌尖上的意大利"背后也离不开意大利警察们的一份功劳啊。

男模范儿的便衣队队长

第二周与我们搭档巡逻的是意大利的国家警察。如果说意大利宪兵类似于我们国家的武警，那么国家警察的职责和行事风格则更接近于公安。当我们的搭档史蒂芬诺和卢卡站到我们面前时，我的心里不由得感叹，这意大利男人怎么长得都跟男模特儿似的。史蒂芬诺从警16年，是多莫大教堂地铁站派出所的便衣队队长，在这个岗位上已经有10年的工作经验了。他平时很少穿制服，大部分时间都上身一件西装，下面穿一条牛仔裤。如果在街上遇见，我一定会认为他是哪位刚刚从摄影棚走出的模特儿，毕竟在米兰这个"时尚之都"，街头遇上模特儿的概率实在是太高了。但是这次为了配合我们工作，史蒂芬诺特意把压在箱底近10年的警服翻了出来穿上，以至于很多人见到他都大跌眼镜，纷纷跟他开玩笑说："今天太阳打西边出来啦，你怎么穿制服了？"而个头儿稍矮的卢卡和"小林"的情况有点儿像，也是一个"90后"，父母都在美国当医生，13岁才回到意大利生活。刚刚参加工作没多久的他一直在指挥中心工作。所以这次能有机会参加外勤，他显得很兴奋。

与宪兵有着固定的巡逻路线不同，国家警察的巡逻路线就相对自由些。史蒂芬诺平时的工作是带领小分队在地铁里打击盗窃、猥亵妇女（"咸猪手"）之类的犯罪行为。不过由于这次他身着警服，所以不太容易开展工作。当我们巡逻至"CADORNA FN"站时，突然发现两名形迹可疑的人员。与一般乘客不同，他们在车辆到站后迅速靠近车门，但是却不上车，看上去就是在选择下手目标。于是我们就分散躲在10米外的掩体后进行观察，或许这两人都是新手，也或许是技术水平实在太差，尝试了几次后均未得手，便乘车离开了该站。失望之余，我们继续在地铁里开展巡逻工作。不想当我们巡逻至多莫大教堂商业街时又发现了这两个"笨贼"的踪迹，史蒂芬诺很想给中国同行们露一手，于是大家纷纷摩拳擦掌，一路跟踪想抓个现行。但一路上行人的警惕性都很高，两人始终没找到下手的机会。到最后史蒂芬诺终于失去了耐心，上前去对两人进行了一番盘查。一看警察盯上了自己，这两个"笨贼"很快就心虚地离开了。"对小偷进行震慑也是我们的工作之一，"史蒂芬诺对我们说道，"让他们时时刻刻感觉到警察就在盯着他们。"

在米兰斯福尔城堡附近，我们看到一群非洲裔移民，他们手中拿着不同颜色的手绳在四处徘徊。史蒂芬诺告诉我们，他们通常会以系免费的"祝福手绳"为名强行为游客戴上，然后蹿出几个彪形大汉，凶神恶煞地恐吓道，手绳是免费的，但是人工费却是必须要给的，通常是一人 100 欧元到 1000 欧元不等。他们的对象往往是落单的中国游客，因为他们知道中国人通常习惯携带较多的现金。说完史蒂芬诺转向我们，笑着说："你们身上是不是也有不少现金？""还真让你说对了。"说完舒健从上衣左侧的口袋里掏出几张纸币，"现在遭到信用卡诈骗的情况也很多，不少中国游客又是上了年纪的，相比于信用卡，他们往往更加相信现金。不过，其实他们也可以像我一样，"舒健拍了拍右侧的口袋，又拍了拍裤子口袋，"把现金分散放在几个地方，那么即使遇到了小偷，也能尽量把损失减少。这在我们中国叫作'狡兔三窟'。"史蒂芬诺和卢卡被他幽默的语言逗得哈哈直乐。

既是警察，又是修理工

史蒂芬诺是一个风趣的人，这或许也与他的工作性质有关。一路上总有形形色色的人跟他打招呼，而这些人不少就是给他提供线索的"眼线"。他有时会一脸坏笑地对我们说："想不想看看米兰模特儿最集中的地方？"可把我们带到运河区时却又一本正经地向我们介绍起运河的历史。因为他的陪伴，让我们的联巡路上始终充满着笑声。

最后一天，史蒂芬诺有些神秘地对我和舒健说："今天我带你们去看一个最近和你们在米兰一样有名的明星。"我们有些摸不着头脑，名模？球星？演员？他开着警车带我们来到一个汽车修理厂。这样的地方会有什么明星？正当我们摸不着头脑时，史蒂芬诺指着一辆警车对我们说："看，这就是我说的明星。"说着他又拿出手机给我们看一条新闻，原来就在我们到达米兰的当天，这辆警车因为赶着执行任务结果被卡在两辆有轨电车中间，于是当天报纸上头版是我们巡逻的照片，第二版就是这辆可怜的警车。"嘿，安德鲁，手艺不错啊。"史蒂芬诺高喊着，跟不远处的一位大叔打招呼。

这位被称为"安德鲁"的大叔走过来,史蒂芬诺向他介绍了我们,他的脸上瞬间就出现了敬佩的表情,他跷起大拇指对我们说道:"中国是个美丽的国家,有机会我一定要去一次。"从安德鲁的自我介绍中我们知道,他的身份其实也是警察,因为有汽车维修的一技之长,所以担任"技术型警察"。平时警车的维修都由警方自己完成,如果有需要的零配件,就打报告给内政部,由政府出资采购再发放到各个警察车辆维修营地。在意大利,警车享有绝对的权威,在执行警务工作中可以根据情况随意借道,即使道路状况再拥堵,民众只要一听到警笛都会主动为其让道,让警车在最短时间内赶到现场。当然有时也会发生像这辆倒霉警车一样的事件,不过经过安德鲁的妙手回春,这辆车又可以重新投入使用了。而那位司机则只须接受一下内部调查,确认当时的确在执行公务,自己掏腰包赔偿200欧元即可,不会再受到其他处分。

14天的联巡工作很快就画上了句号。离开米兰的这天,天空下着小雨。我坐在回罗马的火车上,贪婪地望着窗外的景色,希望能多带回一些亚平宁半岛的风景。心中有些惆怅,与史蒂芬诺、卢卡他们道别的时候,一如当年我与摩德纳的小伙伴们告别时的心境一样。但似乎又有些不同,我清楚地知道这不是一个终点,而是一个新的起点。脑海里又回想起刚到米兰时华侨周女士对我们那期待的眼神,或许只有在今天,我们中国警察也能在异国的土地上为自己的同胞提供帮助,这是一种荣耀,更是一份使命。

或许,这真的只是个开始……

女法医的无瑕人生

吴 迪

今年上海的新年因为禁止燃放烟花而略显得有些冷清。

不过正月十五,杨浦区的商业中心五角场依然是车水马龙。

此时,不远处的一个小区里,一个男子匆匆拐进了一幢居民楼。

男子是一家网络媒体的员工,他今天来的目的是寻找失联两天的同事小雯。

虽然在中国人的传统观念里,过了正月十五这个年才算是真正过完了,不过大部分企业在长假结束后都已恢复工作,尤其是网络媒体这样的行业,即便是春节期间,依然每天保持着更新,以赢得读者的点击率。

负责人事工作的小雯并不用直接参与采编工作，这使得她能趁着长假回了一趟在外地的老家。不过新年伊始，会有许多人事招聘工作。然而就在这个节骨眼上，小雯突然有两天没来上班，打手机也无人接听，不免令人心生蹊跷。

男子敲了几声门，小雯住的那间没开，倒是隔壁邻居探出了头。

"你找里面那个小姑娘啊？我也好几天没看到她了，还以为她出去旅游了呢。"

即便出去旅游也不会不辞而别，邻居的话让男子的心中又蒙上了一层阴影。他赶忙通过公司的人事档案获得了小雯在老家哥哥的电话，然而对方却说这几天小雯一直没有和他联系。

一阵不祥的预感迅速向男子袭来，他拨打了"110"……

派出所的民警很快赶到，在锁匠的协助下，门被打开，令人惊悚的一幕猛地出现在众人眼前。

一摊血迹，从客厅一直延伸到了卧室。

派出所民警意识到了问题的严重，马上通过电台向指挥中心报告了这一情况。

十几分钟后，一辆闪烁着警灯的警车停在了楼下。车门打开，一名梳着马尾辫的年轻女子迅速跳了下来，藏青色的工作服胸前一侧写着"杨浦刑警"。她环视了一下四周的环境，推了推鼻梁上的眼镜，从车上取下一只银色的手提箱，在转身的瞬间露出了衣服背面的"现场勘查"，然后大步流星地走进了居民楼。

此时楼下已拉上了警戒线，越来越多的居民聚拢过来。有眼尖的看到了手提箱上标着的"法医勘查箱"，嘀咕了一句："呦，女法医！"……

1

和很多人一样，读高中之前的吴瑕对法医这项工作一无所知。她曾经想过当医生，这也是她妈妈年轻时的愿望。吴瑕小时候身体不太好，医院跑得多了，难免遇上个别令人心寒的医生。于是吴瑕就有了一个愿望，以后当一个不会有人投诉的医生。

一次她将这个愿望与同学分享，没想到对方却来了一句："那可以去当法医啊，保证不会有人投诉你。"

一句完全无心的玩笑话，却改变了吴瑕人生的轨迹。

言者无心，听者有意。吴瑕真的开始去接触一些法医方面的书籍和影视剧。渐渐地，她发现自己竟对于这个曾经陌生的职业有着天生的亲切感。

高考填报志愿的时候，吴瑕的第一个理想当然是复旦大学的法医系，不想造化弄人，那一年复旦大学的法医专业却限制招女生，唯一的选择是远在千里之外的四川大学。

一道选择题放在了她的面前，要么为了理想去一个陌生的城市，要么放弃理想。

吴瑕毫不犹豫地选择了前者。

然而这一切都是她和父亲两人背着妈妈做的决定。虽然妈妈曾表示支持女儿报考法医专业，但若是去千里之外念大学，是否还能继续得到妈妈的支持，吴瑕心中也没有底，于是她决定先斩后奏，和父亲共同上演一出"瞒天过海"。

吴瑕最终如愿以偿拿到了四川大学法医系的录取通知书。欣喜之余，她又有些慌乱，该如何去向母亲解释？出乎意料的是，妈妈对于女儿的决定没有丝毫的阻拦，无论怎样，终究是圆了自己穿白大褂的心愿。吴瑕一颗悬着的心终于落了地，这时她看见不远处的父亲正朝自己眨着眼睛，顿时明白了一切。

四川大学法医系，即原来的华西医科大学法医系，是新中国最早开设法医学专业的学校之一。在距离上海一千八百公里的成都，吴瑕度过了自己五年的大学时光。

法医系学生前四年的学习与一般临床专业的学生并无不同，只是在第五年集中学习法医相关的课程。当然，在校学习的时候他们也会在鉴定中心接触一些检材。然而，真正第一次去现场却还是在大五的寒假……

2007年的冬天，欢度春节的人们正忙于走亲戚。吴瑕坐在嘉定公安分局法医室的办公室里翻阅着历年的案卷。这是她第一次真正接触到一线的法医工作，虽然始终对别人说自己学的是法医专业，但现实中的法医工作还是让她感觉与书本上的描述大相径庭。

"小吴，收拾一下，准备出发。"一位同事在门外喊了一声。吴瑕迅速合上案卷，跟着法医、痕检坐上了勘查车。

坐在后排的吴瑕有些兴奋，又有些紧张，曾经想象过无数次的现场就在眼前，曾经在电视剧里看到的现场就要出现在现实中，她突然觉得自己的心跳竟有些微微加速……

警车在一条河道边上停下，现场已经聚集了不少人。几个工人指挥着一辆吊车将水中的一辆轿车捞起，而岸边，一对年轻的父母正焦急地看着这一切，女人的眼圈红红的，不停地哽咽着。

吊车的吊钩刚刚放下，女人等不及工人将绳索解开，发疯似的冲上去将车门打开，一个小孩儿从副驾驶座位上瘫软地倒下，现场的医生上去检查，却发现小孩儿早已没了生命体征，女人顿时瘫坐在地上，号啕大哭起来。

吴瑕与同事走上前去。这是一个七八岁的小姑娘，身上穿着一身新衣服，清秀的小脸上还带着水渍，只是不再翕动的双唇告诉现场每一个人，她已经离开了这个世界。

吴瑕有些走神，直到同事拍了她一下，轻轻地说了一句："准备工作。"

作为一名见习法医，吴瑕并不直接参与检验过程。她认真地在一旁观察着法医的工作，看着他们认真地检查了小女孩儿身体的每一个部位，确定没有遭受他人侵害的痕迹。排除了他杀可能后，基本可以断定是因为溺水而亡。

"不可能，不可能。"小女孩儿的母亲在听到这一结论后大声地喊道，"我们只是离开了一会儿，车子好好的，而且熄火了，怎么会掉进水里呢？"她的丈夫则紧紧地搂着妻子的肩膀，不停地安慰着她。

痕迹技术员仔细地检查了轿车，发现手刹被放下。结合小女孩儿父母所描述的停车的位置,以及桥上车轮的轨迹,他们很快还原了现场:年轻夫妇为了给亲戚送一份礼品,图方便就将车斜着停在了桥上。坐在副驾驶座位上的小孩儿一时顽皮,不慎触碰了手刹,导致轿车迅速冲出没有围栏的桥面,直接跌入水中。而据当时周围的目击者称,车子入水前周围并没有其他人经过。

回程的车上,同事发现去时路上聒噪不停的吴瑕突然有些沉默,便关切地问道:"小姑娘,第一次看现场,有点儿受不了吧?"

"倒不是因为看到尸体,而是没想到竟是这么小的小孩儿……"与书本上冷冰冰的文字不同,当那些对于死亡的描述还原到现实中展现在眼前时,最大的冲击并不是生理上的,而是心理上的。

吴瑕始终认为,法医这份工作并不适合女人。首先是体力上,勘查现场时,法医往往要一个人将上百斤重的尸体翻身,以检查身体的每一个部分。而在解剖台旁,每一次解剖至少要站两个小时以上,这对于体力是极大的考验。

而另一点让她觉得不适合的原因是女人的内心更加柔软。在面对生死,特别是看到年轻的生命逝去时,内心所受到的冲击会比男人来得愈加强烈……

2012年夏天的一天,吴瑕接到了一起从宝山转来的案子。

据宝山的同行介绍,事情的经过是这样的:这天两个女子抱着一个小女孩儿来到派出所,称小女孩儿在附近遭遇了车祸,要求派出所开具死亡证明。人命关天,民警当然不可能根据两个人的一面之词就开具证明,于是要求两人说清楚车祸发生的地点。谁知两个人不停地支吾,一会儿说在这个路口,一会儿又说自己路不熟记错了,连续说了几个地点,民警通过监控录像却没有发现一起车祸。眼看谎言要被揭穿,面对民警的讯问,其中一个女人终于承认小女孩儿是被打死的。事件的性质一下子发生了变化,经过调查,这两个女人临时租住的房子在杨浦区,按照属地管理的原则,案子被移交到了杨浦分局刑侦支队。

在冰冷的解剖台上,吴瑕将小女孩儿的衣服一层层解开,每脱一件她的心都要颤抖一下,因为这个小女孩儿全身上下几乎都是伤痕，无论是脸上还是脚上，新伤叠着旧伤。虽然都是瘀伤，但骨头却完好，这并不符合车祸的特征。那么，这个女孩儿在生前究竟遭受了怎样的虐待？

跟随着刑侦支队的同事，吴瑕来到了两个女人租住的房子里。她很快就从阳台上找到了一丝喷溅出来的血迹。面对证据，两个女人终于交代了事情的经过：

这是一个利用小孩儿进行扒窃的犯罪团伙，两个女人平时负责带孩子去街面扒窃，而其中一名女子的丈夫则在家里教习孩子扒窃手法。被打死的小女孩儿一个多月前刚刚从老家"租"来。没想到过了整整一个月，经过反复"调教"却依然屡屡失手，女人觉得自己的"投资"没有回报，于是每次女孩儿没按照要求完成"练习"，女人的丈夫就会毒打女孩儿一顿，有时发起狠来就将女孩儿吊起来。那天夜里，又遭受了一顿毒打的女孩儿被放下后连声说要喝水，女人也不管不顾，任由女孩儿瘫在地上，自顾自进屋睡觉去了。孰料第二天醒来，发现小女孩儿竟然死了。一看出了人命，两个女人顿时慌了神。经过一番讨论最终决定以车祸的名义去派出所报案，没想到一下子就被警察识破了拙劣的伎俩。

违法者最终被绳之以法，然而小女孩儿却孤独地躺在冰柜里。经过多方联系，小女孩儿的父母一个月后才从偏远的家乡赶来。令吴瑕痛心的是，见到女儿伤痕累累的遗体，他们既没有悲痛，也没有对杀人者表示谴责，只是希望能快点儿将遗体带回老家去。仿佛眼前的并不是亲生骨肉，只是一件赚钱的工具。然而即便充满了愤怒，却也只能对他们进行道德上的谴责。吴瑕帮助这对夫妻办妥了各种手续，看着殡仪馆的车将女孩儿的遗体接走，心中默默地念道，希望天堂里不再冷漠……

虽然吴瑕一厢情愿地认为这并不是一个属于女人的世界，但屏幕上依然充斥着女法医的形象，有时不常看电视的吴瑕无意间看到电视上又出现类似的剧情时，总是会露出一丝无奈的苦笑。前段日子有位电视台的编剧来分局采风，吴瑕开口就说能不能不要再把法医设定成女的了，编剧听完一怔，然后尴尬地说道："不好意思，这次我写的又是一个女法医……"

2

吴瑕的法医之路始终不太顺利。高考的时候险些向她关上了大门,等到毕业的时候上海的公务员招考又没有法医岗位,理想再一次与自己渐行渐远。

很多同学转行了,有的去医院当了医生,有的则进入了保险公司,面临毕业的吴瑕也不停地问自己,究竟何去何从?

她又想起了最初的梦想。自己五年来每个寒暑假坐 32 个小时的火车往来于上海和成都之间为了什么?自己当初放弃了其他专业一门心思学法医是为了什么?既然自己已经付出了这么多,怎么能在一只脚已经跨进门槛时又退缩呢?她铁了心要将自己的理想进行到底。

要想当法医只有一条路,报考上海公安高等专科学校的二专科。经过层层选拔,吴瑕终于如愿穿上了警服。

经过一年半的学习,2009 年 2 月,吴瑕和一群同学,也就是后来的同事,来到平凉路的杨浦公安分局报到。走进大门的那一刻,吴瑕特意看了一眼门口悬挂着的警徽,笑着对自己说,好歹也算是进了公安的大门。

吴瑕被分配到新成立的中原路派出所从事内勤工作。文笔甚好的她将内勤工作完成得井井有条,但是她始终没有忘记自己的"法医梦",平时闲暇的时候便会拿出专业书籍温故一下。而每年填写局里的"青年民警岗位意愿"时,她都会郑重地写上"法医"两个字。

她自己也没想到,一切在 2012 年出现了转机。

那年春节,新上任的蔡田局长到基层慰问,当走到吴瑕面前时,派出所的肖华所长向局长介绍道:"我们小吴可是法医专业毕业的,现在在这里有点儿屈才了,她还一直想从事法医工作呢。"

出于对人才的爱护,两个月后吴瑕如愿调入了刑侦支队刑事科学技术研究所,干上了期盼已久的法医工作。

说起这段往事，肖所长依然"懊悔不已"，见到吴瑕总要开玩笑说："当时就怪我自己在局长面前多嘴，结果放跑了你这么一个得力的内勤啊。"

吴瑕听后笑而不语，或许只有她自己心里最明白，在自己追梦的这条路上，有多少不为旁人所知的辛苦与付出……

2015年春天的一个夜晚，共青森林公园附近的嫩江路渐渐安静下来。

与白天密集的人流相比，晚上这片地区显得颇为冷清。

环卫工老李在路旁抽完了一支烟，他今天上的是中班。这里有一段与军工路平行的铁轨，铁轨内侧的绿化带鲜有人踏足，也因此杂草长得特别茂密，老李的工作就是每个月进去将那些一人多高的杂草全部拔除。

不过今天的空气里似乎有些异样，老李说不清这是一种什么味道。他继续往前走着，突然在一棵大树下看到地上有一个模糊的黑影。老李拿出随身携带的手电筒，光束的尽头是一辆自行车，他稍稍移动了一下手腕，自行车旁似乎躺着个人。老李突然感到背脊一阵发凉，他赶忙退了出去，用哆哆嗦嗦的手拨打了报警电话……

"李探，这个案子有点儿棘手啊，你看这具尸体竟然没有头。"吴瑕对法医李默言说道。李默言比吴瑕大几岁，也算得上吴瑕的半个师父。

"再找找，看看附近有没有。"李默言皱了一下眉头。几束刺眼的灯光在草丛里来回扫描着，直到有人喊了一声："找到了，在这里。"

几个人连忙围了上去，那个头颅滚落在一旁，已经高度腐败，变成了骷髅的模样，阴森森地对着在场的每个人。

他杀？自杀？一时没了头绪。

吴瑕和李默言又回到了那具尸体旁，只见衣服、裤子完好，而里面的身体却已经高度腐败形成了白骨化，轻轻一碰，成群的蛆虫从衣服、裤子的缝隙里涌了出来。

在尸体不远处，他们还发现了一件雨衣，上面密密麻麻地盖满了一层蛹壳。由此判断，尸体上的蛆虫应该是第二代。根据这个季节苍蝇的繁殖周期，吴瑕和李默言推断死亡时间在一个月左右。

尸体上方的树枝上悬挂着一根围成圈状的橡皮软管，表面附着些许毛发。而从软管到地面的距离，恰好长于尸体的长度，满足自缢的条件。

现场没有搏斗的痕迹，死者身上的衣服也都完好无损，根据这些现象，吴瑕和李默言还原了这一个月里发生的一幕幕……

死者因为自身原因产生了轻生的念头，于是骑着自行车来到绿化带里。这里人迹罕至，不易被人发现。一切准备好后，死者把软管套上树枝，然后用力往下拽后将头伸进索套，一松手后树枝回弹将人带离地面完成了自缢的过程。几天后，温度渐渐升高，尸体开始腐败，最终，沉重的身体与头颅分离，头颅落在一边，而身体则垂直落下。很快，闻到死亡味道的苍蝇成群而来，直到环卫工老李无意间走进了这片草丛……

这起案子，被吴瑕定义为"见到过的蛆虫最多的现场"，同时，也是她第一次在野外进行解剖操作。

很多人一提到法医工作，首先想到的就是"脏"。其实对吴瑕他们而言，"脏"仅仅是工作的一个方面，很多时候，还有无法想象的"苦"与"累"……

"老乔，这抽水泵怎么总堵住啊？"小孙感到有些疑惑。最近这家杨树浦路旁的汽修厂准备将厂里一个废弃的防空洞整修一下，于是安排职工小孙和老乔借了一台抽水泵先将积水抽干净，没想到机器却总是"罢工"。经过检查，他们在泵里找到了不少骨头样的东西。

"这骨头倒是有点儿像我平时吃的羊蝎子，不过好像还要大一些，"小孙拿了一块放在手里端详着，突然他的脸色一变，"不会是……人的吧？"

"啊！"被小孙这么一说，老乔也害怕了，这个防空洞有很多年没用了，谁知道里面曾经发生过什么，"我看咱们还是让警察来看一看吧……"

骨头到了吴瑕的手里，根据在学校学习的法医人类学知识，她很快判定这是一块属于人的椎骨。究竟这黑漆漆的防空洞里是否曾吞噬了一桩罪恶的阴谋？一切只有到洞里去寻找答案。

吴瑕和一同前来的法医赵霄峰一人穿上一双套鞋，拿着手电筒在无法直起身子的防空洞里一步步往前走。虽然积水已被抽去大半，但多年的淤泥混合着粪便发出的恶臭，不断地刺激着吴瑕的嗅觉神经。"还好午饭都已经消化了。"吴瑕的双手一边在淤泥里摸索，一边暗自庆幸着。

"这里有一根！"借着昏暗的灯光，吴瑕看到走在自己前面的赵霄峰从淤泥里摸出了一根胫骨。就这样，两个人从下午忙到半夜，终于找到了所有的长骨。

第二天的工作更加艰难，因为剩下的都是一些细小的骨头。为了尽快找全所有的骸骨，刑科所里所有的民警都出动了，于是幽暗的防空洞里出现了这么一幕：一群身穿现场勘查服的警察人手一个手电筒，如同当年美国西部的淘金者一般弓着背在淤泥中摸索着，只是人家摸出的是金块，而这里……

连汽修厂的工人也不停地说："从没想到警察还要在这样的环境里工作，太不容易了！"

人体共有 206 块骨头，经过两天地毯式的搜索，吴瑕他们几乎找到了所有的骨头。最后寻到的那部分颇有戏剧性：当所有人都以为不会再有收获的时候，突然在角落里发现了一只袜子，拉开一看，里面全是小骨头，无疑，这是死者的一只脚。

剩下的工作就是将这些骨头拼接在一起。七月初的上海，即便是阴凉处，炙热的地面温度仍然如同一只烤盘。但为了尽早判断案件性质，吴瑕就在汽修厂的一块空地上开始工作。汗滴，顺着她的额头流进了眼睛，辣辣的；流进了嘴里，咸咸的。戴着手套的双手又无法去抹，只能任由它们在脸上肆意流淌。吴瑕专心致志地拼接着，仿佛这些骨头里隐藏着一个密码。是的，是有一个密码，一个关于善与恶的密码，所有的真相，只能从这些骨骼中去发现、去寻找……

这是一副中年男性的骨骼，所幸在其上面没有发现外力损伤的痕迹。结合在防空洞里发现死者身上的其他遗物，最终这具遗体被认定属于意外身亡。法医的工作正是如此，并不是每一次的辛勤付出后总有收获，并不是每一个遗落在外的灵魂后面都隐藏着一个罪恶的凶手。但他们的工作就是让每一个真相浮出水面，令逝者安息，给生者安慰。

3

接到去刑科所的调令是刚好吴瑕从毛里求斯度蜜月回来。与很多女孩儿会早早地规划自己的蜜月地不同，吴瑕说这纯粹是一个巧合。

"我工作忙，我爱人工作也忙，可是他们公司规定必须在结婚三个月之内用完婚假。眼看着三个月时间就要过去，我们来不及办签证，干脆就选了一个不要签证的地方。"

没有一个浪漫的开始，吴瑕与爱人的相遇也是非常寻常。经朋友介绍的两人坐在一起吃了个晚饭，吴瑕说到自己原来是学法医的，坐在对面的IT工程师张江抬了一下头，没有一丝惊诧，只说了句"那挺好"，随后又补了一句："反正你现在也不干法医。"

吴瑕没有接这句话，那时的她并不知道自己何时才能走上法医的岗位。她也不知道，如果有这样一个机会真的到了面前，若是有了家庭的自己又该如何选择？

一纸调令，又一次将一道选择题摆在了吴瑕面前。

吴瑕常常会感叹，从立志成为一名法医到真正从事这个行业，每一次走到关键路口总有上天不期而遇的考验。如今的她，已不是刚刚入警时那个孑然一身的她。家庭，让她多了一份顾虑。

她把调令的事和丈夫说了，丈夫听后，沉吟了片刻，说道："其实我内心是不希望你去的。"

吴瑕听完后心里"咯噔"一下，她正要解释，丈夫又接着说道："我知道你喜欢这份职业，其实我个人是完全没有意见的，只是怕你太辛苦，你的身体不是很好，我怕你累着。"

听到这句话，吴瑕的心中顿生了几分暖意，又暗暗嗔怪道，大爷（她对丈夫的昵称），下次咱们说话能不能不要大喘气啊。

"不过，"丈夫又开口了，"我怕父母这边有想法，最好还是去和他们沟通一下。"

果然，两位老人一听到吴瑕要去从事法医工作，马上就有了顾虑。虽然两位老人都是高级知识分子，但是对于这份有几分神秘色彩的职业还是感到有点儿陌生，或者说有点儿忌讳。

"爸爸妈妈，从事法医是吴瑕从小的愿望，她为了实现这个理想这些年一直在努力。"没等吴瑕开口，丈夫先说话了，"也许工作会比以前更辛苦，但我觉得没有什么比从事一份自己喜欢的工作更重要的了。我支持她，也希望你们能多给她一份理解。"看到儿子坚定的态度，两位老人也颇为通情达理："吴瑕，只要你自己认定的事，就放心去做吧。"

吴瑕的手被丈夫紧紧地握着，谁说理工男不浪漫，这份默默的支持便是给自己最浪漫的礼物。这时她看见丈夫朝自己投来一个眼神，这个眼神好似在哪里见过，是的，正是十年前拿到录取通知书的时候父亲给自己的那个眼神。

所以吴瑕总是说，她特别感谢自己身后给自己莫大支持的两个男人——父亲与丈夫。

很多人会觉得，法医是一项与死者打交道的工作。吴瑕认为这句话既对也不对，虽然他们的工作是让死者"开口说话"，但本质上，剖开的却是生者之间的人情冷暖……

张阿姨注意这辆蓝色轿车已经好几天了，本来就不宽阔的永吉路上，因为这辆车的停放，常常显得更加拥挤。她也曾往车窗里张望一下，车内还算干净，并不像是一辆丢弃的报废车……

张阿姨是在几天前闻到这股臭味的，她原本以为是边上的菜市场里发出的，但是多年在菜场买菜的经验又告诉她这股臭味与平时她所闻到的不同，而且随着一天天过去，这股臭味变得愈加强烈，直到有一天她从这辆轿车旁经过时，发现源头似乎就在这辆蓝色轿车里……

老张是永吉路边上这个小区的保安,他记不清这辆蓝色轿车是哪一天停在这里的,但至少已经有一个月了。这天他像往常一样往轿车投去一眼,突然发现车子的后备箱下有什么东西滴下来,他本以为是油箱漏了,可走近一看,那地上的一摊分明是血水……

所有怪异的现象都指向这辆可疑的蓝色轿车!

直到轿车的后备箱被打开,一切的谜团有了答案,里面有一只鼓鼓囊囊被血水浸润的旅行袋。当法医将旅行袋打开时,看到的竟是一具已经腐败的男性尸体!

在解剖台上,浓重的腐臭味让现场的法医几乎睁不开眼睛。然而为了不放过一丝线索,他们却很少有人戴口罩,因为对于法医而言,气味本身也是一条重要的线索。曾经有法医通过尸体的腐臭味辨别出了一件伪装的失火案。在腐臭味中,吴瑕和其他的法医发现了死者脖颈部的勒痕,由此判断,这是一起凶杀案无疑。而从死者的衣着和腐败程度判断,这起凶杀案发生在一个月以前。

死者的身份很快通过车里的驾驶证等得以确认:王某,生前从事高利贷放贷业务。

身份的确认是刑事案件侦破过程中一把重要的钥匙。很快,民警就从王某登记的手机号通话记录中排查出了几个可疑的对象,并根据这几个对象近一个月的活动轨迹,最终将嫌疑人锁定为与王某有过借贷关系的出租车司机贺某。

贺某并没有离开上海,依然和平时一样每天开车。这天他刚在一个红灯前停下,一辆轿车从边上一条车道强行变道插在他的车前。这时从车上下来两名戴墨镜的男子,示意车子发生了碰撞。贺某心中骂了一句,他刚刚下车,猛地觉得有些不对劲,然而还没等他有所反应,已经被从身后冲上来的几个人按在引擎盖上。他本能地喊了一声:"你们干什么?""警察,干什么你自己心里清楚!"贺某不再抵抗,和很多落网的凶手一样,说了句:"我知道你们一定会找过来的。"

据贺某交代,他因向王某借了高利贷后无力偿还,面对天天来催债的王某，最终萌生了杀意。他假意到王某家中说还钱，趁王某不备从其身后将其勒死。他从王某的家中找到了一个旅行袋，将尸体塞进袋子里，又找了两个人称搬家将旅行袋搬到楼下的轿车上。他连续找了几个地方想抛尸，却始终觉得不妥当，最后干脆将车子往路边一停，弃车而去。整整一个月，他都在惶恐中度过，没料想尸体被发现的当天，警察就将目标精准地锁定在了他身上，这其中少不了刑警的智慧，也离不开法医们对于死者死亡原因的准确判定。

与刑侦总队的法医不同，分县局的基层法医除了要负责命案死者的解剖工作外，还要做大量对非正常死亡者家属的解释工作。这项工作看似简单，却同样责任重大。

有一次一位老人在家中自缢身亡，老人平时与小儿子住在一起，过世后大儿子过来给老人遗体擦身，突然发现老人的身上有很多"瘀青"，大儿子顿时怀疑父亲遭受了虐待才选择轻生，于是和弟弟发生了争吵。双方僵持不下，最终跑到派出所要求民警解释这些"瘀青"的由来。派出所民警无奈，只好带着兄弟二人来到了法医室找吴瑕。

一听说双方争吵的理由，吴瑕的心里跟明镜似的。她知道大儿子看到的"瘀青"其实就是人死后身上形成的尸斑。然而，当她用专业知识跟大儿子解释这是由于毛细血管及小静脉内充满血液，透过皮肤呈现出来的斑痕时，对方却粗鲁地表示："不要跟我说得这么复杂，你就跟我说清楚这是不是被打的？要是不是，这些伤是怎么来的？你今天解释清楚还好，否则我们这个家就彻底散了。"

吴瑕有些哭笑不得，心想自己用最专业的知识解释，可对方依然不信。然而转念一想，对方终究不是专业人士，怎么样用他们听得懂的方式向他们说明呢？吴瑕灵机一动，说道："这就好比水往低处流。老人是上吊死亡的，死后血不都往下沉吗？所以你看到的'瘀青'就集中在两条腿上，这更说明了老人是因为上吊身亡，而不是其他的原因。"

经过吴瑕这一番通俗的比喻，终于让死者家属接受了事实。其实吴瑕很理解这些家属的感受，面对亲人离世，处于极度悲痛中的家属，吴瑕总是尽自己的努力向他们做好解释工作，消除误解。

有人对法医有一种误解，认为他们特别"冷血"，面对死亡无动于衷。正如吴瑕所说的那样，任何一个生命的离世，都会对他人的内心产生冲击。但职业不允许他们带有更多的个人情感，他们所做的就是用手中的解剖刀，努力去还原真相，这才是法医的职责所在。

作为接触死亡最多的职业之一，吴瑕也认为法医的生活常常充满了"负能量"，所以在平时的生活中她喜欢养鱼。除了鱼儿安静，不会像猫狗一样掉毛外，更重要的是生命力顽强。她在家里放了一只大鱼缸，每天下班回家就给鱼换水、喂食，看到这些充满活力的热带鱼，自己的心情也会因此抹上了一层色彩。平时她还会养一些多肉植物放在办公室里，有同事称，因为刑科所来了个女法医，原本单调的生活也似乎变得有情调了。

4

此时，女法医吴瑕刚走进小雯的房间，就闻到了一股血腥味。在卧室里，她看到了躺在床上的小雯，这个女孩儿的身上布满了刀伤，凶手的残忍令人发指。

究竟是什么样的深仇大恨要让凶手非置小雯于死地不可？吴瑕分析了一下屋内血迹的形态，初步认定客厅里应该是第一现场，凶手极有可能在小雯打开房门的瞬间就将刀子刺入了其身体内，后因怕其叫喊引起周围人的注意，也为了尽量延长尸体被发现的时间，于是将小雯拖入卧室内后连刺数十刀后离去……

在卧室的梳妆台上，痕迹技术员发现了一张带有血指纹的商场收银条，正是这张收银条，成为了日后指认凶手最有力的证据。

在死者的电脑里，民警根据小雯的网页浏览记录了解到其曾在一家网站上发了一条招合租的帖子，是不是会有人借着租房的名义上门劫财？然而经过现场清点，发现死者的贵重物品都在，唯独丢失了一部手机。

凶手为什么单单要拿走手机？如果仅仅从劫财的角度来分析似乎根本无法成立，唯一的一个解释就是手机里有与凶手有关的重要线索，那么看来是熟人作案的可能性更大。

正当侦查员们认真推理寻找凶手的时候，来自刑侦总队的法医们和吴瑕正在解剖台旁记录着这个不幸殒命的女孩儿用身体向他们传达的每一条线索。

殷红的鲜血早已干涸，将衣服和身体紧紧地粘连在了一起。当吴瑕用力将衣服从身体上剥离，那具几乎可以用千疮百孔来形容的身体展现在法医们面前时，现场的人都唏嘘不已，小雯的身上一共中了32刀，而且几乎刀刀致命。这样的伤不可能是流窜作案的凶手所为，杀人者必定是与死者有过节的人。

侦查员的现场推理与法医的判断渐渐重合在了一起，他们沿着这条思路，很快发现了一个名叫程斌的男子有重大作案嫌疑。程斌是小雯同事的男友，就在小雯遇难后，程斌也失去了联系……

民警很快通过各方力量查找到了程斌的行踪。在一列开往程斌安徽老家的列车上，乘警推醒了正在座椅上睡觉的程斌……

法医，是一份忙碌且辛苦的职业。吴瑕常常拿自己的名字开玩笑说，法医吴瑕就是"法医无瑕"。"无瑕"的背后是家人的理解与支持，更是他们对于这份职业的热爱和捍卫。

飞行，女警的青春梦

——记上海市公安局警务航空队飞行员卜佳露

曹国柱

因为怀孕生孩子，卜佳露近二十个月没有摸过飞机了，她有一种难以名状的心痒和手痒，那种感觉真如万只蚂蚁同时在挠心，她苦笑着摇摇头，做梦也没想到，飞行也会让自己"上瘾"。

在复飞的前一天晚上，卜佳露把衣柜里的飞行服拿出来。制服看上去还是很板正的，但卜佳露还是认真地熨烫了一遍，然后穿在身上，对着镜子照一照，虽然有的地方稍微有点儿绷，但总体上还算合身。她暗笑自己不像有的妈妈生完小孩儿，身材就完全变了形。说心里话，对于第二天的复飞，她心里还是有点儿隐隐担心的，自己这么长时间没有碰飞机了，会不会动作生疏，操作不流畅了？

第二天，坐在驾驶舱里，卜佳露原本以为师父会说，我先带着你飞两圈，找一下感觉。没料想，师父却说，你自己飞吧，没问题的，相信自己。说完，师父还朝她看了一眼，卜佳露从师父的眼神里读出了满满的鼓励。她深深地吸了一口气，启动飞机，先是将飞机稳稳地提起来，然后将飞机滑行到起降通道，在得到塔台允许起飞的指令后，一加油门，机头一仰，飞机犹如一只轻盈的蜻蜓，直冲蓝天而去……

那天她飞到临港新城，简单地做了一些训练，如斜坡落地、野外选场起降等，然后再原路返回基地。

飞了一个来回，过去那种熟悉的感觉又回来了，虽然动作没以前那么柔和，但还算比较流畅。卜佳露对第一次复飞的状态很满意，走下飞机，还特意拍了拍机身，像是在拍阔别数月的老朋友的肩头，随意而温暖。她在心中对飞机说，老朋友，我又回来了！

梦起

梦想，每个人心里都有。梦想就像毛茸茸的种子埋在身体某处，只等着催生它们的合适的土壤。有人幸运地遇到了，梦想就会生根发芽；有人则没有那么幸运，这个梦想就永远埋在了地下，一辈子都没有机会发芽，直至腐烂变成了尘土。

卜佳露无疑是个幸运儿。

1986年出生的她，从杉达学院英语专业毕业后进入一家新加坡企业担任总经理助理。如果不是偶然间看到那则招警启事，她或许现在还是一名身穿职业套装、出入摩天大楼的公司白领。

说起当初报考警察的动因，她坦言是对警察这份职业的崇尚，是对警校火热训练生活的向往。

2009年5月，卜佳露穿上了警服，成为上海公安高等专科学校"二专科"监管专业的一名学员。世上好多事情就是这么奇妙，说缘分也好，说机遇也罢，如果不是那则招飞启事，她或许现在还是一名整天与犯罪嫌疑人打交道的管教民警，可她偏偏却成为一名开直升机的警察。

这或许就是冥冥之中命运的安排,说不清,道不明。

12月的一天,校园里张贴的一则招飞启事引起了卜佳露的注意。市局警务航空队要在全市公安民警中招录"零起点"飞行员。一看到这则启事,她的内心就荡起了一层涟漪。因为飞行梦,从她小时候就萌生了,而且一直未断过。在上海石库门弄堂长大的卜佳露,看着天空一闪而过的流星,追着雨前低飞的蜻蜓,小时候她心里常想,哪一天自己也能像流星、蜻蜓那样在天上自由地飞来飞去,那该多好呀……

晚上她躺在宿舍的床上,把自身的条件和招飞简章上的一条一条要求对照,卜佳露发现自己没有哪一条不符合,简直像是为自己量身打造的,况且这次招飞也没性别限制。有人说过,梦想还是要有的,万一实现了呢。她下定决心要去尝试一下,即使失败了,自己也就死心了,彻底断了那个飞行的念想。

卜佳露把报考飞行员的想法和朋友一说,各种态度都有,有支持的,让她一定要抓住圆梦的机会,也有嗤之以鼻的,劝她不要好高骛远,少做不切实际的事,甚至还有嘲讽的,说一个女孩子报考什么飞行员,这么辛苦干吗?女孩子应该安分守己,将来找个好老公嫁了比什么都强。对于朋友的各种态度,卜佳露笑了笑,没有作任何回应。

父母得知她要报考飞行员也大吃一惊,也打来电话问个究竟。从小到大,卜佳露的父母都比较民主,在面临某个重要决策时,他们都是先给出建议,然后让她最终拿主意。父母对她说,女孩子当飞行员,理想是好的,但这条路太辛苦,你可要想清楚了。卜佳露告诉父母,飞行是我从小就埋下的梦想,如果连争取一下的勇气都没有,我的人生就留下了极大缺憾,请你们给女儿一个圆梦的机会吧!父母还是通情达理的,他们最终尊重了卜佳露的选择。

父母同意报考是一回事,能不能考上却是另外一回事。众所周知,招飞体检是非常严格的,可谓是万里挑一。不光视力要好,身体也要好,身上不能有太大的疤痕,不能动过大手术……大到五脏六腑,小到一秒钟能背记多少数字,只要一个细微环节不过关,都意味着难圆飞行梦。

卜佳露说,测试项目很多也很特别,如体格测试中有一项转椅测试,专门测试考生的前庭功能。测试中,考生坐在电动转椅上,系上安全带,随着椅子每秒一圈地匀速旋转,旋转时,还要跟着转椅发出的"嘀嘀"声左右摇摆头部,转椅转了两分钟停下来后,要立即走直线。这么一转,如果有人满头大汗,面色发黄,或有呕吐现象,那就说明前庭功能不好,就要被淘汰了。又如协调、专注能力测试。考生来到一个荧屏前,上面有一个亮点在移动,要求考生控制一个类似鼠标的方框去追这个点,左手控制着方框的前后方向,右手控制着方框的左右方向,刚开始速度还比较慢,后来越来越快,在这种类似游戏的测试中,考官就要看考生的协调专注能力到底怎样……

通过体检、英语、心理测试等一系列近乎严苛的测试,卜佳露最后从190多名报名者中脱颖而出,成为一名准飞行员。

之所以说准飞行员,因为还要学习一年的驾驶理论和实机训练,如果测试不合格,照样上不了蓝天。

追梦

追梦需要勇气,更需要付出,当然,追梦的路上不会是一顺风顺的,总是曲折坎坷,甚至荆棘满地。

2010年3月,卜佳露被派往美国加州比利斯图飞行学院,开始了全英文模式的直升机理论和驾驶训练。

那天在机场和父母分别时,在进安检门前,卜佳露伸出双臂,和母亲来了个大大的拥抱。抱住母亲后,卜佳露突然感到鼻头一酸,眼泪就在眼眶里打转了,但她强忍住没让它们掉出来,她怕母亲看见她落泪也会跟着掉眼泪,因为去美国学习一年,没有特殊情况中途是不能回国的,这是她第一次离开父母这么长时间,真有点儿依依不舍。

刚到美国那会儿，卜佳露心里美滋滋的，风光秀丽，异域风情扑面而来，心里还盘算着双休日可以出去逛逛。但一拿到专业书籍，卜佳露就蒙了，砖头厚，密密麻麻的英文。虽然是英语专业毕业，现在学习的却是专业英语，完全风马牛不相及。况且飞行理论基础，如空气动力学、气象学、发动机构造原理以及无线电、仪表等都是偏理科的知识，对一个文科毕业生来说，学习难度可想而知，卜佳露苦笑着说，学习压力比当年高考还要大。

这些并没有难倒卜佳露，她在课堂上专心听讲，课外认真复习，双休日也不休息，抓紧一切时间学习。遇到不懂的知识点先上网查，再不懂的就记下来集中问教员。对于识别驾驶舱里的仪表盘卜佳露有自己一套独特的方法。初看这些仪表都长得差不多，但类别却不一样，有海拔表、气压表、油压表等，卜佳露闲下来就在纸上画仪表盘，第一排有哪几个，第二排有哪几个，时间一长，那些长得一样的仪表就被区分开来了。

就是用这种"笨"方法，卜佳露顺利攻克了航空理论这一关。接下来的一关，就是实机操作了。

第一次上飞机时，卜佳露就感到手脚并用还忙不过来，左手要握总距杆，控制着飞机垂直上下，右手握着驾驶杆，既要控制着飞机前后方向，又要控制手上的油门，另外，双脚还要踏在脚蹬子上，控制机头的转向，除此之外，眼睛还要时刻盯着机舱里的各式仪表，看看有没有异常显示，看来开飞机，如果做不到一心多用还真不行。

好在熟能生巧，训练多了，卜佳露也能得心应手地操作了。每次飞行回来，女教员都要对她说"Good job"（干得好）或是"Perfect"（做得好），卜佳露知道这是西方教员的教育方法，既是一种肯定，也是一种鼓励，目的就是让你有信心下次做得更好。

卜佳露说教员的一种飞行理念她很赞赏。在教员看来，飞机并不是一堆冷冰冰的钢铁，而像是你的家人、你的朋友，完全是有血有肉有情感的，你爱护它待它好，它也会对你好，给你最好的飞行状态。所以，每次飞行前，教员都会拍拍机身，说上一句"Good boy"（好孩子）。

要说飞行学员心里最盼望的是什么，大家异口同声都会说首次单飞。是的，单飞顾名思义就是在没有教员的情况下单独飞行，这是每个飞行学员必须跨越的门槛，如果这一关过不了，你可能永远与蓝天无缘。有的学员盼星星盼月亮盼来了单飞，但却在关键时刻掉了链子。平时教员在旁边时飞得挺好的，单飞了，没有教员，心里顿时紧张起来，动作完全变了形。一次单飞失败，可能还有机会再补飞，如果连着几次都失败了，可能真的就彻底与飞机拜拜了，说明心理素质还不稳定，并不适合飞行。

卜佳露说自己的首次单飞，并没有像有的学员那样有故事，或者说有惊无险，算得上是平淡无奇吧。她说，那天自己刚上飞机时，心里确实有点儿紧张，手心里也微微有点儿出汗，主要是怕自己操作失误，但后来转念一想，人越是紧张越是容易出错，还不如静下心来，尽力而为，说不定就成功了呢！她在启动发动机前，在心中先将教员教的动作要领默念了几遍，然后又将几种特情处置方法在脑子里过了一遍，做完这些，她果断地启动了发动机。那天单飞是"飞五边"，也就是做一个起落航线，起飞，绕场一圈，悬停，落地，动作干净利落，不拖泥带水。一下飞机，教员就对她竖起了大拇指，连声称"OK！OK"。

首飞难关很轻松地突破了，卜佳露很兴奋，她觉得成功的原因除了与教员悉心教导有关，还与自我训练方法得当分不开。因为她平时在训练时总是告诫自己不要对教员有太多的依赖感，总有一天自己要单飞的，要多想一想如果只有她一个人该如何操作。

当然，在美国学习也并不总是一帆风顺的。有一次卜佳露练习夜航仪表科目，起飞前，仪表显示室外温度为10摄氏度，可一飞上去，上面的气温明显低了不少，虽然关着窗，但还是感到风从直升机的缝隙里灌进来，由于衣服穿得少，卜佳露感到冷得不得了，整个手都快冻僵了。夜航仪表这个科目，对精准度要求特别高，必须按照机场塔台导航的路线来飞，不能有一丝一毫的偏差。因为实在太冷了，卜佳露的手不由自主地颤抖着，教员看见她这个样子，马上问她："Are you OK?"（你能行吗?）卜佳露咬紧牙关说："OK, no problem!"（可以，没有问题!）她当时的想法就是再苦也要飞下来，不能让教员看扁了。于是她竭尽全力地控制自己的颤抖，并努力按照夜航仪表科目的要求去操作。等她飞完下了飞机，卜佳露感觉人冻得就像根冰棒，除了脑子能转外，身体其他部位都被冻住了。回宿舍冲了半天热水澡，卜佳露才感觉缓过劲来。从浴室里出来，她突然感到很委屈，越想越难过，刹那间，泪水就控制不住地流了出来，但她很快又抹掉了，她不想别人知道她哭过鼻子。如果当初不考警察，不报飞行员，或许现在还在干净、明亮的办公室继续做着白领呢，可是，从警这条路是自己选的，当飞行员也是自己小时候就埋下的梦想，自己选择的路，就是跪着，也要走完。

"擦干泪不要怕，至少我们还有梦，他说风雨中这点痛算什么，擦干泪不要问为什么……"这么想着的时候，《水手》的几句歌词突然窜进了卜佳露的脑袋里，挡也挡不住。

是的，追梦路上总归有风雨，追梦路上总归有泪水，是女汉子，就应该擦干泪，继续上路。卜佳露在心里鼓励着自己。

梦圆

梦想很丰满，现实很骨感。梦想就像高高吊在屋梁上的苹果，虽然散发着甜丝丝的诱人香气，但得到它并非易事，你得跳起来，而且一次要比一次跳得高。追梦过程漫长而辛苦，需付出千万倍的努力和心血，其中的辛酸和委屈只有追梦者自身才能体会到。

一年前，卜佳露还对飞行一窍不通，是个十足的飞行盲，一年后从美国回来，卜佳露手里多了三张热照：美国联邦航空管理局颁发的私人、仪表和商用飞行执照。有了这三张执照，就意味着卜佳露正式成为一名合格的飞行员了。看着面前的三张证书，卜佳露感慨良久，这一年的付出实在是太多太多，不是一两句话能讲得清楚的，到机场来接机的父母都说一年未见卜佳露变黑了变瘦了，但显得更精干了。

在美国待了整整一年，卜佳露出去游玩的次数屈指可数，最远的也就是跑到一小时车程之外的旧金山兜了一圈，连周边不远处的黄石公园、拉斯维加斯等著名旅游景点都没有去过，不是她不感兴趣，关键是没有时间。学习时间都不够用，哪还有多少休闲娱乐的空当？

2013年5月，卜佳露第二次去美国培训，这次升级了，是去俄勒冈参加高级科目培训，科目越是高级难度系数越是大。比如飞行在树林中，左右树木离飞机旋翼只有三四十厘米，必须集中注意力小心地推进，如有闪失，飞机就可能面临坠毁的危险；又比如在悬崖峭壁边练习救援，悬崖峭壁那儿没什么好地方降落，只能一边开飞机一边目测下方有没有可供滑橇暂靠的石头，这时真的需要眼观六路，耳听八方，找到了石头，也只能把单侧滑橇搁在上面，然后再把"伤员"抬进来……高级科目考验技术不是一点点，而是全方位的。除了技术上要求高，体力消耗也大，每天要飞行8个小时，连一般男飞行员都直呼吃不消，但卜佳露却咬牙挺了过来，没有拖大家的后腿。即使每天累得骨头都散了架，卜佳露仍要坚持为学员做饭，当然，让她做饭是有条件的，回来后得先让她在床上躺上一个小时，米、菜得由别人洗好。

这次高级科目的训练有一个小花絮令卜佳露尴尬又难忘。有一次，他们在深山老林里练习飞行，中午大家在树林里休息，由于没有厕所，解决内急的事比较麻烦。男飞行员还好，走几步路隐蔽在树旁就可以解决，但女飞行员比较麻烦。卜佳露和另外一名女飞行员走了好远，才找到合适的地方，一个人负责望风，她刚蹲下来准备方便，余光瞥见好像有一双眼睛正在不远处盯着她，卜佳露的心惊得怦怦乱跳，简直要从胸膛里跳出来，回头一看，原来是不知从哪儿来的一头牛正瞪着铜铃大的眼睛看着她，吓得她当时一点儿感觉都没有了。

飞行时间长了，经验积累多了，卜佳露的驾驶技术也日臻成熟，难度也越来越大，什么侧飞、倒飞、快飞、急停、原地360度回旋对她来说都不在话下，甚至连最酷的动作"莱维斯曼"也没问题。

何为"莱维斯曼"，这是由一名叫"莱维斯曼"的国外飞行员首创的直升机战术动作，其中的"窍门"就是大仰角爬升到一定高度后，机鼻旋转180度，再以相反的角度俯冲回去，这样可以给对方"泰山压顶"的态势。这个动作在追捕犯罪嫌疑人时实用性很强，可以对嫌疑人形成巨大的心理压力，具有极大的震慑作用，是直升机飞行当中难度最大的动作。

实战是块试金石。作为警航队第一批自主培养的"零起点"女飞行员，卜佳露已经参加过F1方程式赛车医疗保障、电力巡线、水域船只应急闯关综合演练、交通大整治空中巡逻等实战飞行。在每一次飞行前，她都认真细致地做好准备工作，如制订飞行计划、绘制航路图、收集机场资料和气象数据等，做到心中有数。飞行中，她始终把飞行安全放在首要位置，严格按飞行规程操作，遇到特情时冷静沉着处置，每一次任务完成得都比较出色，赢得了领导和同事的一致认可。目前她的安全飞行时间累计已达600余个小时。

在卜佳露看来，自己是警察队伍中的女飞行员，第一身份首先是警察，第二身份才是飞行员。学飞行，不是学不中用的花拳绣腿，而是真正要为公安实战所用，把警航队的工作优势和战斗力体现出来，让更多的人了解并认识警航队这支年轻的队伍。她也承认，女飞行员或许在体力与耐力上稍逊于男飞行员，但在细致耐心方面肯定更有女性的优势。"男飞行员能做到的，我自己一定也能做到。"卜佳露自信满满地说。

她下一个梦想，就是积累更多的飞行经验，早日升为机长，因为不想当机长的飞行员不是好飞行员。

梦在前方，路在脚下，只要心中有梦，就有实现的无限可能……

洗刷灵魂的"青春组"
——记天津市公安局第一强制隔离戒毒所青少年监室

谢沁立

他们的清晨是这样开始的：洗漱完毕，早餐、点名、体检、集体大声诵读。站在监室外，听着整齐的诵读声，仿佛是站在教室之外听学生们晨读。而此刻的诵读者是一些青少年，他们的监室被称为"青春组"。

青少年吸食毒品，摧残自己的身体，也毁坏自己的未来。青春岁月，人生金子般的年华。他们涉毒不深，他们未来的路还很长。怎样帮他们摆脱毒品的侵蚀？天津市公安局第一强制隔离戒毒所为一些年满16周岁、吸食毒品时间短、悔改决心强烈、家庭不放弃的吸毒人员单独设立青少年监室，让他们在这里戒掉毒瘾，留住青春。

在"青春组"，这些被管教民警视为孩子的

学员怎么样了?

从正规向正轨进发

无论谁进了"青春组"男监室,必须知道的一定是"双律十二言"。双律是"纪律、自律",十二言是"思端正、容整洁、语礼貌、行规范"。这是管教民警张海根据学员的情况制定的。

这些被强制戒毒的学员有小学毕业的,有中学没毕业的,有中专技校肄业的。知识层次参差不齐,有的能写几句诗,有的连自己的名字都写不对。他们在社会上沾染了坏习气,站没站相,坐没坐相,而且全部谎话连篇。

张海用"双律十二言"要求学员,从训练坐姿开始。

16岁的星星,一直是父母的宝贝,是他们心中的"未来之星"。但星星一直不好好学习,上了技校仍然跟不上进度。父母斥巨资让他去北京专业学习台球。两个月过后,星星跑回家,告诉妈妈,学台球太累了。星星不再去学校,而是和一群小兄弟整日在酒吧、歌厅、网吧吃喝玩乐。朋友递过来的一瓶加了冰毒的可乐,让星星走上了"溜冰"之路。在一次聚众吸毒时,被民警抓获。星星进了戒毒所,被强制戒毒。

监室里非常安静,每个学员按照管教民警张海的要求端坐床边,他们腰背挺直,目不斜视。只有星星一个人目光在游移,坐姿很松垮。他转着眼珠左边看看,右边看看,再瞄瞄站在前面的张海,目光和张海一对,赶紧低头。

张海将星星叫到前面,没有说话,示意星星看大哥哥们的正襟危坐。星星左右看看,微微低头,低声说:"我不是年龄小吗?我不是累吗?"张海还是没有说话,让星星回到座位上。这一次,星星尽力绷着自己的腰背,眼睛稍一游移,马上回到正前方。这样坚持了几分钟。就是因为这几分钟,张海表扬了星星。星星偷偷地伸了伸舌头,笑了。

张海和星星单独谈话。星星说:"我妈以前那么爱我,现在我进来了,他们会不会不管我了?"张海说:"他们没有放弃你,你爸妈经常给我打电话询问你的情况。他们一直爱着你,希望你能成才。你年龄小,一定能把毒瘾戒掉,回到正常的生活中。我相信你。你以后戒毒成功恢复自由,有高兴的事、沮丧的事,都可以给我打电话,我愿意是你的大哥,是你的朋友。"

张海的话,说得小星星眼泪汪汪的。那一刻,他感觉自己长大了。那之后,星星成了一个努力的"好学生",努力坐好,努力向身边的大哥哥们学习。他信心满满地期待强制戒毒之后的日子。

坐姿规范了,站姿用戒毒所自创的军体操每天来矫正。接着就是熟练背诵《弟子规》。

"海队,我背不下来啊。""海队,我笨啊。""海队,这么多字我怎么能记得住啊?"孩子们撒娇似的找理由。

被学员称为"海队"的张海想了一个办法。他站在孩子们中间,每人给10张扑克牌,要求1分钟之内,记花色,记数字。结果,每个人都能至少说对6张牌。张海说:"看看,你们的智商一样,谁也不比谁笨。你们都不是笨孩子,你们一定行。"孩子们立刻活跃起来,相互提醒,有的说可以先背花色,再背数字,有的说,用联想记忆法,数字花色一起记。他们像同学一样交流起来。

再回来背诵《弟子规》,已不在话下。几天后,所有人员全能熟练背诵。再之后,孩子们刹不住闸似的,《三字经》《千字文》《论语》,教什么背什么。随着背诵的篇目越来越多,集体意识已经形成,大家有了集体荣誉感。随着学员们对传统文化的深入理解,张海将道德教育、法治教育、技能教育融进日常的管理之中。

几乎每个孩子入所时都是一脸不在乎的样子,连声抱怨"我就是'溜溜冰',就是玩。""我没成瘾啊,我怎么这么倒霉呢。""警察叔叔抓我干什么?"他们对毒品的危害不了解。虽然看了电视、网络、报纸上的很多宣传,但不觉得吸毒成瘾、被民警抓获的事情会到自己头上,他们普遍对未来没有任何预知,就是跟着感觉走,觉得好玩。

张海对他们说:"你们角色错位,你们在父母面前是要钱的,在恋人面前是耍脾气的，在孩子面前你们似乎也是个孩子，不是父亲的样子。从大方面说你们触犯了国家法律法规，从小处说影响了自己的家庭。"一天，讲完一堂法治课后，张海听见两个学员在交流，一个说："以后在路上就是看见5000元放在那里，你也不能捡，为什么呢？数额太大，捡了，花了，你就犯盗窃罪了。"张海笑了。法律知识会让孩子们今后的人生改变很多。

19岁的王然连着两天吃饭少了，话也少了，《千字文》背到一半怎么都背不下去了。情绪也不稳定，小伙伴无意中碰了他一下胳膊，他就嚷起来，很凶的样子。张海知道，王然来自一个父母离异的家庭，因为蹦迪时吸毒出现幻觉与别人打架而被强制戒毒。这些戒毒的孩子中有一多半来自离异家庭，缺少家人关爱。张海将王然叫到谈话室。

"怎么这两天有脾气了？"张海问。

"没有啊。"王然一脸无所谓的样子。

"是不是因为你爸你妈都没来探视？"

"海队，你怎么知道？"

张海只一句话就敲到王然心底的痛处。他注意到王然的父母连续两个月的探视时间都没来。他一再拨打王然父母的电话，才知道其母外出，其父生病住院了。

"海队，他们不来就不来吧。我从小就看见他们整天打架，后来他们离婚了，我跟了我爸。但我爸对我不是打就是骂，整天教育我。我恨他。"

张海知道，王然心里憎恨父亲，却又期待父亲的关心。调和好父子之间的关系，对王然今后回归社会有很大帮助。张海说："我联系过了，你爸生病住院了，他托别人给你送来了生活费，你爸没有抛弃你，你爸一直关心你。"

"真的吗？"王然的语气中流露出几分欣喜。

张海接着说："王然，爱是相互的，你都没有问你爸病情怎么样了。你是儿子，以后，你也得关心你爸。你爱他，他才会更爱你。"

王然不好意思地问:"我爸,他没事吧?"

"还没有出院,做了一个小手术。正在恢复。"

王然高兴起来:"海队,您放心吧,我一定好好的。以后,对我爸好点儿。"

一次谈话,解开一个心结,将孩子们往人生的正轨上又拉近了一些。管教民警就是这样解开孩子们一个个心结,让他们在戒毒过程中,一点点进步着,渐渐远离毒品。

不让一朵花枯萎

30岁刚过的刘凤是"青春组"女学员管教民警。女学员数量少,却如同女生宿舍一样,是非多,而且多是鸡毛蒜皮的小事,你碰了我一下,我瞄了你一眼,就因为这,就会吵起来。

但刘凤偏偏让她们吵不起来。

因为和"青春组"学员年龄相近,刘凤是管教,更像是大姐。她说话慢声细语,却含着威严在里面。

这些孩子毕竟在社会上游荡过,有很多坏习气,比如说瞎话、偷东西。在监室,每人床下有一个箱子,放着自己的生活用品和所里每月为她们代购的零食,有饼干、火腿肠、奶糖之类的食品。有的孩子自己的那份吃完了,便盯上别人的,趁人不备拿两块奶糖。刘凤通过监控看到这些情景,会立即在监室严厉批评。之后,监室再没有出现过这种现象。

18岁的玲珑虽然年龄不大,却有着坎坷的人生。她很小的时候父母离异,跟奶奶和父亲一起生活。在离开家乡前往异地的火车上,父亲与别人发生口角,将人打伤致残。三代人开始了逃亡生涯,在东北一个小山村安定下来。不知道过了多久,父亲被民警抓进了监狱。玲珑和奶奶一起生活到14岁,奶奶心有余而力不足。村里的一个小姐妹要去城里打工,就叫上玲珑做伴一起去。玲珑进了洗头房,不久就开始接待客人。玲珑不堪屈辱,和同伴跑了出来。她们跑到天津。玲珑在一个KTV找到工作。她那时有点儿胖,有客人说吸毒可以减肥。玲珑便开始了被人包养吸毒的日子。

在戒毒所，玲珑面黄肌瘦，没有一点儿少女的风采。她不仅不会写字，也不懂生活。刚进来时，她洗两三件衣服，倒半袋洗衣粉，怎么淘洗都不干净，全是泡沫。她的被子堆放着，因为不会叠。她就像一个捣乱的孩子，不知所措，却还伶牙俐齿和别人狡辩。

刘凤每天和她谈话，从开始时说家常，听她讲小时候的事，到后来讲做人的道理。回想起奶奶的点滴，玲珑红了眼圈。当刘凤告诉她，奶奶还托人给她送来了生活费，奶奶惦记着她这个小丫头时，玲珑哭了。刘凤借机变换了语气，开始鼓励她，鼓励她从生活自理开始，从学会写字开始，只有这样，戒毒之后才能去照顾奶奶。

玲珑开始了不一样的人生。在管教民警的帮助下，她学习生活技能。她很快学会洗衣、叠被、写自己的名字。她很快学会做监室的卫生，而且手脚麻利。玲珑变化的每一点，刘凤看在眼里，都会在监室会上表扬她。但她如果耍了脾气，刘凤也会严厉地批评她。

22岁的小菲心思一直很沉重，在监室里沉默寡言。她是一个1岁孩子的妈妈。她怀孕时因为丈夫吸毒，她劝解不了，干脆自己也吸毒，和丈夫一打架就吸毒。哺乳期她忍了4个月，急着给孩子断奶后，她又开始吸毒。刚进戒毒所时，所里特批让她给家里打了一个亲情电话，电话那头，照看孩子的姥姥在哭，孩子也在哭。电话这头，小菲更是哭得痛不欲生。

刘凤看出小菲的悔过心理，她安慰小菲："政府为你负担了所有戒除毒瘾的医疗费用，你在这里和姐妹们一起安心戒毒，以后回家好好抚养孩子，老人和孩子都需要你。"

为了让小菲放心，家属探视前，刘凤几次和小菲的家人联系，询问老人和孩子的情况，希望老人探视时能够把孩子抱来，让小菲看了放心，也利于她在戒毒所戒毒。探视那天，老人抱着孩子来了。透过玻璃窗，小菲看见了母亲怀里的宝贝，不懂事的孩子闪着纯真的大眼睛，愣愣地盯着妈妈，向前伸出一双小手。小菲的手也伸向孩子，但玻璃窗阻挡着。小菲早已泣不成声。

在戒毒的日子里，刘凤体贴入微地帮助着小菲这位年轻的妈妈。在一次谈话时，小菲对刘凤说："刘管教，我真的想喊您一声姐，我如果在外面时认识您这样的姐姐，我就不会走上邪路了。"

寻找回来的世界

吸毒人员因为吸毒身体都不好，精神也很差。被强制戒毒后，他们戒除了毒瘾，加上戒毒所规律的生活、健康的饮食，一般入所半个月后，学员们都会有变化，胖了，气色好了，精力充沛起来。

在所里的安排下，他们每天看书，看新闻联播，节假日也会在监室看电影大片。学员们还特别爱看天气预报。他们说，以前沉醉在自己的世界里，根本不关心天气情况，也不会想到去关心亲人增减衣物，现在懂得了这些，懂得了爱才会被爱，等到恢复自由了一定去实现那份对家人的关爱。

为了让孩子们学习一技之长，戒毒所特别聘请了沙画、中国结、舞蹈、声乐老师辅导学员。

孩子们很快迷上了编织中国结和五色花瓣。他们在志愿者老师的指导下，用了几天时间学习编织。开始时，男学员说学不会。年近50岁的管教民警张海先学会了。他在学员面前灵巧地做出第一个花瓣时，学员们服了，谁也不好意思再说自己学不会了。大家做得很带劲。

巨大的中国结编好了，红灯笼也做好了，一束束五色的花瓣也做好了。

戒毒所的领导说，让全体学员们演出一台节目吧，让他们看看自己的变化，让家属看看他们戒毒的成果，让他们做的花束和灯笼点缀舞台。

2016年"6·26"禁毒日前夕，一台由学员们自编自导自演的节目《拥抱明天的太阳》在礼堂上演。观众有禁毒志愿者，有管教民警，有大学生，还有学员的家属。

小菲的沙画《荷塘月色》，配上凤凰传奇的歌声，让人如醉如痴；星星的歌声《时间都去哪儿了》，声音稚嫩却让人沉思；王然和同伴们演的小品《毒殇》，演出了他们内心的悔恨；"青春组"的 30 名学员集体演唱《感恩的心》，台上学员的泪水流过脸颊，台下亲人的目光一片殷切，台上台下强烈共鸣着……

　　禁毒评估委员会对"青春组"现有学员们的各项指标评估均为良好。他们的姿态仪容改变着，语言改变着，态度改变着，甚至眼神都改变着。他们从颓废变得积极，他们脱离了身体对毒品的依赖，正在努力摆脱心理的依赖。

　　多希望以后"青春组"再无青年。没有毒品，这世界该多好。戒毒所的民警们的心里这样期盼着。

（文中涉及人物除民警外均为化名）

360张汇款单

谢沁立

"李树园,收汇款单!"听到门外邮递员的喊声,李树园一边答应着,一边拄着双拐慢慢挪动身体,来到门外,签字、取单。回到房间,他仔细看看手中的汇款单,然后恭敬地放在桌上,又从抽屉里拿出一个破旧的本子,先是翻开中间的一页,写上日期和"金额300"的字样,再将本子往后翻,在写满"正"字的一页上,将最后一个"正"字写上最后一笔横道。做好这些,李树园合上本子,将本子捧在怀里,闭上眼睛,摩挲着,就仿佛那破烂的本子里记录的数字和笔画有温度一样。

不用去数那一本子的"正"字有多少,李树园知道一共有72个"正"字,一共360次汇款。

从28岁那年起,到今天,每月一张,他整整收了30年的汇款单。30年,30年,如果没有这些汇款单,如果没有"杨一民"的帮助,我哪里会活着?我哪里会有这个温暖的家?李树园这样想着,不觉眼角有泪流出来。

"杨一民"是汇款单上的署名。从1986年开始,每个月初,家住天津市和平区的居民李树园都会收到一张汇款单,50元钱,收款人清清楚楚是汇给李树园的,汇款人"杨一民"。轻薄的一纸汇款单拿在手中,李树园却觉得沉甸甸的。但杨一民是谁呢?李树园并不认识。他便托片儿警杨军帮他打听一下这位好心人的情况,他想当面谢谢"杨一民"。

那时候,天津市公安局和平分局劝业场派出所民警杨军从警校毕业工作满两年,刚刚接手社区工作。劝业场是天津市最为繁华的地区之一,但与高楼大厦相邻的老旧房子尚未改造,许多居民住在低矮的平房里。李树园的家就在劝业场附近的一个小胡同里。为了尽早熟悉社区的情况,踌躇满志的杨军在师父的引导下,掌握了辖区内一些生活困难家庭的情况,他挨家挨户地走访。也正是由于他的这次走访,结识了李树园一家。

1

杨军一直记得30年前的那一天。

那一天,寒风刺骨。杨军穿过狭长的小胡同,敲开了李树园的家门。还没进屋,眼前的情景就让他感到担忧,由于年久失修,8平方米的小屋在大风中摇摇欲坠,似乎随时都可能被摧垮。

走进房门,简陋的几件家具塞满了小屋,一家三口人正在吃的午饭更是让杨军两眼发酸,他想不到在自己的辖区,还有生活如此贫困的人家。狭小的饭桌上,只有一盘清水煮白菜、一小碟酱油,主食是几个窝头。房屋低矮,个子高大的杨军不自主地驼着背,低着头。站在他身边的两位白发老人一边有些慌乱地搓着手,一边对杨军说:"别人家都能变着花样改善伙食,我们没钱,一日三餐都是一样。但没啥，我们很知足，毕竟还有个落脚的地方。"一位年轻人则坐在桌子边，并未站起身来。他身边的床上散乱放着几本书和一副简陋的拐杖。他就是李树园，从小患有小儿麻痹症，双腿不能行走。

那一天，杨军在这间小屋，在水煮白菜的气味中，了解到一家人生活贫困，靠两位老人打零工维持生活，李树园在家糊火柴盒，做些简单的家务。李树园虽然肢体有残疾，却是一个特别好强的人，凭自学完成了高中的课程，虽然没能再次走进校园，但在他身边触手可及的地方，都是书籍。生活虽然贫困，但他这种自强不息的精神，令杨军震撼，而一家人和和气气相互依靠的那种氛围，让杨军感动。

走出李树园的家门，杨军径直找到居委会，从自己上午刚发的100多元工资里面抽出50元钱，请街道主任转交给李树园。接着，他又直奔市场，买了米、面、油等生活必需品，送到李树园家中。他还找到房管站，请师傅们为李树园家修缮房屋。

面对与自己年龄相仿的杨军，李树园不知道说什么好，老母亲更是撩起衣襟擦拭眼角。生活必需品，几经劝说，老母亲留下了。街道主任转交的50元钱，却两次被性格倔强的李树园退了回来。他说："杨警官，谢谢你的帮助，但这钱我们不能收。"

几天后的一天，杨军兴冲冲地走进李树园家。他对李树园说："我一个同学的亲戚是做生意的，他得知了你们家的情况，愿意每个月资助你们。他会汇款给你，你一定收下啊。"怎么会有这样的好事？李树园疑惑着。"嗨，你要是不相信啊，这是那个人的电话，你可以去问问。"杨军走后，李树园将信将疑，拄着拐，一步步挪到胡同门口的小卖部，拿起公共电话。"喂，我是李树园。您是要帮助我们家吗？""啊，是李树园啊，我知道你们家的事情，我做生意赚些钱，帮助你们一家没问题。你就等着收汇款吧。"电话很快被对方挂掉了，李树园甚至不知道对方的名字。

汇款单很快到了。50元！50元！李树园一家传递着这张汇款单，细细读着上面的每一个字。那一晚，李树园睁着眼睛，听着窗外的风声，一直没有睡着。

那一年的冬天，是一家人心中最温暖的冬天。李树园不知道，幸福的日子，就这样随着民警杨军的到来，随着汇款单的到来，一天天走近他们这个贫困的家。

2

杨军答应着李树园查找"杨一民"的请求，却迟迟没有下文。杨军说："我的同学说他亲戚不让查找，咱就别找了，尊重他吧。"有那么一次，李树园问杨军："杨一民就是你吧？"杨军说："好兄弟，你就别猜了。杨一民不是我。"

汇款单一月一次准时到，而杨军一周两次，更是准时到李树园家看望。因为工作繁忙，杨军还总是休息日前来。杨军来了，从不空手，不是拎袋面就是买些蔬菜水果。他把树园视为自己的兄弟。他说："兄弟有困难，哪有不帮的道理。"但他每一次来，不吃一口饭，不喝一口水。从那以后，李树园和父母视杨军为自己的亲人，家里的大事小情都要找杨军商量一下。

岁月如梭，不知不觉中，李树园年过30岁。看着老人一天天地衰老，已经成家的杨军心里着了急：该帮树园说门亲事，他的身边需要有人照顾他啊！年轻的杨军认认真真做起了红娘。在居委会的帮助下，来自河北省的小苏走进了李树园的生活。小苏离婚后带着年仅6岁的儿子来天津打工，正好租住在辖区内。小苏虽然手有一点儿残疾，但为人热情开朗。在众多好心人的撮合下，李树园与小苏成家了。8平方米的小房子贴上了红红的喜字。一年后，李树园有了小儿子李健。抱着自己的孩子，李树园笑着笑着，却哭了。这样的情景是他做梦也想不到的。

李树园的孩子们一天天长大，虽然家里贫困，但他们为自己有一位做警察的叔叔而感到自豪。在杨军的关照督促下，两个孩子健康地成长着，学习都很努力。每年春节之前，杨军都会带着两个孩子到商场去买新衣服。通过多方协调，他还为李树园一家申请到了一间面积为60平方米的廉租房。看着一家人搬进宽敞明亮的大房子后的那股兴奋劲儿，杨军心里特别高兴。

为了表达自己的感激之情，一次，李树园写了一封感谢信，摇着轮椅到了和平分局，想把这封信亲自交到分局领导手中。不承想，他在分局门口碰见了杨军。弄清楚来意后，李树园被杨军"轰"了回去。

2006年，李树园的母亲身患重病，弥留之际，老人唯一的愿望就是要见杨军最后一面。当杨军赶到医院时，老人拉住杨军的手说："孩子，谢谢你，帮了我们一家！"

3

每个月一次，杨军上午拿了工资，下午就走进邮局，他特意到一个远离辖区的邮局。李树园的汇款是杨军寄的，他就是"杨一民"，一名普普通通的民警。

第一天走出李树园家时，杨军就想着要为这个贫困的家做些什么。片儿警，不是要让我管辖的一片儿居民都平安幸福吗！化名汇款，李树园能够接受，还尊重了他。对，我就这样做下去。汇款从最初的50元钱，到后来的100元、150元、200元、300元。杨军省吃俭用，为此戒了烟，衣着也很简朴，手机一直用着最普通的款式，直到现在。

杨军没有把自己寄钱帮助别人的事情告诉任何人，包括自己的妻子和女儿。每月去邮局，开始时是他的一种责任，后来则成了一种习惯。每当他在汇款单上有意识地换种笔体写下"杨一民"时，他都觉得很欣慰，自己的微薄资助能够换回一家人生活的希望、生活的盼头，能够让一家人的脸上有了笑容，日子过得不再拮据，这是一件多么有意义的事啊！杨军觉得汇款的过程也升华着自己，李树园一家让自己知道警察的职业虽然平凡，却那么伟大。做片儿警，他尽职尽责，帮群众，破小案，守护平安。后来做经侦民警，他依然尽职尽责，办案过程中抵挡住种种诱惑，为群众追回数百万财产。

2010年的一天，杨军照旧到邮局汇款，他正低头填写汇款单，旁边一个人拍拍他的肩膀："老同学，给谁汇款啊。"杨军一抬头，是自己高中时的同桌。杨军说："嗨，没什么，给一个困难户汇点儿钱。"一听这话，老同学拉住杨军，详细问起来。杨军见瞒不过同学，便简单说了经过，最后还不忘说一句："别和别人说啊，让你嫂子知道了不好。"

　　但同学传同学，事情就这么传开了。杨军的爱人知道了，嗔怪道："竟然连我也瞒着，还不相信我呀。要帮咱们一起帮。不过，你用买烟的钱去帮助别人，我支持。"女儿小希也知道了："爸，我大学毕业了，以后去邮局跑腿儿的事情我来做吧，您总说能够帮助别人是快乐的事情，让我快乐吧，您多休息一下。"

　　李树园是从媒体记者的口中知道的，知道帮助他20多年的"杨一民"就是多年来对他嘘寒问暖的警察兄弟杨军。那一天，李树园扔掉双拐，紧紧拥抱着杨军，而杨军用宽阔的胸膛撑起了李树园残疾的身体。

　　"兄弟，别再给我钱了，家越来越好，孩子们都大了。"

　　"再过一年，等李健考上大学吧。"

　　李健高考的那两天，是杨军将孩子送进考场的。看着孩子走进考场时坚实自信的脚步，杨军想，这不就是一家人未来的希望吗？李健考上了大学，"杨一民"的汇款依然如期而至，又是四年。

　　被李树园捧在怀里的破旧笔记本记录了30年来警察杨军走过的路，那横横竖竖写就的"正"字记下了警民之间简单而又无比深厚的情谊。那360张汇款单是带着温度的，炙热，浓烈。

　　李树园在自己的日记中这样写着杨军："三十年的时间，可以改变很多，但是有一个人的名字我永生不会忘怀，是他在我生活的转折中起到了决定性的作用。他就是我的好兄弟——民警杨军。"

　　在杨军的心中，他这样看待李树园："我从未想过你要如何报答我，而我最想看到的是你的日子过得一天比一天红火，原因很简单：从踏进那8平方米的小屋开始，我就把那里当成了自己的家！"

看见·发现

——小记上海市浦东新区公安分局刑侦支队八队民警黄剑辉

陈　虹

2005年，黄剑辉从计算机专业毕业，因为割舍不下童年时"当警察"的梦想，他放弃了通用公司软件工程师的高薪职位，穿上了梦寐以求的警服。那一年他才23岁，勇敢地选择了自己人生的高度，从此像凝立山巅的雄鹰，展翅翱翔。

作为分局刑侦支队视频侦查大队的探长，他一次次成功挖掘出潜藏在监控屏幕后的真相，一次次演绎着"鹰眼"背后的故事。

利剑出鞘，光辉四溢，人如其名。

看见的，看不见的

人们常说，世界不缺少美，而是缺少发现美

的眼睛，而监控探头背后的"鹰眼"则是刺破嫌疑人面纱的利剑。

2013年12月19日9时，分局接到110报警称：凌河路491号一游戏机房的老板陈某和小工周某倒在血泊中。民警赶到现场后，发现二人已死亡。经法医初步鉴定，死者生前是头部遭钝器猛烈击打致死，死亡时间在当天凌晨1点至4点之间。

嫌疑人是谁？为什么对被害人下如此毒手？一夜之间连失两条人命！如此影响恶劣的案件顷刻间迅速在案发地周围被口口相传，附近老百姓人心惶惶，安全感受到了一定程度的影响。这么棘手的案子沉甸甸地摆在了黄剑辉的面前，瞬间一股压力向他袭来，他迅速带领组员赶赴现场。

如果以为做"视频监控"只是看录像回放就能破案，那就错了。不是每一个现场都有监控探头，也不是每一段录像都会完好无损地全方位为你情景再现。侦查员千辛万苦找来的图像资料很可能只是一些支离破碎的图画信息，需要我们的视频监控人员充分利用自己多年的工作经验和敏锐的观察力以及缜密的思辨能力去逐步发现潜藏的线索，推测并用事实证据不断印证，从而还原填补图像信息的空白，使之成为完整有力的证据。

案子刚上手就让黄剑辉和专案组陷入了困境。案发现场的监控录像资料画质差，案发房间处在游戏机房的监控视角范围之外。经过实地走访后了解到，这家游戏机房平日里生意不错，进出人员很多，周围是流动人口和本地居民的混杂居住区。如何寻找侦办的突破口呢？黄剑辉经过和领导的商议，立刻安排人手开展工作：一组人员调取路面监控录像进行分析，寻找可疑迹象；另一组人员用"土办法"，以案发地为圆心扩散排查范围，挨家挨户进行走访收集有价值的线索。

时间一分一秒过去，黄剑辉心里明白，随着时间的推移，犯罪嫌疑人留在现场周围的痕迹会遭到更多破坏，侦办的难度会越来越大。他若有所思地看着监控录像，同时拿着笔记本将出现在监控范围里的人员体貌特征和进出时间逐一记录。

几番分析无果后，他重新翻阅笔记，"三轮车"三个字引起了他的注意。北风呼啸的半夜,骑着三轮车是回家,还是要去哪里?黄剑辉迅速提笔记录他心中一连串的问号,长舒一口气,差点儿让这个暗藏线索又极为普通的画面骗过了眼睛。

"一种感觉!"说到这里,黄剑辉一改先前讲述案情时平静的语气,突然激动地说。他相信自己的感觉,这种基于对案件精细化"分解"后产生的直觉。

"倒回去看看!"黄剑辉滑动手中的鼠标。三轮车进出视频中间有一段较长的"真空时间段"。去哪里了呢?进出视频时,三轮车车斗都是空的,显然不是装卸货物。为谨慎起见,他还走访了案发地附近的一家通宵超市。据营业员回忆,图像中的三轮车没有来他们店里装卸过货物。在排除了多名嫌疑对象后,这名骑三轮车消失在夜幕中的青年人嫌疑陡然上升。此时,是案发当天下午4时。

他是谁?住在哪?现在什么去向?一连串新的问号盘旋在黄剑辉的脑海中。

黄剑辉一边不断回忆着监控画面中那个背影的最后去向,一边心里思索着三轮车这条线索。他安排人员兵分几路,对此火速开展排查。垃圾成堆的菜市场、阡陌交通的羊肠小巷、尘土飞扬的施工工地、臭气熏天的废品回收站……便衣民警的身影在落日余晖中不断地穿梭在每一个犯罪嫌疑人可能出现的地方。

兵贵神速,黄剑辉和他的团队锲而不舍地追寻赶超了时间。当夜幕降临的时候,民警在五莲路附近找到了那个骑三轮车消失的青年人吴某。

到案后,吴某供认了其犯罪事实。因为在陈某开设的游戏机房花掉了好多钱,他心有不甘,试图讨回一部分,被陈某拒绝后,穷困交加的他难以抑制心中的怒火,连夜潜入游戏机房将熟睡的陈某和周某残忍杀害。行凶后,为了不引起别人怀疑,他还曾"若无其事"地在菜市场卖过蔬菜,想过几天再出去避风头,不料民警在案发后的24小时内就将他抓捕归案。

虽然破案的速度很快,但是整个过程充满了曲折与艰辛,闪耀着集体力量的光芒,也显现着黄剑辉特有的智慧与担当。如果轻易放过那个一闪而过的模糊背影——一个只有几秒钟的画面,后果很可能是凶手人去楼空、逍遥法外。

看到的未必如你所想

荣获市局嘉奖 1 次、分局嘉奖 3 次,荣立个人三等功 1 次,2015 年被评为分局"优秀刑侦民警"。黄剑辉年纪轻轻,就有了诸多荣誉。面对这些荣誉他似乎感到肩上的责任更重了,他说:"荣誉只是过去,如果拿不下眼前的案子,说啥都是空的。"是啊,刑侦人特有的荣誉感,永远属于现场、属于破案的一霎,也渗入了办案过程。

2014 年 10 月底的一个傍晚,杨高北路一家酒吧内有人持刀行凶,酒吧老板娘顾某倒在血泊中,送医后抢救无效死亡。

案发后,浦东分局会同市局相关单位立即成立专案组展开侦查,并迅速锁定四川籍曾某有重大作案嫌疑。

破案进程的推进需要视频监控的支持,黄剑辉一上手就开启了"分析模式",此时离案发后的接报时间已过去了一个多小时。

他带着几个民警对案发地附近展开地毯式搜查,结果一无所获。随后,又调取了犯罪嫌疑人可能藏身的几个小区的监控录像,依然没有进展。

根据手中的线索来看,首先,现场目击者称看到嫌疑人冲出马路逃走了;其次,监控录像中的确看到曾某的身影在昏暗灯光下冲出马路。明明就在眼前,怎么就平白失踪了呢?案子到了这里,似乎陷入迷局。

此时,黄剑辉又重复了他刚接手案件时的判断:"他可能还在马路绿化带里。"说这话时,他静静坐在屏幕前,布满血丝的眼睛始终盯着画面,就像守候猎物的猎人。

"怎么可能?这么长时间了,他会不逃远?"

在几声质疑声中,黄剑辉对自己的判断并没有动摇。是感觉,也是经验。

终于，一个多小时后，从绿化带丛中鬼鬼祟祟地探出一个脑袋来，当他看到一辆出租车经过时，立即招手上了车。

"就是他！"大家惊喜的同时也暗暗佩服黄剑辉的判断。

民警很快找到了画面里那辆出租车的司机，因为犯罪嫌疑人蛮横无理没有给打车费，女司机对他记忆犹新，也回忆起了犯罪嫌疑人下车的小区名字。

民警对这一重大发现"如获至宝"，迅速对该小区展开摸排，不料犯罪嫌疑人又"失踪"了。

难道信息有误？

黄剑辉立即调取当晚的道路监控，录像中犯罪嫌疑人的下车点存在盲区，经过实地走访和比对之后，他判断犯罪嫌疑人下车点是附近一个与女司机讲述的路况和外围环境极为相似的小区。至于女司机提供的线索为什么有误，很可能是她在深夜孤身一人的情况下受到恐吓时产生的错误记忆所致。

山重水复疑无路，柳暗花明又一村，侦查员们重新看到了希望。顺着新的侦查方向，很快在该小区内找到犯罪嫌疑人的痕迹。10月28日18时许，在挨家挨户地摸排后，民警在一幢居民楼的天台找到了蜷缩在角落里准备再次割腕自杀的犯罪嫌疑人曾某。到案后，曾某对自己因经济纠纷为泄愤而持刀伤害顾某致死的作案经过供认不讳。

看到了就绝不放过

"大案大加班，小案小加班"，这是视频侦查大队的民警们戏说的一句老话。在黄剑辉的眼中，案子没有大小之分，任务没有轻重之别。只要有案子，即使在新春佳节，也会毫不犹豫地放弃与家人团聚的时间，赶赴工作第一线。

2016年2月6日，也是农历"小年夜"，位于祝桥镇川南奉公路旁的一家金店被盗，店内失窃价值20多万元的金银首饰。案发后，刑侦支队会同相关单位迅速成立专案组，全力投入侦破工作。

经初步勘查，民警们确定犯罪嫌疑人是通过在墙上挖洞钻进金店的。作案手法很粗暴，但是留在现场有价值的线索很少。当调阅了金店监控录像后，黄剑辉和专案组同事们心里"咯噔"一下。犯罪嫌疑人有一定反侦查意识，他借着天黑进入金店后立即剪断电源，案发时监控摄像探头成了"摆设"。

又是一场智力较量！可黄剑辉喜欢，就像他喜欢编程一样，因为挑战成功后的成就感是无与伦比的。而想知道犯罪嫌疑人的作案过程和动机，必须实地查看，向"现场"要线索。

黄剑辉再次来到案发现场，看到与金店一墙之隔的旅馆正在装修，而金店旁有一条楼梯走道通往楼上的居民住户以及一家网吧。同时一个细节引起了他的注意，正在装修的旅馆墙壁上有几个装修时留下的拇指大小的洞，向里张望了几眼，房间内情况一览无余。于是，他向有关人员进行了询问，得知装修期间，每晚都是简单锁一下门，无人看管现场。

得到这些信息后，黄剑辉有一丝兴奋。凭借他曾做巡警时积累的经验，他判断这起案件绝非是偶然临时起意，犯罪嫌疑人肯定对旅馆和金店的房屋结构有所了解。那么，犯罪嫌疑人会不会进出时也像他一样对房屋"特意"留意了一下呢？

虽然这个揣测在心头跳动，但是为了保险起见，黄剑辉还是决定通过金店的监控录像做进一步分析。

专案组找来案发地周围所有相关的视频监控录像，黄剑辉在海量录像中寻找着那个可能与自己推断不谋而合的身影。定格、回放、放大、记录、核对……他不断地重复着简单又枯燥的动作，黑眼圈悄无声息地爬上了他的倦容。

"快看，这个人！"突然黄剑辉兴奋地从椅子上跳起来，立刻唤来其他同事。

时间是案发前三天，2月3日，一个身影出现在金店门口，脚步稍稍停顿了一下之后迅速从画面中消失了。但是，没过多久，这个身影又出现在画面中。当店员不经意地朝门口看了一眼时，他若无其事地离开了。这一刻，屏幕前所有人的职业敏感性碰撞出了艳丽的火花，大家都露出了笑容。

可惜，监控画质太差，只能看到嫌疑人的体型，却看不清他的样貌。黄剑辉和同事们交换了一下眼神，"追"！一定要看看他是何方神圣。

通过对现场周边公安、社会监控信息的细致梳理、比对，进而发现嫌疑人于2月2日在附近的一家网吧出现过，随即其庐山真面目"浮出水面"。

不料，之后的抓捕并不顺利，顺着监控录像中嫌疑人离开的轨迹，专案组趁热打铁寻迹出动，可一连排摸了好几公里也没有找到嫌疑人，他竟匪夷所思地失踪了。

经过一番周折，终于找到了嫌疑人的落脚点——一个桥洞，可惜晚来一步，嫌疑人溜之大吉。

时间就是战机，尽管新年的钟声已经敲响，可是案子侦破到这个节骨眼上，黄剑辉心里清楚他离犯罪嫌疑人有多"近"，他丝毫没有松懈，而是一鼓作气，一追到底！他和同事们调用一切可利用的道路、场所等监控录像，整理出一系列犯罪嫌疑人的去向轨迹，待汇总其他侦查手段获取的信息后，视线焦点直指江苏省。

大年初二凌晨，民警昼夜兼程赶赴江苏省苏州市犯罪嫌疑人蔡某的落脚点，蔡某在睡梦中被抓捕归案。大部分被盗物品及3.5万元现金被追回。

结束语

在两个年幼的孩子眼里，黄剑辉是个连周末也不在家的"陌生爸爸"；在同事们眼里，他是个内敛机智的"老好人"；而在犯罪分子眼里，他定然是个不可思议的神探。经过岁月的沉淀，爱好爬山探险的他，此时更像羽翼渐丰的雄鹰，时刻准备迎风高翔，雷霆出击。

社区民警高宝来

张和平

我们常常无法做伟大的事情,但是可以用最大的爱心去做一些小事。

——诺贝尔和平奖得主特蕾莎

引子

据新华社北京 2015 年 5 月 26 日新媒体电(记者赵琬微、卢国强):5 月 26 日早上 6 点半,北京市海淀区实验小学师生在校门口一字排开,穿着整齐的校服,绵延数十米。他们神色凝重,手持白色菊花,等待着"警官爷爷"最后一次路过学校。

6 时 50 分,一辆深色的灵车缓缓驶过校门前,孩子们高举起右手,敬礼!集体目送着灵车缓缓开过。短短几十秒,车子消失在街巷拐弯处。

队伍里有的孩子抽泣起来,老师们也禁不住潸然泪下。这位"警官爷爷"5月22日因病去世,今天是遗体告别的日子……

其实,送别这位"警官爷爷"的还不仅仅是海淀实验小学三千多名学生。在北京市公安局海淀分局恩济庄派出所的三〇四医院社区警务室管辖的0.6平方公里内,数万机关干部、社区群众都在手捧着洁白的菊花,伫立在这位老警察曾经巡逻过的街头,大家都想再看看他最后一眼,再送送他最后一程。

一个老警察的离世,不仅让数万群众感到哀叹不已、难舍难离,更是牵动了首都各大新闻媒体神经,纷纷对这个老警察的事迹进行了追踪报道。

他的名字叫高宝来,是北京市公安局海淀分局恩济庄派出所一名极普通的社区民警。

我要像雷锋那样工作

1976年1月23日,北京市西城区的北海后门。

眼看要过年了,隆冬的北海公园游人并不是很多。

一个穿着蓝色打补丁上衣的小伙子正在奋力地挖着树墩子,也许用的时间太长了,他已经满头大汗,旁边两个和他一样大的小伙子在帮助他。

树坑越挖越大,工夫不大,整个树墩就被挖了出来。三个小伙子奋力地把树墩子弄出了树坑后,兴奋地看着一米多高的树墩子大声地说笑着。

其中高个儿的小伙子兴奋地说:"这回可好了,宝来,如果把树墩子劈开了,够你们家半年烧火用的了。"

被叫作宝来的小伙子站起了身,围着树墩子转了一圈儿,然后笑道:"书文、铁军,我看这个树墩子破开后,最少能出两个案板,咱们做好后,给街坊们送去。"

书文笑了笑:"宝来、铁军,咱们马上就要高中毕业了,你们说咱们毕业后干啥去呢?"

铁军也兴奋地说:"现在还能做什么?响应伟大领袖毛主席的号召,上山下乡插队去呗!去接受贫下中农的再教育。"

宝来在铁军的耳边悄声地说:"昨天我可听说了,今年的征兵开始了,要么咱们几个报名当兵去吧!"

书文和铁军听了这话,吐了下舌头:"宝来,你家姊妹五个,你是长子,你要是当兵去了,家里怎么办?你们家多困难呀!"

宝来看了看两个同学:"老师不是说过了吗,部队才是大熔炉,在那里才能真正锻炼自己?再说了,我走了,还有我姐姐呢。"

书文瞥了一眼宝来,有点儿羡慕地说:"反正你会武功,说不定当了兵还能学到更多的本事呢!"

铁军冲着高宝来扬了扬下颌:"就是嘛。"停了停,他又说,"宝来,最近你又学了什么招式,给俺俩露两手儿,让俺俩也过过瘾!"

宝来拉开了架势,刚刚打了一趟拳,就看到一个解放军战士朝这边走来。大概那个战士被宝来刚才打拳的姿势吸引了,他笑着问:"你们这是干什么呢?"

宝来擦了把汗:"挖树墩呢,解放军叔叔,您在干什么呢?"

解放军战士笑道:"我嘛,征兵呢!"解放军战士又打量了宝来他们几眼,问道,"你们愿意当兵吗?"

宝来兴奋地跳了起来:"我做梦都想像雷锋叔叔那样,成为一名解放军战士。"

解放军战士摸着高宝来的头说:"嗯,看来你们有志向,你们快去报名吧。"

几个小伙子丢下才挖好的树墩,一窝蜂似的朝北海中学跑去。

1976年3月5日,早春的北京。

伴随着一声长长的汽笛声,意气风发的高宝来,豪情万丈的高宝来,在亲人们的殷殷叮嘱声中,在"噼里啪啦"活蹦乱跳的鞭炮声中出发了。在高宝来看来,能够像雷锋叔叔那样,成为一名光荣的解放军战士，去报效祖国，而且今天又是"向雷锋同志学习"纪念日，这是何等光荣、何等自豪的事情。

车轮在飞驰，列车穿行过华北广袤的大地，穿过众多的隧道，一路南行。高宝来凝视着窗外，掩饰不住内心的激动。在此以前，高宝来对南方的了解仅限于在书本中，只知道南方有南京长江大桥，有苏杭二州，有桂林山水，但由于家中生活拮据，根本没有机会到那些地方去旅游，而这次确实要去南方当兵，而且一干就是几年，这是多么快乐的事情。

在整整颠簸了五天之后，他们于下午2时到达了湛江的一个车站。当高宝来走下闷罐车的那一刻，竟然哇哇呕吐个不停，自己18岁了，从来没有到过南方，扑面而来的咸味儿，让他控制不住自己，他悄声问了问一同当兵的发小儿张书文："这是哪儿呀？"

张书文瞪了高宝来一眼："你没看到刚才的站牌子吗？这是湛江，我听说咱们这次是到海南岛去当兵。"

听了这话，高宝来不由自主地低下了头，他心里有一种说不出的感觉，不知道自己今后的命运将会如何。

第二天，高宝来等300多个新兵登上了一艘轮船，经过近10个小时颠簸，于傍晚时分到达了目的地——位于海南岛秀英码头旁的一个新兵连基地。他们将在这里集中训练三个月，然后再分配到南海航空兵的各个战斗单位。闻着扑面而来的海腥味儿，此时的高宝来已经分不清东西北了。

"稍息！立正！向右看齐！向前看！齐步走！"随着班长威严的口令，高宝来和战友们一起认真地迈步踢腿，一遍又一遍地反复练习。汗滴下来，也没人去擦。海南的太阳比北京火辣了许多，但让这些北方来的小伙子们感到最难受的是潮湿散发着海咸味儿的空气，时间稍微长一点儿，便让人嗓子眼儿发咸，有一种想呕吐的感觉。然而对他们考验最大的还不止这些。一周下来，高宝来和这些北方兵大腿的内侧开始发痒，紧接着便是溃烂。尽管新兵连及时配发了水杨酸等药品，但水杨酸涂抹在伤口上，钻心地疼。

时间在一天天过去，高宝来慢慢适应了南方的气候，适应了新兵连的一切。他学会了把被子叠得方方正正，像豆腐块儿一样；他学会了和战士们在狂风暴雨中经受考验，磨炼自己的意志……

一天晚上，战士们被一阵阵的叫喊声惊醒，高宝来和战士们冲出了宿舍一看，很多的战士都在上吐下泻，一同当兵的钮卫星也吐个不停。新兵连长李贫权顿时急了："赶快去找卫生员。"

没等李贫权的话说完，卫生员便出现在了他的眼前，原来高宝来看到新兵连有近三分之一的战士出现了问题，急忙跑出去叫卫生员。卫生员进行了认真调查，原来是海水倒灌，导致饮用水井出了问题，战士们出现了腹泻。

李贫权赶忙命令，没有生病的战士搀扶着病号前往医院。此时，很多战士已经走不动道了。高宝来和那些身体好的战士连续搀扶着把病号们送到了医院。当他把最后一个生病的战士送到医院后，自己却感到一阵阵难受。他赶忙蹲在了地上，大口大口地喘着粗气，原来他也生病了。

高宝来被叫到了首长室，他打量着李贫权左臂上的一个个伤疤，心中充满了无限的敬仰，因为他刚到新兵连的时候，就听到排长讲过，连长李贫权是一个很富有传奇色彩的领导。一次在带领新兵战士进行手榴弹实弹投弹时，一个战士由于胆小，不慎把拉了弦的手榴弹掉在了自己的身边。李贫权一个箭步冲了上去，把新兵战士扑倒在地上。手榴弹爆炸了，李贫权被手榴弹炸伤了左臂。

李贫权看出了高宝来的想法，关切地问："小高，你为什么要当兵？"

高宝来不假思索地说："我想当兵的理由很简单，我在上学的时候，就很热爱雷锋，也非常羡慕他那真正的人生。我要像雷锋那样，把自己的一生毫无保留地贡献给党和人民……"

李贫权先是一怔，接着拍着高宝来的肩膀，称赞道："好样的，不愧是首都来的优秀青年。"

军营是一座大熔炉，进去的是矿石，出来的是钢铁。新兵连集训把高宝来由一名高中生转变成军人，正是在这样的集训中，在一种强大信念的支撑下，高宝来的思想也在这种锤炼中发生潜移默化的变化。新兵连的生活结束了,高宝来凭借良好的表现,被分配到了汽车连培训班,前往广西桂平某机场的场站报到。

新兵下连后,都要接受高强度的体能训练。作为一名汽车兵,训练的强度也许更大些,每天不仅要进行高强度的体能训练,更要面对全新的汽车的构造、机械常识,不厌其烦地背诵、理解和操作,一天下来,早已经腰酸腿疼。可高宝来就是高宝来,凭着一股子顽强劲儿,终于很快成为了一名合格的驾驶员。拿到驾驶证的那天,他激动地哭了。

桂平市境内高山居多,道路蜿蜒曲折,坡多路险,对于驾驶员是个考验,特别是作为一名部队的汽车兵,不仅要有娴熟的驾驶技能,而且要准确掌握辖区每一条道路的情况,准确快速地运送各种物资。为此,他一方面拜老司机为师,认真学习驾驶技术,另一方面对着地图,反反复复地研究着每一条道路,经常熬到凌晨一两点钟。渐渐地,高宝来在一个全新的环境里慢慢找准了自己的定位。那一张张陌生的面孔渐渐变得熟悉和亲切起来,唯一还让他不适应的,就是每当夜深人静的时候,浓浓的思乡之情就会袭上心头。这里距离北京几千公里,作为长子,他想起了自己那个贫穷的家。母亲的身体一直不好,身体怎么样了?五弟宝富学习成绩咋样?父母的身体本来就不好,家乡的冬天毕竟十分寒冷,比不上这里四季如春。高宝来拿起了纸笔,开始对着孤灯写下一封又一封思念的书信……

日月穿梭,时间飞逝,春节很快就来临了。一晃两年过去了,高宝来凭借出类拔萃的体能成绩和过硬的驾驶技术,成为了场站的尖子战士,不仅安全行车 7 万公里,而且两次荣获个人嘉奖。

1979 年的春节悄声到来了,和战士们一样,服役三年的高宝来开始为复员后做打算,回到北京是像父亲一样当工人,还是干点儿什么呢?但正在这时,对越自卫反击战开始了,高宝来所在的部队被列为一线参战部队,高宝来赶忙收起了复员的念头,找到了连长李仲才,要求上一线去。

李仲才看了看高宝来:"按照规定,这批复员的名单里有你。"

高宝来一听就急了:"男儿当兵是打仗的,我当了三年兵,开了三年车,连枪都没有打过几次,那不叫当兵。"

李仲才纳闷地问:"那什么才叫当兵呀?"

高宝来认真地说:"就是上前线,杀敌立功,那才叫报效祖国呢!"

看到高宝来的执着劲儿,李仲才答应高宝来,为他向上级申请推迟一年复员。

1979年4月,高宝来当上了汽车班班长,那一刻,高宝来美极了,雷锋不是汽车兵的班长吗?自己也做到了,下一步就是怎样为人民服务了。

在对越自卫反击战中,高宝来担负着桂平机场战地运输任务。虽然仓库距离机场很近,但高宝来把汽车班10辆车的任务安排得满满的。闲暇时间,便带着战士们擦车,把一辆辆车擦洗得锃光瓦亮。

一天晚上,上级来了紧急通知,一批前线急需的军用物资已经到了贵县火车站,要求马上运回机场。高宝来接到命令后,立刻带队出发了。贵县距离桂平机场足有60公里,当高宝来的车队赶到贵县火车站时,已经是大半夜了。战士们装好军用物资,驱车返回。按照上级的要求,为了防止暴露目标,所有的车队需要闭灯行驶,虽然这在平原地带没有问题,但在山区却十分危险。当高宝来带着车队行驶到一个山弯的时候,对面开来了一辆地方的大货车,高宝来按照规定,用近光灯晃了两下,想引起对方的注意,但这丝毫没有引起大货车司机的注意,大货车冲着高宝来的车队冲来。

高宝来凭借娴熟的驾驶技术,一打方向盘,伴随着刺耳的刹车声,高宝来让过了大货车,但也感觉出自己车咯噔响了一下。当他停好车,下车一看,顿时吓得吐了一下舌头,自己的车距离悬崖已经不足半米了。

金盾耀警徽

1980年1月，高宝来光荣退役了。也许是命运的安排，恰好北京市公安局治安处成立治安大队，正在招兵买马，高宝来有幸成为了其中的一员。

老兵新传，靠的是孜孜不倦的摸索和搏击者的勇气。

从一名戍边的战士变成首都公安的卫士，高宝来知道，工作性质虽然变了，但为人民服务的本色不能变，因为他始终牢记着雷锋的话，那就是"干一行，爱一行，钻一行"。为了迅速适应首都公安工作，高宝来在虚心向老民警请教的同时，稍微有时间，就找来治安管理方面的专业书籍，躲在一旁细细钻研。

治安处是北京市公安局重要的业务部门，每天的工作繁杂。高宝来自然不甘落后，发挥了部队雷厉风行的光荣传统，无论是驾驶侧三轮摩托车下乡，还是开吉普车办案，高宝来都使出了十二分的劲儿。每当有急难险重的任务，他样样都冲在前面，抢着干，没有任何怨言。

1996年10月1日《中华人民共和国枪支管理法》颁布前夕，按照公安部的要求，将对全市的民用枪支逐一进行登记并上缴。面对这样一项艰巨的任务，已经是治安处危险物品管理处的业务骨干的高宝来简直费尽了脑筋。军人出身的他知道，枪对于每一个持有者来说，都是有深厚感情的，特别是对那些纪念性枪支的持有者来说。它们不仅是一种纪念，更是一种荣誉，有的甚至把它当成了自己的命根子，因为这些枪支绝大多数都是中央领导授予的，其意义不言而喻。对于每一支纪念性枪支，市局治安处都有严格的登记。

但国家既然颁布了法律，就必须严格执行，但收缴这些纪念性枪支，谈何容易！

一天，西城分局治安科的娄文奎找到了高宝来，高宝来一看娄文奎满脸的表情，就知道他在为收缴枪支的事情上火，因为他知道，在西城区居住的中央领导多，这些中央领导或者他们的家人，有很多人都保管着纪念性枪支，收缴每一支枪都异常艰难。

果然不出所料，娄文奎确实是为了枪的事情来的。原来在百万庄的一个高干楼里，住着一位老八路，名字叫孙云龙，84岁了。1939年，时任八路军总部军工部技师的刘贵富组织研制了"八一式"马步枪。这种枪体积小、射击准确、外观漂亮，枪管上的瞄准星被彭德怀誉为"天下第一准星"，孙云龙是这款"八一式"马步枪的主要设计者之一。毛泽东主席参观完这种枪的制作现场后，还亲自拿起枪拉动枪栓，连连称赞。为此毛泽东亲自赠予孙云龙一支比利时的勃朗宁单管猎枪。孙云龙视此枪如其子，即便是每年一次的枪支检验，孙云龙也都是亲自抱着它到西城分局进行登记。国务院关于收缴枪支的通告发布以后，娄文奎几次到孙云龙家去做工作，孙云龙的家人一听是要来收缴枪支，顿时急了："这是毛主席亲自赠给的枪，谁敢动！"老人家硬是把娄文奎给轰了出来。

听完娄文奎的介绍，高宝来也有些犹豫了。但《中华人民共和国枪支管理法》即将颁布，任何人都不得违法持有枪支，否则那就是犯罪呀！怎么才能让这个老八路交出这支枪来呢？高宝来和娄文奎商量了半天，也没有想出个好办法。

第二天傍晚，娄文奎带着高宝来来到了孙云龙的家中。此时正是吃晚饭的时候，因为娄文奎介绍过，孙云龙只有在这个时间才在家里。

两个人敲开孙云龙的门后，孙云龙的老伴儿接待了他们。当她得知高宝来的身份后，先是感到吃惊，可当看到娄文奎后，心里好像有了底儿，脸色立刻严肃了起来。

果不其然，当高宝来说明了来意后，老太太皱着眉头说："不是我们不交枪，这支枪是延安时期毛主席赠送的，你让老爷子交枪，等于要他的命呀！"

高宝来看了看长得身高马大的孙云龙，耐心地解释道："老首长，我理解您对这支枪的感情，它就跟您的命根子一样，但是国家法律有规定呀，咱们家中不能存放枪支呀，您看，贺龙的子女不是也把家中的枪交了出来吗？再者说了，这枪放在您的家里也不安全呀，不如把它交给国家来保管。"

孙云龙一声不响地听着，使劲儿地吸着烟，但最终也没有表态。

老太太悄声说："老爷子也在琢磨这件事了，你们先回去吧，我再劝劝他。"

高宝来和娄文奎对视了一眼，悄声离开了孙云龙家。

当第二天高宝来再次来到孙云龙的家时，发现门上了锁。高宝来和娄文奎一连三天登门拜访，孙云龙的家始终没人，直到第四天傍晚，高宝来和娄文奎再次来到孙云龙的家，才发现屋里有人。高宝来一看有门儿，敲开了老领导的门。

高宝来和娄文奎进屋后，发现孙云龙正在阳台上小心翼翼地伺候着花草。高宝来灵机一动，向娄文奎使了一下眼色，两个人也来到了阳台，帮助孙云龙浇花。浇完了花，孙云龙头也不回地回到了房间，独自端起了沏好的茶慢慢喝着，表情十分严肃。

娄文奎心想：看来，这个老首长还是舍不得这支枪。他俩也跟着孙云龙回到了客厅。

就在两个人正不知如何是好的时候，孙云龙突然放下茶杯，走进了里屋，抱出了一个精致的木盒子，他一层层地打开了包裹的绒布，最后拿起了那只勃朗宁猎枪，老泪纵横地说："高同志，这是毛主席亲自赠给我的枪，这么多年，我一直把这支枪当作儿子看待，每天搂着它睡觉，现在我把它交给你，给它找一个长期落脚之处吧！"说完后，放声大哭起来。

孙云龙的老伴儿也红着眼圈儿解释道："高警官，你们这几天三番五次登门造访的事情我们全知道。这几天，老爷子每天都睡不好觉，听了你的话，我们现在也想明白了，我们对这支枪的感情再深，也不能超过法律。"

看到孙云龙动情的样子，高宝来和娄文奎也落泪了。

作为一名危管处民警，高宝来始终把危险留给自己，把安全留给别人。

1999年春天的一个星期天的上午10点多，北京市市委党校建设工地，几十名民工正在奋力开挖地槽。突然一个民工大喊了起来："大家快看，这是什么东西呀？"

民工们立刻围拢了过来，这个民工用铁锹用力铲了几下，眼前出现了一个铁制的井盖，民工撬开井盖，被眼前的一切惊呆了，只见枯井里面装满了一尺多长的锈迹斑斑的铁家伙，后面还带着尾翼。

几个胆大的民工拿起几个铁东西看了看，说道："砸开看看，如果是铁，咱就去把它卖钱，买酒喝。"几个民工拿起了镐头就要砸这个铁疙瘩。

甲方负责人发现这一情况后，赶忙跑了过来，看到眼前的情况后，大声喊道："住手，你们不要命啦！这是炮弹。"民工们一听是炮弹，丢下了铁疙瘩，立刻四散而逃。

这一消息很快报到了西城公安分局，分局治安处正在值班的王军和娄文奎听到这个消息，也赶忙赶到了现场。当两个人来到现场看到枯井里的炮弹后，顿时也没了主张，因为他们不知这个枯井有多深，里面究竟有多少炮弹。情急之下，他们赶忙拨通了高宝来的电话。

工夫不大，高宝来打着一辆出租车风风火火地赶来了。他先是看了看现场，然后找来周围的居民了解才知道，这里在北平和平解放前，是傅作义部队的一个师部。根据这个情况，他判断枯井里面的爆炸物品一定少不了。高宝来看了看王军和娄文奎，让他俩立刻拉好警戒线，然后安排了几名精干的民工，由他带着清理现场。待现场清理得差不多了，高宝来说道："你们俩也躲远点儿，我下去弄炮弹。"

娄文奎也想争着下井："让我来吧！"

高宝来说："你们都闪到一边去，我在市局是专门干这个的，比你们有经验。"然后不由分说跳下了枯井，用小铲一点点清理着枯井里的废炮弹，把炮弹一件一件搬了上来。

时间在一分一秒过去，从高宝来搬出第一个废炮弹算起，已经七个小时了，高宝来还在小心翼翼地挖掘着炮弹，此时在地槽的沙土上已经摆了两三百发炮弹、地雷、手榴弹，甚至还有日伪时期的化学炮弹。人们都在为高宝来捏着一把汗，因为谁都知道这些炮弹的威力，一旦发生不测，首当其冲的就是他高宝来。

18时，高宝来把最后一个大炮弹搬出来，累得几乎虚脱了。高宝来看了看地上的炮弹，又看了看华灯初上的街道，随后调来四辆卡车，把这些废炮弹运走了。

看着远去的车队，在场的人无不轻轻叹了一口气，这件事情多亏了高宝来呀！

2004年4月，北京市公安局推出了警务体制改革，精简机关，充实基层，高宝来被调到海淀公安分局恩济庄派出所，成为了一名巡逻民警。这下高宝来可乐了，他感到自己又可以发挥自己的优势了，因为他喜欢练武。虽然在部队和治安处工作，但动拳脚的机会却不多，而作为巡逻民警，自己的武术可以有了用武之地，派上用场了。

2005年夏季的短短一周时间，海淀区的玲珑巷周边连续发生了系列抢劫出租汽车司机案件，两名男子假借打车到恩济庄的玲珑巷附近，非但不给打车钱，还持刀将出租车司机的财物洗劫一空。一时间，到恩济庄那里跑车的出租车司机人心惶惶，当地居民也心有余悸。

据目击者的描述，案犯为两人，一高一矮，均为河南口音。派出所领导根据报案人的介绍，在高发案的地段设了一个口袋，组织几个便衣队进行蹲守。高宝来和贾俊启一个组，带着两个保安负责在胡同口进行蹲守。初春的北京仍然料峭春寒，高宝来和贾俊启带着两个保安清一色便衣打扮，佯装在等车，眼睛却盯着过往的一辆辆出租车，等待着劫匪的到来。

时间在一分一秒地过去，一天两天地过去。

一连半个月过去了，抢劫犯好像从人间蒸发了一样，一直没有踪迹，抢劫案也没有再发生。就在民警们因为枯燥的蹲守感到万分疲惫而准备撤兵的时候，高宝来却对贾俊启说："先等等，我感觉，这两个劫犯吃到了甜头儿，一定还会来的。"

贾俊启笑道:"全国'两会'快要召开了,现在咱们防范得这么严密,我看这两个劫犯也该收手了,八成不会再来了。"

高宝来拍了拍腰间的两副手铐:"我感觉他们还会再来的。"

"听说你原来练过六合拳?"贾俊启突然问。

高宝来笑道:"还是上学的时候学的,后来当了兵,回来又当警察,这些年工作忒忙了,都快扔掉了。老贾,我也听说你的形意拳练得不错,等有时间我得向你讨教两招,以后抓贼的时候没准儿还能用上呢!"

两人一边蹲守,一边交流着武术那点事儿。不知不觉天已经到了大半夜,两个人依然意犹未尽。正在这时,一辆出租车驶过两个人的面前,在不远处停了下来,不多时就传来了争吵声,紧接着就看到车内的几个人扭打在一起。

"抢劫犯。"高宝来和贾俊启同时意识到这个名词,迅速向出租车扑了过去。车内的两个抢劫犯看到来了两个陌生人,感觉不对劲儿,钻出了出租车,准备逃跑。

高宝来和贾俊启几步赶到近前,一个漂亮的扫堂腿,将两个人摔倒在地,两个人还没明白过味儿来,胳膊腕上便被戴上了手铐。

经过审查,这两个人正是在玲珑巷地区连续作案的两名抢劫犯。派出所经过深挖,一举抓获了 10 名犯罪嫌疑人,玲珑巷从此太平了。

2007 年 7 月的一个深夜,玲珑巷的一个发廊内,身高一米八的黄宏良正在和老乡李某一边喝着酒一边聊天,两只眼睛瞪得血红。2005 年他和新婚的妻子来北京打工,先在玲珑巷口开了一个发廊,由新婚的妻子照顾,生意一直不错,自己也在附近的一家公司打工。同在北京打工的老乡便慕名而来,一块儿喝酒聊天。而这李某却不一样,自从和黄宏良相识后,不仅隔三差五地来吃喝,还向黄宏良借钱。李某借了钱,却闭口不谈还钱的事情。时间长了,两个人就越来越生分了。

工夫不大,一瓶白酒就下了肚。

俗语说,酒后吐真情。喝酒当中,黄宏良突然提出了让李某还钱的事情，而李某则摆出了一副无赖的样子，声称没有钱。两个人便争吵了起来，而且越吵越凶，于是两个人开始撕扯，黄宏良恼羞成怒，抄起了身边的一把斧子，向对方的脑门砍去。

随着一声惨叫，李某顿时倒在了血泊中。黄宏良一看杀了人，顿时傻眼了，酒也醒了一半，丢下了自己的妻子和三岁的儿子，连夜跑出了北京。海淀警方几经侦查，甚至到黄宏良的老家浙江省进行抓捕，都空手而归。

黄宏良虽然畏罪潜逃了，但黄宏良的妻子经营的发廊依旧在营业，这大大出乎侦查员的意料。侦查员断定，黄宏良一定还会潜回北京来找自己的娇妻爱子的，派出所领导便指派片儿警贾俊启带着辅警蹲守。

一个月过去了，半年过去了，黄宏良始终没有露面。

蹲守可以说是警察工作中最为枯燥的了，特别是长时间在一个地方蹲守，更加乏味无比。

这天晚上，贾俊启带着辅警正在发廊不远处蹲守，忽然听到了脚步声，回头一看，原来是高宝来正朝这边走来。

"情况怎么样？"高宝来拍了拍贾俊启的肩膀。

贾俊启有些泄气地说："还是老样子，已经关灯了，这个黄宏良还是没有露面。"

高宝来看了看已经熄灯的发廊，笑了笑："我相信，这个小子一定会回来的，他总不能放着自己的媳妇和儿子不管吧。"

贾俊启皱了皱眉道："那倒是，可这啥时候是个头儿呢？我都有点儿饿了。"

高宝来从身上拿过了挎包："老贾，你看。"说着他从挎包里掏出了一沓烙饼，还有两块咸菜疙瘩。

贾俊启知道高宝来就在附近的小区居住，因为家里困难，平时上班也总是带着烙饼和几块咸菜，便笑着说："老高，都啥年月了，你还吃这个，真有你的。"

高宝来不好意思地说："实在不好意思，你也知道，你嫂子没工作，没办法，咱哥俩儿就将就点儿吧。"说着撕扯了一块儿烙饼嚼着。

贾俊启看了看高宝来，又看了看发廊："老高，你回去吧，这是我片儿里的事儿，就不麻烦你了，明天你还上班呢，这儿有我一个人就够了，有了情况，我再通知你。"

高宝来笑了笑："反正我在家里也没事儿，咱哥俩儿也说说话。"

就这样，几乎是每天晚上，高宝来除了值班以外，大部分的时间都陪贾俊启蹲守。

转眼到了2008年的7月，黄宏良潜逃已经接近一年了。北京警方正在紧锣密鼓地开展奥运会安保。而高宝来和贾俊启仍然在利用晚上的时间对这家发廊进行蹲守。他们相信，黄宏良一定会出现的。

果不其然，这天晚上，已经是深夜两点多了，一个人影鬼鬼祟祟地来到了胡同口。那个人先在胡同口左顾右盼了一会儿，然后蹑手蹑脚来到了发廊的门前，见四下无人，轻轻敲了一下门。

"谁呀？"里面是一个女人的声音。

黑影回答道："我。"

门开了，黑影一闪身进了屋，门很快关上了。

"是黄宏良！"这一切被正在蹲守的高宝来和贾俊启看了个真真切切。贾俊启掏出了手铐，就要向里闯。

不料，高宝来却拦住了他："别着急，反正他跑不了了，咱们来个瓮中捉鳖。"

过了十来分钟，高宝来和贾俊启敲开了发廊的门。

头发凌乱的女子打开了门，看到是贾俊启，先是一阵紧张，但很快就镇静了下来："原来是贾警官呀！您这是？"

贾俊启开门见山地问："黄宏良回来了吗？"

少妇立刻摆出了一副冤枉的样子："没有呀，这个该死的东西，丢下俺们娘俩儿不管了。贾警官，您放心，如果他回来，我一定向您报告。"

贾俊启和少妇说话的当口，高宝来已经走进了里间屋，看到一个男人正在搂着小男孩儿在睡觉。他一个箭步将这个男人控制了起来，厉声问道："你叫什么？"

那男人迟疑了一下，随口说道："我叫熊建设。"

高宝来问："你的身份证呢？"

这个叫熊建设的男子从衣服里找出了一个身份证，高宝来一看，身份证上果然是熊建设的名字。

高宝来把熊建设带到了外屋，向少妇追问道："他是谁？"

少妇红着脸支吾了半天，才说："他是我的老乡，是我相好的。"

高宝来和贾俊启看了看身份证上的照片，又看了看这个熊建设，此人和照片上的人几乎一模一样。

高宝来心生一计，走进了里间屋，向小男孩儿问道："这个男人是谁？"

小男孩儿不假思索道："他是我爸呀，回老家一年了，刚回来，还给我带回好多好吃的呢！"

"黄宏良！"高宝来厉声喝道。

听到警察喊自己的名字，黄宏良顿时感到事情不妙，他挣扎了几下想跑，但两只手早已经被高宝来和贾俊启牢牢控制住，只得哀叹地低下了头。

"说，你这个身份证是从哪里来的？"高宝来厉声问道。

黄宏良耷拉着脑袋，有气无力地说："这……是找人做的。"

原来黄宏良从北京逃回浙江老家后，找到和自己长得极为相像的老乡熊建设，以他的名字补办了一个身份证，为此还专门按照熊建设的发型理了发，然后到广东一带打工。这次回北京，就是想带着妻子和孩子到广东去，从此再也不回北京了。

被押上警车的那一刻，黄宏良看着有些花白头发的高宝来感叹道："没想到栽了，一年来，我用这张身份证坐火车、坐飞机都没问题，没想到竟然会栽到北京一个老警察的手里。"

我的社区我的家

2011年初，北京市公安局全面推行社区民警驻区制。

让哪个民警去驻社区呢？恩济庄派出所的领导可谓绞尽了脑汁。因为民警驻进社区后，老百姓有事24小时随叫随到，事务繁杂、任务繁重，需要安排年富力强的民警担任。

但当时所里警力非常紧张，党支部对驻区民警的人选十分为难。

这天晚上，高宝来推开了所长张伟的房门。

看到张伟正在一支接一支地抽烟。高宝来小心翼翼地说："所长，我听说咱们所正在搞社区警务。"

张伟抬头看了看高宝来："是呀，咱们派出所有几十个社区，原来咱们实行的是片儿警，现在不一样了，市局党委要求的是驻区制，就是民警必须住在社区，让老百姓随时能够找到他，房子的问题好说，现在关键是人选的问题。"

高宝来给张伟递了一根烟，笑道："张所，您看我怎么样？我去驻区。"

所长张伟疑惑地看着高宝来："高哥，我知道你最近的工作很不错，可驻区民警都是年轻人的事情，我知道你的身体不太好，家里又比较困难，你干好本职就行了。"

高宝来笑道："张所，让我去吧。我真的想干驻区民警。"

所长认真地打量了高宝来半天，才说："高哥，您去不了。"

高宝来一听就急了："我咋去不了了？我是一个老党员，我知道领导的难处，你们就放心让我去吧，我绝对不会给你们掉链子的。"见张伟还在犹豫，高宝来说道，"如果领导信得过我，就把最难管的那片儿交给我，我一定会让领导满意的。"

对于高宝来，张伟简直再熟悉不过了。他刚来派出所的时候，负责派出所的后勤工作，2008年年初，派出所新址建设工程刚刚完工，水电气热设备需要调试，办公家具正在安装，高宝来就一直都住在装修现场。十层高的楼，电梯还没启用，他每天都要跑上跑下几十个来回。一天下来，整个人灰头土脸，只能从警服上才能辨认出来他是个警察。新所夜间需要有人看护，还没等领导安排，又是他主动背起铺盖卷住了进去。刚装修的办公楼涂料味儿特别大，待一会儿就呛得脑仁儿疼，高宝来却一直坚持在里面住着。有一次自己去找他，看到环境这么恶劣，就劝他道："高哥，晚上您就别住了，把门一锁不就行啦。"高宝来却认真地说："领导把这么一大摊子交给我，要不在这儿盯着，我还真是不放心。"

就这样，高宝来一个人在装修工地一住就是五个月，保证了后来派出所的顺利搬迁。

张伟还记得固定资产登记的那些事。在此以前，全所的装备都是手工登记，经过多年的人员变动，许多装备已经几次转手，很难找到当初的领取人。为了确保警用装备样样上账，高宝来白天拿着账本追着全所民警，挨个核实配发使用情况，就连一把小小的手铐钥匙也不漏掉。高宝来白天核对各种装备，晚上再对着电脑逐一录入，节假日都在加班加点。经过半年的努力，高宝来凭着那股认真劲儿，做到了每一件资产、每一项装备都定人定位，准确无误。

想到这儿，张伟道："高哥，我相信您，您一定能干好的。"

就这样，高宝来成了恩济庄派出所的一名首批驻区制民警，也是海淀分局岁数最大的驻区民警，这一年高宝来54岁。

高宝来虽然干过治安警、巡逻民警，但是作为驻区制民警却还是首次。上任后，他经过认真调研，针对辖区的治安状况，烧起了三把火，然而高宝来烧的每一把火，都成为恩济庄派出所的经验。

三〇四社区是一个以三〇四医院为核心的开放管理的大院社区。社区常住居民有600余户2000余人。三〇四医院是三甲医院。医院内有幼儿园，早晚有几百名家长接送孩子。因此，医院南门人流、车流量较大，每天进出超过万人，机动车千辆。由于三〇四社区的这一特点，让无照商贩看到了商机，经常在医院南门东西两侧路边聚集，有些小偷小摸混迹其中，伺机作案，导致这一带的整体秩序较差，群众反响较大。在此之前，综治办牵头清理过很多次，可这些小商小贩们跟民警打起了游击，经常是民警前脚走，他们后脚就来，有的甚至还堵在医院门口找茬儿闹事，有的群众戏称：这里就是八里庄地区的"王府井"。一时间，脏乱差成了困扰综治部门多年的痼疾顽症。

医院南门商贩无照经营严重影响了医院周边的治安和交通秩序。高宝来经过认真地分析，决定先从这里开刀，一定要还社区百姓的平安。为此他先是找到社区居委会、医院保卫科商量对策，三天两头地向八里庄街道综治办报告情况。由于高宝来的锲而不舍，综治办很快组织派出所、交通队、城管等部门，跟着高宝来开展联合执法，很快就清走了一大批无照商贩。为进一步巩固整治效果，高宝来又和三〇四医院保卫科、警卫班协商，由警卫班每天安排两名战士在南门口值守，同时，自己每天都抽出专门时间到南门巡视，发现商贩立即劝走。后来，高宝来争取街道综治办的支持，在南门外两侧人行道和车行道之间安装了铁栅栏，有效地挤压了无照商贩的活动空间，彻底根治了医院南门无照商贩聚集的顽疾。通过"先清理、再值守、后隔离"的组合拳，三〇四医院门前秩序井然，焕然一新。

高宝来看着眼前的一切，自豪地说："只要能保证群众的安全，怎么辛苦我都愿意。"

党的十八大召开前夕，北京连降雨雪，全市开始提前供暖。一天，高宝来在核二院社区检查安保工作时，几位老人找到他说："社区已经供暖了，但好多家的暖气不热。天越来越冷了，您快给我们想想办法吧！"

高宝来经过了解得知，核二院社区是典型的老旧小区，供暖管道每年都出问题。但这次却不一样，关系到上百户的居民呀！听居委会干部讲，当时家中暖气不热的居民已经聚集在物业办公室，有的发牢骚，有的说怪话，甚至还有扬言要到政府静坐示威的。

高宝来闻讯后，第一时间开展了走家串户，对大家说："大伙儿的心情我理解，有我在这儿盯着，你们就回去吧。暖气不热我就不走。"随后，高宝来先后找市政、物业和施工队，一再说明维稳大局和实际困难，并带着大伙儿深入现场，了解抢修进度，明确施工难点，忙得连午饭都没顾上吃。就连包工头儿都被高宝来的担当精神和爱民情怀所感动，立刻增派人手加快抢修。当天下午，供暖管道终于修通了。暖气热了，社区居民的心也热了。为此，首都的各大报纸还争先恐后进行了报道。

高宝来做的第二件事就是平安社区建设。他发现老旧小区技防设施非常薄弱，溜门撬锁的案件时有发生。为了最大限度地增强群众的安全感和满意度，高宝来决心把社区的技防物防搞上去。为此，他走访了每一个社区物业和单位的监控机房，挨个核对了每一个监控探头的位置和性能，搜集整理了八个优盘的案件视频资料，只要有新的案件发生，他就第一时间调取监控录像进行比对。

功夫不负有心人，高宝来终于用有限的视频监控成功锁定了一个拒不认罪的惯偷，一次性破获入室盗窃案八起。有了成功案例的支撑，高宝来的干劲更足了。在他的不懈努力下，社区一次性安装了400多个高清探头，为所有的老旧小区更换了防盗门窗。那段时间，高宝来每天都定点位、装探头、换门窗，忙得连饭都顾不上吃，他逢人便讲：“咱们架好了天罗地网，只要有贼，就能擒住他，社区以后就太平了。”

他做的第三件事情就是整合辖区的人防力量。他发现社区的安保力量不够专业，而且各自为政。为此，他结合辖区实际情况，专门制订了培训计划，亲自示范安防器材的使用方法，组织开展对抗演练。同时还创建了治安联勤防控机制，每逢重大安保任务、重要公共活动和重点区域防控，他会把辖区的安保力量整合起来，集中开展工作，发挥最大效能。2014年冬天，海淀实验小学组织象征性长走活动，3000多名学生要从花园桥走到玉渊潭。尽管路线不长，但路况复杂，单靠学校的安保力量远远不够。令学校领导感到惊讶的是，在学校开展活动的当天，高宝来竟然一下子组织起近百名安保力量，早早地来到了学校，为活动保驾护航。

高宝来的心血没有白费。社区发案率连续三年大幅下降，特别是2014年下降高达33%，侵财类案件下降达到了85%。他成了唯一连续三年保持考核最优的驻区民警，他管的社区被评定为"免检放心社区"，警务室更成为全市"模范警务室"。

每年的三十晚上到初一凌晨，都是高宝来忙的时候。他骑着电动自行车在社区转来转去，车后座上还夹着一个灭火器，看见有放鞭炮的群众就上前叮嘱几句。有时,熟识的居民还和他开玩笑:"没看出来高警官还是个消防员啊。您带的灭火器个头儿这么小,好使吗?"高宝来笑笑说:"别看它个头儿小,关键时候照样管用。"

2012年大年三十晚上11点多,"噼里啪啦"的鞭炮声在大街小巷响起。高宝来负责的社区充满了喜庆的氛围。突然,高宝来发现一住户的阳台在冒烟,仔细一看,已经燃起了火苗。他立即用电台向所里报告情况,同时不顾一切地拎着灭火器就往楼上跑。敲开了那家住户的房门,一家人正在看春晚,见到高宝来站在门口感觉有点儿意外。高宝来顾不上解释,拎着灭火器冲到阳台,动作麻利地把火给扑灭了。原来,这家住户阳台上堆放的杂物被烟花爆竹给引着了,一家人竟然没有发现,幸亏被高宝来及时给扑灭了。这家人在惊吓后怕之余,不停地表示感谢。

等消防车和派出所巡逻车赶到楼下时,大家看见高宝来一个人拎着灭火器站在楼门口,浑身上下溅满了白色粉末。围观的居民纷纷夸奖道:"高警官这个消防员比消防车来得都快,真够专业的啊。"因为失火的居民楼离高宝来家不远,群众劝他回家换件衣服,洗把脸。高宝来却骑车回了派出所。他说:"我得赶紧回所换个新灭火器,万一哪儿再着了,我还得去呢!"

拳拳爱民心

在高宝来看来,一个共产党员爱的最高境界就是爱人民,要时刻把群众的冷暖挂在心头。一个社区民警只有确保了一方的平安,才能对得起自己的称号。社区民警驻区制作为新生事物,没有可以借鉴的成熟经验。自己之前从没接触过社区工作,如何能够成为一名让群众满意的驻区民警,是高宝来考虑的头等大事。于是,高宝来一有机会就追着派出所同事特别是管过"片儿"的老社区民警请教,还每天到居委会、下社区听取群众的意见。

有的群众对驻区制不理解,问高宝来:"驻区民警不就是过去的'片儿警'吗?难道实行驻区制度你们就会24小时为我们服务吗？你们也有自己的家，难道你不回家了？"

高宝来郑重地说："驻区民警就是全天候，大家如果有事，第一时间肯定能见到我。"为此，高宝来每天在社区里"推销"自己，一遍一遍不厌其烦地告诉大家自己的手机号。遇到岁数大的群众，他还不忘把手机号写在纸上塞给对方。过了几天，高宝来发现这个方法效率不高，实际效果也不太好，群众还是习惯性地去派出所找民警。于是，高宝来和社区保安员吴天恒商量对策，小吴笑着说："您做个名片似的东西，发给大家不就行了，省得您一天到晚走家串户了。"这一句话点醒了高宝来。一向节俭的高宝来毫不犹豫地找到社区一家图文店，掏了好几百元钱，印制了2000多张写明自己姓名、手机号的警民联系卡。他还特别叮嘱店主不要把联系卡弄得花里胡哨的，就是白底黑字，字要大点儿，能让老百姓看得清楚。后来，高宝来很快把这批自制的警民联系卡发到群众的手中，收到了很好的效果。

85岁的空巢老人俞奶奶身体不好，孩子都在国外，平时只有个小保姆照顾她。春节到了，保姆回老家过年了，就只剩老人一个人在家。高宝来闻讯后，每周都到俞奶奶家问寒问暖。年三十那天，从来舍不得下馆子的高宝来，专程赶到辖区最好的北平楼饭庄，花钱订了顿丰盛的年夜饭，还特意买了饺子，把饭菜送到了俞奶奶家里。老人吃着热腾腾的年夜饭，别提多高兴了，拉着高宝来的手就不松开了。

临走前，高宝来再三叮嘱："以后家里有事就找我，您就拿我当亲儿子。"就这样，俞奶奶认下了这个穿警服的"儿子"，高宝来也时不时地去陪老人坐坐，聊聊家常，直到老人去世。其实，早在2012年，俞奶奶所在的水文社区就已经划给别的片儿警了，可高宝来愣没把这个事告诉俞奶奶，老人始终认为高宝来还是她的片儿警。

三〇四医院的一位空巢老人陈大爷患有精神病。2011年8月的一天中午，陈大爷病情发作，在楼道里拿着刀挥舞叫骂，吓得邻居们不敢出门。有一位居民报告了居委会，段群才主任赶紧带着人到现场进行劝阻。当他赶到陈大爷家时，看到高宝来一个人在屋里安抚老人，段群才想带人进去帮个忙，不料高宝来却急忙冲他摆手，生怕人多再刺激到老人。段群才担心赤手空拳的高宝来对付不了陈大爷，只好在外面等着。整整一个下午，老高水都没喝一口，嘴角泛着白沫，好说歹说，总算让陈大爷狂躁的情绪平复了许多。因为担心老人病情失控，大伙提出让老人住院治疗。可陈大爷一听要住院，立马产生了强烈的情绪反应，抱着桌子腿死活不撒手。又是高宝来一口一个大爷叫着，一点一滴地打消了陈大爷的顾虑。征得老人同意后，高宝来带着综治办、民政科的同志连续去了两家医院联系床位。可到入院时，由于老人没有亲属，经济状况又不好，无法支付5000元的住院押金，这让大家都犯了难。

  高宝来又想方设法联系到陈大爷原来的单位，才知道这个单位已经倒闭了，目前仅有一个留守处。陈大爷已经退休，单位领导不想管这件棘手的事。高宝来只好反复给陈大爷的单位领导打电话做工作，讲明陈大爷家庭的特殊情况。看着高宝来一脸认真的样子，陈大爷单位的领导也被打动了，很快送来了5000元押金。

  就这样，高宝来遇到一个问题解决一个问题，陈大爷顺利住进了医院，办完手续从医院出来时已是晚上9点多。段主任问高宝来："你的社区本来就一堆事，还为了这件事忙活了一整天，这值吗？"高宝来笑道："群众需要帮助的时候，我必须尽我所能，这样我才踏实。"此后，陈大爷在精神病院住了两年多，高宝来还经常挂念着他，每逢重大节日都买东西去医院看他，告诉他安心养病。

  2013年10月，医院让接陈大爷出院，高宝来不放心，老早就带着段群才等人赶到医院接他，回到家里他又忙前忙后地给陈大爷打扫房间、收拾东西。看着他的花白头发和满头大汗，大家劝他歇歇再干，高宝来擦了一把汗，笑道："大爷家里没别人，我就是他的家人，不把他安排妥当了，我的心里就放不下。"当他把陈大爷安顿好后返回单位时，已经是第二天的凌晨了。

  2012年初，北京大学哲学系研究生卢彦娜的家人通过网银汇款时，误将1万元钱学费打入了他人的账户，这笔钱对于一个学生来说不是小数目,即将开学的卢彦娜焦急万分。银行工作人员通过查询,告诉她账户的户主住在恩济庄附近,可恩济庄太大了,卢彦娜思来想去,找到了派出所,希望民警能帮她把钱找回来。

高宝来按照卢彦娜提供的信息,查询到了账户的收款人,正是住在水文社区的蒲女士。此后,高宝来多次登门,都发现家中无人。他又走访了几户邻居,才知道蒲女士在海南度假。看着卢彦娜焦急万分的样子,高宝来一边安慰她,一边积极联系蒲女士的家人。几经周折,高宝来终于联系上了蒲女士的儿子,向他说明了情况。对方同意把钱归还,拿着失而复得的学费,卢彦娜非常激动,她对高宝来认真负责、助人为乐的精神感动万分,逢人就说高宝来就是他心目中的活雷锋。

2011年2月24日中午,高宝来正在警务室吃午饭,忽然门被猛地推开了,一个中年妇女跑了进来,一下子就给高宝来跪下了。见此情景,高宝来顿时吃了一惊,赶忙放下饭盒,把中年妇女搀扶了起来:"同志,您有啥事儿?"

中年妇女上气不接下气地说:"警察大哥,您得救救我呀!"

原来这位大嫂叫孙菊英,家住山东省莱西市望城区,丈夫不久前得了重病,在当地医院住院治疗好久,也不见效果,便带着丈夫到三〇四医院看病。当她坐火车从济南赶到北京,然后打出租车赶到医院,准备挂号看病时,才发现,兜里的5000元钱不知啥时候没有了,情急之下,她想到了警察。

看到这位大嫂一脸焦急的样子,高宝来赶忙给她倒了一杯热水,耐心地劝导,看有没有其他的办法解决。孙菊英带着哭腔说:"大兄弟,我在北京举目无亲,这可咋办呢?这5000块钱可是我们的救命钱呀!现在钱丢了,甭说治病了,连回山东的路费都没有了。"

高宝来摸了摸衣兜,脸顿时红了,因为他知道,自己兜里也只有200块钱。想到这儿,他说:"这位大嫂,现在你光着急没用,你丈夫治病要紧,要不这样,我先借给你一点儿钱,等你回到山东,再把钱还给我,行不?你还差多少钱?"

听了这话，孙菊英又给高宝来跪下了："我算是遇见好人了，可是我从这里看完病，再回到山东，最起码也得3000块钱。"

高宝来想了想，说道："我帮你想办法吧。"

巡防员高山的脸有点儿挂不住了，拽了一下高宝来的衣襟，把他叫到了一边，小声说道："高师傅，3000块钱可不是个小数目呀！您今天给这个垫，明天借给那个，啥时候见人家还您了，说不定这钱又打水漂了。再说了，您老伴儿治病也需要钱呀！"

高宝来笑了笑："人出门在外，谁都有个为难的时候。一个警察就要像一棵树，扎根在哪儿，就要撑起一片蓝天，为百姓遮风挡雨。老百姓遇见困难了，作为一名警察就必须帮助，只有这样，老百姓才能拥护你。咱们是首都的警察，更应该这样呀！"他说着给妻子张利打了电话，让她赶快从银行取出3000块钱，送到警务室。

当高宝来把3200块钱塞到孙菊英手里时，孙菊英的泪水顿时下来了："还是首都的警察好呀！要不然，我真不知道该怎么办！"

其实，在高宝来的衣兜里，装着很多张这样的欠条，有几百元的，也有数千元的，每年至少要"借给"别人上万元。高宝来自己也知道，这其中大部分是没有人来还的无头债。

三千只千纸鹤

海淀实验小学坐落于北京市西三环花园桥的西南角。由于这里毗邻西三环主路，北侧的岭南路又比较狭窄，曾几何时，这里一度成为这里3000个孩子家长关注的重点。每到上学时分，这里车水马龙，学校门前及周边每天在早晚高峰时严重拥堵，将近3000名在校学生上下学时穿行在熙熙攘攘的车水马龙中，极其容易发生各种安全事故。久而久之，这里成了学校师生和家长们的一块心病。加上校门口周边小商贩聚集，更使本来就拥挤不堪的校门口变得混乱不已了。对于这一乱象，虽然街道、派出所和交通队多次治理，但始终未能找到长期有效的解决之道。

2011年3月的一天，实验小学负责安全和保卫工作的林有福老师像平时一样。站在学校门前,看着在车流中穿行的学生们,心中不知如何是好。猛然,他看见一个50多岁的老警察同样正在望着车流,这是他连续五天看到这个老警察在学校门前转悠了。

上学的铃声响起后,校园寂静了下来。林老师刚要转身回去,看到那个老警察正向自己走来。

"我是新来的社区民警,叫高宝来。"老警察伸出了手,想和他握手。

林老师早就听说这里新换了社区民警,没想到来的民警却是一个50多岁的老爷子,心中不免有些不高兴,但出于礼貌,他还是和这个警察握了握手。

高宝来笑呵呵地说:"咱们学校门前的秩序得好好管管呀,这些孩子每天上学多危险呀,这可不是闹着玩的。"

"可不是吗!我也正在为这件事情发愁呢。"林老师看了看车水马龙的马路,面有难色地说。

高宝来又问:"你们有什么好的建议没有?"

林老师看了看高宝来,皱了皱眉,无奈地说:"我们能有什么建议呀!岭南路的情况也不是一天两天了,您看看学校门前的小商小贩,再看看这么多的车,说实在的,我都在为学生们的安全捏着一把汗呀!万一学生有个好歹,我真没法儿向家长们交代呀!"

"我来试试吧。"高宝来憨憨地笑道。

林老师看了高宝来一眼,心想,这个老警察能有什么办法呢?说不定是在安慰我呢。

令林有福没有想到的是,第二天早上6点刚过,高宝来就穿戴好了单警装备站在学校门口了。每当一辆送孩子的轿车驶来,高宝来都会走上前去拉开车门,孩子的脚刚落地,他便会探身取出后座上的书包。"快走、快走。"他朝家长打了个"开车"手势,让孩子家长赶紧开车离开,以便给下一辆车腾出地方。然后高宝来又转身把孩子送到路边的人行道台阶上,整个过程只有不到十秒钟。

有时,沉重的书包让孩子们下车有点儿"磨蹭",高宝来干脆连人带包一起抱下来。五分钟过去了,十分钟过去了,一个小时过去了,令林老师感到惊讶的是,学校门前原先那种混乱不堪的场景居然不见了。

高宝来这个举动立刻引起了大家的好奇,有的家长在为这位老警察竖大拇指,有的甚至还把车停到了一旁,举起了相机拍照,还有不少家长在七嘴八舌地议论着什么:"这个老爷子要干什么?都是当爷爷的辈儿了,还在这里瞎忙乎,我看八成有病吧。"

"没准儿是海淀分局要搞什么形象工程。"

"放心吧,这种事儿长不了,你没看见那个老警察都多大岁数了。"有的家长还这样断言道。

一天两天过去了,一个月过去了,高宝来风雨无阻,每天如此,从不间断。海淀实验小学门前险象环生的现象不见了。

学生们又上学了。林老师疑惑不解地望着满头大汗的高宝来,心里不禁赞叹道:还是警察同志有办法。他不禁走了过来,高兴地说:"高警官,您这一招还真灵,挺管用的!"

高宝来笑呵呵道:"我也就是试着帮家长干点儿活儿,看能不能让车走得快点儿,让家长们少一点儿担心。"

林老师纳闷地问:"高警官,您是咋想出来的呢?"

高宝来呵呵一笑,说道:"家长开车把孩子送到校门口时,大部分都是孩子自己开车门下车,很多孩子'人包分离',还得打开后车门取出书包,才能关车门离开,还有部分家长从驾驶座上下来给孩子开车门,车就一直停在校门口,自然就造成了严重拥堵。如果咱们缩短孩子们下车的时间,使车辆尽早离开,肯定会使拥堵的情况得到改善。"

听了高宝来的一席话,林老师不禁暗暗称赞道:"高警官,您考虑得真周到,我算服了您了!"

林老师刚想对高宝来说几句感谢的话,不料,高宝来却向学校门前的小商小贩走去。

原来,海淀实验小学周边聚集的众多小商小贩也是造成校门口交通拥堵的重要原因。尤其一到放学,至少有三四十个或固定或流动的小摊在迎接着放学的学生,有卖吃的、卖小玩具的,还有卖文具的，好不热闹，有的小摊甚至摆到了学校的大门口。但此时，孩子们的安全系数也是最低的。因为这是一个三环辅路边上的丁字路口，东西南北的宽度都不足十米，一到放学的时候，路上全都是孩子，如果出了事儿，后果可就严重了。高宝来暗下决心，一定要尽快清理掉这里的摊贩，净化学校门前的秩序，还孩子们一个安宁的环境。

"各位小老板，大家请看一下，这儿是学校，按照规定，学校周边是不允许摆摊儿的，你看你们把小摊都摆到了学校门口，这样多不好，请大家为孩子们着想，为孩子创造一个安全的环境，这样对你们自己也有好处。"

一连数日，高宝来都用他那特有的敦厚、和蔼的态度去做商贩们的工作，让他们自觉将摊位挪离校门口。实在无法做通工作的，高宝来才交城管等部门依法对其进行处罚。与此同时，他每周还会专门抽出两三天，带着学校的保安在校园周边巡视，防止小商贩们"打游击"。就这样，经过一段时间的不懈努力，海淀实验小学门前及周边的小贩渐渐减少，最后绝迹，学校门前的环境秩序也从原先的"门庭若市"变得井井有条。

在孩子们心中，警察爷爷就是他们的"保护神"。只要有他在，就觉得特安全。2013年10月一天的上午，高宝来像往常一样正在学校门口护送孩子、疏导交通。就在这时，一件意外的事情发生了：一个小男孩儿在下车时由于没有看到疾驰而来的自行车，开车门时，碰倒了骑自行车的男子，这名男子爬起来后，一肚子的怒火便冲男孩儿发泄起来，说得孩子哇哇大哭。高宝来快步走了过来安慰道："好孩子别哭，有爷爷在。"高宝来温柔的话语给了孩子极大安慰，男孩儿很快停止了哭泣。紧接着，高宝来又帮男子扶起了车子，并把大家带到路边，以免发生其他危险。

一番检查之后，男子并没有受伤，但却不依不饶，喋喋不休说这说那。高宝来笑道："小伙子，没受伤就好啊！孩子也是不小心，着急上学嘛，你别怪他，别为难孩子，我替孩子跟你赔个不是。如果你不放心，一会儿我带你去医院做个检查。"高宝来的话既平和恳切，又充满关心，男子的气头顿时减少了一大半儿。接着，高宝来又微笑着嘱咐小男孩儿下车前一定要观察好路况，确定车旁无人后再开门。很快，这场风波就平息了，男子临走前还握着高宝来的手，为刚才的失态深表歉意。这样的矛盾纠纷，五年来高宝来不知道调解了多少：送孩子的家长之间的矛盾，家长与路人之间的矛盾，孩子们与路人之间的矛盾……不管情况多么复杂，高宝来总能用那份和蔼、真诚与关切打动每一个当事人，让大家重归于好。学校的老师说，看到这样一位敦厚的长者居中调停，谁也不会再为那些鸡毛蒜皮的小事儿吵个不停。

"让孩子们先去上课，有什么事交给我来解决。"高宝来从来都是为孩子们着想，有的时候宁肯自己被人多说几句、多受一点儿委屈，也绝对不让孩子们受委屈。

更让大家心生敬意的是，每逢下雨，高宝来总会撑着一把大伞，但他自己的后背却总是湿的，因为他的伞永远遮在孩子的头上。每逢下雪，高宝来更得来得早，他总是把积雪清扫干净，生怕孩子滑倒受伤。但凡看到伤病行动不便的孩子，他就会直接把他们背进学校。大家发现他从来不穿雨衣，后来在无意之中，老师们才知道，高宝来是怕雨水弄湿孩子的衣服。大家经常会看到气喘吁吁的高警官，一边帮孩子背着大大小小的乐器包，一边还不忘牵着他们的手。

2013年冬天的一天，四年级的学生杜弈霖在爸爸的陪伴下来上学。高宝来拉开车门刚要抱孩子，却发现车里的杜弈霖紧皱着双眉，再一看，孩子的腿上竟然缠着绷带，车座上还有一副拐杖。高宝来赶忙问道："宝贝儿，你这是咋啦？"杜弈霖红着脸说："高爷爷，我摔伤了。"

杜弈霖的父亲也抱歉地说："高警官，昨天孩子不小心，把腿摔伤了，您别着急，我背他去教室。"

高宝来拿起了车内的拐杖，笑道："小伙子，走，爷爷背着你上学。"说着，高宝来拉过杜弈霖的手，然后一弯腰，背起了孩子，快速向学校大门走去。

杜弈霖的父亲一下子被高宝来的举动惊呆了，过了好久才明白过味儿来，赶忙追了过来："高警官，不能麻烦你呀，这样不行呀！"

但高宝来背着杜弈霖早已进了学校的大门。在随后的一个月里，高宝来每天都会背着他，将他送进校门。趴在高爷爷的背上，小弈霖开始还有些不好意思。高警官就逗他："小帅哥，你可真沉啊！你妈妈都给你吃什么好东西啦？"听完高爷爷的话，小弈霖就笑了。有一天，小弈霖因为复查没有来上学，第二天高警官一见他就问："昨天怎么没上课呀？"

小弈霖说："这么多人，爷爷您怎么记住我了？"高宝来乐呵呵地说："因为我没看到拄拐杖的小帅哥呀！"小弈霖的眼圈一下子就红了。

两个月后，小弈霖伤好了。他扔掉拐杖，就迫不及待地来找高爷爷，非要跟他在校门口合张影。第二天一大早，小弈霖把冲洗好的照片作为礼物送给了高宝来，还在照片背面工工整整地写道："亲爱的高爷爷，谢谢您对我的鼓励和帮助，我永远是您的小帅哥。"

在海淀实验小学，高宝来不仅仅是小学生们心中的保护神，就连老师们都把他当作"编外老师"，他不仅教会孩子懂得爱和感恩，也启发老师们如何更好地教书育人。

2013年12月4日下午3点多，恩济庄派出所接到辖区群众秦女士报警，说女儿在海淀实验小学六年级13班的教室里丢失了3000元学费。正在辖区里开展走访的高宝来接到校方的报警后，立即赶到了学校。在现场，丢钱的小姑娘一直呜呜地哭，秦女士又气又恼，一个劲儿地责备孩子。

高宝来看了看委屈的孩子，又看了看秦女士，安慰道："您就别说孩子了，她也不想丢啊，我来跟她说吧，您先坐下来歇会儿。"劝好了秦女士后，高宝来又转过身来摸摸小姑娘的头，"好孩子别哭，跟爷爷说说怎么回事。"

看到高爷爷慈祥的微笑，小姑娘渐渐停止了哭泣，把事情的经过一五一十地告诉了高宝来。

原来当天下午，学校要在放学前收取学生们3000元学费。秦女士早上在送孩子上学时把学费用信封装好，放在女儿书包里。女儿当天在学校一直没有把钱拿出书包，也没有跟任何人说过自己的书包里有钱，这期间也只在三个课间离开过教室。可在交学费时，女儿却发现书包里装钱的信封不见了。小姑娘在教室里找了半天也没有找到，询问同学也没有人说见过信封。无奈之下，她只好向班主任老师说明情况，并请老师联系自己的母亲。秦女士来到学校后，感觉事情有些蹊跷，便报了警。

听完小姑娘的叙述，高宝来把在场的学校副校长、教导主任和班主任老师都叫到教室外，小声地说："事情已经很明显了，只能是课间操时留在教室里的孩子拿走了信封。但是，不管是哪个孩子犯了这个错，我们还是应该给他一个改正错误的机会。"

高宝来的提议得到了大家的支持，大家决定：由班主任老师把情况告诉全班学生，并告诉孩子们谁拿了或捡到了钱就放到老师的办公室，只要钱送回来，就证明他还是一个好孩子，老师绝不会批评或追究他。随后，六年级13班的孩子们一个接一个走进了班主任老师的办公室。当全班所有同学都从办公室走出后，高宝来和老师们走进办公室，果然看到了放在办公桌上的3000元现金。看到这一切，在场的老师们无不对高宝来的做法竖起大拇指："高爷爷这是给我们上了生动的一课呀！"

海淀实验小学高年级的学生们都要写一篇命题作文，题目叫《一位令人尊敬的人》。同学们通常会写伟人或英雄，但四年来，却先后有70多个学生写的都是高宝来。

赵润泽同学写道："爱是可以传递的。每天清早，高爷爷无数次为我们拉开车门，就把那份爱无声无息地传到了大家的心灵深处……"

班主任马佳问赵润泽："你为什么要这么写呢？"赵润泽兴奋地说："有一回书包卡在了车座上，后面的司机不停地催促，就在我手忙脚乱的时候，是高爷爷打开车门，帮我拽出了书包。在我最需要帮助的时候，高爷爷帮我摆脱了困境，我对他充满感激。"赵润泽毕业前，特意把这篇作文送给了高宝来，以表达心中的敬意。

"高爷爷去哪儿了？" 2015年春节开学后，海淀实验小学的师生们没有看到校园门口拉车门的高爷爷，不约而同地发出了这样的疑问。师生们经过相互询问、手机短信等形式寻找着他们敬爱的高爷爷，当得知他住院的消息后，大家都无法接受这个残酷的现实。孩子们哭着喊着找到老师，家长们也陆续地赶到学校，想一起去医院探望高爷爷，希望能为他做点儿什么。很快大家就行动起来。孩子们写下了表达祝福的信件和诗歌，制作了祝福卡和千纸鹤，有的孩子画了高爷爷辛勤工作的场景，还有的孩子写了想念高爷爷的文章。

学校的领导也决定为高警官举行了"好人一生平安"的爱心捐款活动，10元、20元、100元、200元……

孩子们纷纷拿出了自己的零花钱，家长们踊跃送来了爱心款，老师们也纷纷慷慨解囊。一个上午就为高爷爷捐款36万多元！已经上初二的赵润泽拿出平常攒下的200元，又向家长预支了半年的零花钱。他说："现在高爷爷需要帮助，我要用最真挚的爱，尽可能地帮助他。"赵润泽因为担心影响高爷爷的治疗，便把捐款送到了恩济庄派出所，还特意和公示栏里高爷爷的照片合了张影。

心安比什么都重要

走进高宝来的家，你会惊奇地发现，斗室里简陋的陈设与高宝来丰富的精神世界竟有如此的反差。你不得不问，是什么铸成了高宝来如此崇高的人生支柱。

高宝来全家四口人，挤在一套57平方米的老房子里。多年前，他的妻子张利因肝硬化提前退休，需要长期治疗，家里负担非常重，可他从来没有申请过困难补助。张利的单位就在高宝来的管界内，同事们劝他去找找领导，给她提高点儿待遇，可高宝来却说："我不能用手中的权力牟取个人利益，辜负了大家对我的信任，更不能给这身警服抹黑！"

2014年初冬的一天早上，8点半左右，高宝来结束海淀实验小学门口的勤务回家。一进门，顾不得脱下警用装备的他就一屁股坐在了最靠近门口的椅子上，连椅子上放着的杂物都没力气移开。正在厨房做饭的妻子吓坏了，只见高宝来整个人瘫坐在椅子上，大口大口地喘气，神情疲惫而痛苦。

共同生活了半辈子，张利从没见过高宝来这样，以为他是累的，赶紧倒水，张罗着让他吃早饭。休息了一会儿，高宝来神色虽然缓和了些，但呼吸依旧困难，张利劝他在家休息，可高宝来摇头："我忙着呢，还有好多活儿呢。"

高宝来是个固执的人，他从小练习武术，又学过中医，对自己的身体状况十分自信，

平日里就常给自己开些药吃，即便这次的咳嗽已经持续了一个秋天，他依旧不当回事儿，觉得不过是因为有"炎症"。

短暂休息后，高宝来执意要回派出所上班，张利劝说不过，也只能听他的。起身要走时，高宝来想弯腰系鞋带，可刚一俯下身子，就是一阵声嘶力竭的咳嗽和无比艰难的喘息。妻子心疼极了，忙蹲下身子给他系上鞋带。

"去看看吧，你都系不上鞋带了，我去和你们领导请个假，先休几天，行不？"张利几乎是在哀求地说。

高宝来缓缓站起身，慢慢地整理着自己的警服，粲然一笑："系不上鞋带，我也要去工作，年前事儿多，居民们都等着我呢，等过了这阵子再说吧！"

张利从茶几下又拿出高宝来9月份的体检报告和医疗本塞进他手中："老高呀，你的警务室就在三〇四医院，只要上个楼就能瞧病，不会太耽误你的，身体是咱们干工作的本钱呀！"

也许是不忍心让妻子过分担心，也许是疲惫和病痛让他说不出话，高宝来这次"听话"地接过体检报告和医疗本就出了门。不放心的妻子趴在窗户上看着，高宝来走出门洞，跨上警用电动自行车，拐出了小区的大门，但却不是去医院，而是向派出所的方向驶去。

辅警高山清清楚楚记得高宝来最后一次出警的情况：2015年2月12日晚上9点多，核二院社区68单元居民反映，1404号住户家

中跑水，积水灌入楼下的居民家中。社区物业得知情况后，却联系不上住户，无奈之下只得关闭全楼水管总阀门。虽然暂时解决了跑水的问题，却给全楼其他居民造成了用水不便。68单元的近90户居民只能到旁边楼栋的邻居家打水，再一桶一桶提回家里。社区物业知道高宝来挺忙的，本来不想麻烦他，可是到了晚上10点多还没有联系上住户，物业经理只好给高宝来打了电话。

当居民看到了高宝来的影子，顿时觉得这事就好办了。几年的社区交往，让大家都有一个共识：不管社区发生什么事，只要老高到了，事情就解决了一半。

高宝来找来派出所值班民警、社区居委会、物业和群众作为见证人，当着大家的面让开锁公司打开了1404号的房门。进屋后，他到每个房间检查有无积水，让物业打开水管总阀门，发现原来是厨房的水龙头没有关。高宝来赶紧关上了水龙头，还带着物业、保安把每个房间的积水清扫干净。

毕竟住户不在家，为避免住户提出质疑，他让物业经理张平元从开锁到进屋处置全程录像。直到晚上11点多，积水才清理完毕。细心的高宝来在外门上夹了一个纸条，写道："1404住户，今日您家中水龙头未关，造成全楼漏水。请您回来后及时与物业联系维修。我是您的管片儿民警高宝来，联系电话……"

正当大家准备离开时，住户周先生正好回到家。一问才知道，原来下午68单元因管道维修短暂停水，周先生恰巧在停水时打开了厨房水龙头，发现没水后忘记关水龙头就外出了。听了高宝来介绍的情况，周先生连连对邻居表达歉意，对高宝来严谨周到的工作表示感谢。

解决完跑水问题后，高宝来在他的笔记本上详细记录了事情的时间、地点、经过，甚至把房主、开锁工作人员的证件号、手机号都记得清清楚楚。直到现在，当晚的《开修锁记录单》还保存在他的笔记本里。可在当时，现场的人谁都不知道，高宝来的病情已经十分严重，剧烈地咳嗽和困难地喘息已经让他嗓子嘶哑，发声困难。10天后，他被送进了三〇四医院，确诊为肺癌晚期。

高宝来住院了，住在了自己管片儿的三〇四医院，立刻在医院里引起了不小的轰动，从院长到医生，纷纷前来探视，因为三〇四医院的医务人员对高宝来有着深厚的感情。三〇四医院全国闻名，经常是一号难求，一些亲戚朋友知道高宝来在医院的威信特别高，有时想让他帮忙拿一个号，都被他拒绝了。即使是高宝来的妻子生病住院，高宝来每次都是自己去挂号，医生护士看到了，过来对他说："高警官，您这么忙，就别排队了，直接去看吧。"他谢绝了大家的好意，仍然坚持按程序办。张利埋怨他说："打个招呼就能解决的事儿，你这是何苦呢！"高宝来却嘿嘿笑着说："为了公事，我可以去跑去要；为了私事，我真是张不开这个口。"

三〇四医院呼吸科的魏晓阳是高宝来的主治医生。因为儿子也在海淀实验小学上学，当他知道那个负责任的警察就是"片儿警"高宝来后，作为主治医生，魏大夫觉得自己身上的责任重大。高宝来先后做了2次化疗、14次放疗，其中身体的病痛、精神的折磨，没有人比魏大夫更加清楚，但最让他敬佩的是，高宝来非常坚强，不仅从不喊疼，还经常充满期待地问他："怎么能快点儿给我治好呢？我还得上班呢！"

2015年春季开学前，一次魏大夫给高宝来做完治疗后，魏大夫感觉高宝来好像是话中有话。魏大夫便问："高警官，你有啥事吗？有事你就直说。"

高宝来嘶哑地说："魏大夫，和您商量一个事，我想请您准我一个假。孩子们就要开学了，我想出去再给他们站一班岗，早上5点半起床，6点半前到学校护送孩子们上学，送完孩子8点多再来接受治疗。"

听了这话，魏大夫感到既震惊又感动。震惊的是在癌症晚期，在难以想象的病痛折磨下，高宝来居然还这么坚强；感动的是高宝来坚强的背后，藏着一颗爱护孩子、充满温暖的心。考虑到高宝来的心情，魏大夫不忍心一口回绝，说要向领导汇报一下再给他答复。经过与科室领导商量，大家的意见是：老高的病情不能有丝毫大意，必须让他安心治疗，绝不能离开病房半步。

学校的孩子始终牵挂着他们的高爷爷，高爷爷也挂念着孩子们。当学校领导带着全校师生的嘱托来到病房时，已经极度虚弱的他硬撑着坐起身，急切地问起了学校的情况。一说起孩子，他那憔悴的脸上又露出熟悉的笑容，眼神里也仿佛有了光彩。

当学校领导把孩子们的祝福卡递给他，高宝来的眼睛湿润了，用嘶哑的声音说："请转告孩子们，他们给了我最大的鼓励，我会坚强地活下去。等我病好了，我一定再回学校，给孩子们站岗。"当有电视台的记者采访他时，高宝来恳请把"病好后一定回到学校"这句话录下来，通过电视屏幕告诉每个孩子，警察爷爷想念他们，警察爷爷一定会再回来的。

然而，高宝来最终没有实现他最终的心愿。2015年5月22日，高宝来带着淡淡的遗憾，离开了他日夜思念的孩子。

不是尾声

倒下的是躯体，立起来的是精神。高宝来倒下了，但高宝来亲民爱民的事迹却在首都公安民警中传为佳话，开始薪火相传。2015年6月1日，中共北京市公安局委员会做出《关于向高宝来同志学习的决定》。6月3日，中共中央政治局委员、北京市委书记郭金龙在北京市公安局调研时高度评价："警察爷爷高宝来，平凡岗位，感动人心。"

2015年6月23日，北京市首批"高宝来爱民服务岗"出现在全市的56所学校门前。

2015年7月24日，北京市公安局举行"平凡至伟"高宝来先进事迹报告会。北京市副市长，北京市公安局党委书记、局长王小洪一次次被高宝来的事迹所感动，一次次擦拭着泪水……

2015年8月，高宝来事迹报告会在北京市公安局所属的各分局巡回宣讲……

2015年10月13日，高宝来荣获第五届全国道德模范敬业奉献模范。

2015年12月4日，高宝来被授予CCTV2015年中国法制人物致敬英雄称号。

2016年5月，在高宝来牺牲一周年之际，北京市公安局在全市举行了"高宝来式"好民警评选活动。

2016年8月26日，高宝来被中宣部授予"时代楷模"荣誉称号。

……

西子湖畔的温暖警营

马树德

北国的正月还封冻在严冬里,南国杭州已到了万绿千红的时节,两天的行程如同在时光隧道中穿越,我再次出现在西子湖畔,感受杭州的美也感受杭州铁路派出所警营的温暖。我吟唱着进入杭州:"北国严冬寒,杭州花正开。春天在哪里,自由春风吹。"我要找到民心和警心的交集点,对铁警和战友的热爱,召唤我又来到了他们中间。

锦旗百面不如旅客群众的一票

许多人到过杭州,其中大多数通过火车到达。杭州站的治安好、为民服务好,与人民群众期望值很接近。2015年11月，浙江省公安厅将遴选出的优秀基层公安所队，放在互联网平台《民生66》上展示形象，投票测评民心，杭州所得票名列前三，他们在候车室设立了民意征求栏，火车站候车的旅客就自动投票了。外省的战友们也策应着，全路多地的候车室里，给杭铁所投票成了一道别致的风景线。敢于亮相，亮丽展示，表现着杭铁所的自信。

误解变成感激的故事

2013年国庆节前夕，杭铁所值勤民警骆剑虹发现一个背包遗忘在安检仪边，检查时找到了失主的联系方式，但联系时引发了一个故事。骆剑虹打电话说："钱先生，你在哪里？你丢了包，请到火车站候车室公安值勤点来领取。"失主说："我没丢东西，要真丢了，你拿去用好了。"民警反复打，失主反复说，后来索性不接电话。

20分钟后，失主反应过来，发现包真的丢了，就火急火燎地跑来，一个劲儿地感谢、道歉："要上车才发现包真的掉了。太感谢城站（杭州站）的民警了，太不好意思了。你们给我打电话，我还当你们是骗子。"三十出头的钱先生是温州乐清人，在太原做服装生意，那天来杭州谈生意，进站前买了份盒饭，准备路上吃，他行李少，就两个包，结果安检的时候，想着其他事情，就把背包忘了。

他对着看热闹的旅客，语无伦次地自嘲："她电话说，她是火车站派出所，问我是不是丢了东西。我很确定这是骗子的伎俩，这种打电话装公安骗人的，媒体报道过好多。现在想想，真是糊涂，应该先检查下行李的。我当时还有点儿来气，想想这个骗子居然敢骗到我头上。我不该冷嘲热讽，我不该挂了电话，不该气冲斗牛，不该来一个按掉一个。包里有我所有证件、银行卡、现金，还有两个我买给老婆的金手镯，财物总价两万多是有的……"

旅客们哈哈大笑，有人还逗他说："你不是喊着不要了吗？"女警骆剑虹出来解围："车快到点了，不要误了车。但无论如何，钱先生对电话诈骗有很强的防范意识，还是值得鼓励的。要不是背包里面证件很全，还有不少财物，要不是里面有一张太原市某 4S 店的车辆维修清单，上面留着客户信息，我还联系不上呢！不要说你不信，我照 4S 店那张单子上的维修号码打过去后，他们也不信，还挂我电话。"千恩万谢中，旅客们踏上了温暖的行程。

站警乘警联动寻找

2014 年 1 月 3 日傍晚，杭铁所民警接到旅客吴宏报称：在杭州站五号口进站时，他的一个黑色双肩背包可能被其他旅客错拿，留下的是同色双肩背包，里面只有些生活用品，而自己的包内有笔记本电脑两台、本人护照、现金、黄金挂件等许多物品。

民警马上赶赴现场了解情况，从遗留的包中寻找拿错旅客的线索，但是没有发现；民警在视频监控中查看当时的情景，终于找到一男一女，在安检时动作快了一下，随手拎起包就进站了。经过监控的画面，民警在站内继续寻找，发现他们已在 18 点半在五号候车室上车了，屏幕显示了"上海南—衡阳"的 K759 次列车，只是车厢号无法确定。

民警马上联系 K759 次列车乘警，通过微信将错拿背包的旅客照片传给了乘警。看到乘警兴师动众地寻找，那两个年轻人还在看热闹，但没想到乘警发现他们就笑了："是不是拿错包了？拿下来看看。"他们有点儿害怕，从行李架上取下包后顿时傻了——一样的包，里面的物品却"升级了"。

旅客们也在听他们讲述着："包是一样的包，我们的包内就几件衣服和生活用品，过了安检我们随手提上进站，上车随手一放，就没有管过。真是没想到。"乘警立即联系前方车站公安所，把包交由衢州站值勤民警，第二天通过 K210 次列车将包带回杭州站。而拿错包的旅客的东西次日交 K759 次带到衡阳。失主吴宏接到杭铁所的电话后，不知有多高兴、多意外——丢了的东西还能找到！

扶老携幼的故事

　　2015年2月26日下午,民警余鹏接到75岁的老人彭玉英求助,称其候车时将行李交给陌生旅客看管去了卫生间,从卫生间出来后,找不到那看包旅客,装有近3万元现金的包裹也就丢失了。失主年岁已高,很难说清楚事情的细节。民警组织力量在候车室内反复寻找,同时调取视频监控,但没有找到。他们安排老人在候车室等着,给她买了水和吃的,安慰说一定能找到的。他们草拟了寻物启事在站内广播,给各次列车乘警和车长交代,但是一直没有消息。傍晚时分,客流渐渐地减少,民警巡视到第六候车室时,奇迹出现了,一只包裹静静地躺在地上。民警确认系无主物品后,刚拿过去,彭老太太就扑上去,那正是其丢失的,完好未动,其中的28300元现金分文不少。原来,老人从洗手间出来后,走错了方向,将第六候车室和第四候车室搞错了。后来车上传来消息:"那个看包旅客等着老人半天不回来,自己的车都放行了,她想不就一个破包裹吗?人都不会捡的,就放在第六候车室原来的座位处,就是没有找个工作人员交代一下。"他们将老人送上了后面的列车,交代给车长、乘警,并给老人的儿子打电话做好接站,下班时已经到了晚上11点了。

　　2015年2月24日上午,杭州站迎来节后返程客流高峰。10时左右,杭铁所接到旅客报警称在南票厅买票时孩子不见了。接到报警后,在岗民警分两组搜寻。由葛海泉、何志坚、陈劲儒组成一个组在站区内部进行搜索,寻找落单的小女孩儿;由邵京和辅警在监控室调取监控,搜寻小女孩儿的踪迹。监控显示,小女孩儿跟着父亲在南票厅买票时,因为排队时间较长,便跑到一边去玩耍,离开了票厅,之后便淹没在人群中。邵京分析小女孩儿不会离开南票厅太远,便组织力量在票厅附近寻找,最后在南钟楼下找到了小女孩儿。民警牵着小女孩儿的手到了进站大厅,小女孩儿的父亲满头大汗地跑来,一把抱住了女儿动情地说:"要不是警察叔叔,今天失散了,这个家也就散了。"第二天,所长钱建革就组织民警在候车室开展了主题为"大手拉小手,走路不怕丢"的宣传活动,温馨提醒旅客千万不能丢了孩子。民警劝导活跃乱跑的孩子出门在外要紧跟父母，不要一个人玩耍，容易走丢，也教育家长时刻牵好孩子的手——"丢了孩子可就丢了幸福"。从此，"大手牵小手"的活动就成了杭铁所的常态。

无论是春运还是暑运，杭州站旺季时日均发送和到达旅客十多万人，杭铁所都把自己细小的关怀送给旅客群众。顺利上车，平安到达，件件小事汇成江河，献出的爱心丰富着杭州美丽的风景。每年的暑运，青年学子大批回乡，"小候鸟"欢欣鼓舞地传送着杭州铁警的温馨关爱。他们开通绿色通道，投身于服务"小候鸟"的工作中，每天的客运高峰时段，进站口、安检口、候车室等重要岗位，到处都有护送和宣传"小候鸟"的民警，家长们接送一次，就由衷地说：杭州站，放心！

绿色通道传送爱心

57岁的林先生20多年前患了强直性脊柱炎，2015年8月9日晚上不慎摔倒，造成颈部二椎骨折，专家会诊后，建议到北京大学第三医院医治。当时林先生的头颈被支架固定，只能平躺，既无法登飞机，又不能坐汽车，去北京只好乘卧铺列车。林先生的亲友王先生抱着试试的心态，向杭州铁路警方求助，没有想到很快得到了答复：铁警和车站将为他们开辟"绿色通道"。杭铁所领导为他们规划了乘坐的车次和时间、进站路线，报告上级批准后，准备在确保安全的前提下，安排提前进站上车。

8月20日上午杭州电闪雷鸣，下午3时起，下起倾盆大雨，天气的突变给绿色通道设置了难题。副所长刘荣海打电话告诉他们路上安全最重要，不要着急，随时为他们准备着。正在雨中赶路的众人心里很感动。但是令他们没有想到的是，救护车开到杭州站前必经路口时，有两个民警立在风雨中等候着他们，引导他们到达指定的进站口，并配合家人麻利地把病人抬向候车室。

想不到的是杭铁所长也来了，车站的值班站长也来了。安检、验证、查票、指引、打伞、上车，他们有条不紊地指挥着，女警徐名小偷，一看这人很眼熟，正是一个月前他放走的那人。经讯问，此嫌疑人最终承认一个月前偷窃拖拉机的事实，鄢克贵一听，心里像打翻了五味瓶，又悔又恨。面对同事们的目光，他当时恨不能有个地洞钻下去。本来一个月前可以破的案件，因为心软放了嫌疑人，这让他很自责。这事儿就像挂在鄢克贵心口的警示牌，成了激励他钻研业务的动力。

第一次记笔录让他傻眼了。记得当年双坑村有一个村痞地霸，绰号叫"牛仔"，仗着脸上有一道刀疤，在村中为非作歹，经常提一把刀抢劫村民。有一次他抢劫了一个收草药的老人，将其绑压在一块大石头下面。派出所经过调查取证，决定由鄢克贵承担抓捕任务。鄢克贵带上几名协警，对"牛仔"实施抓捕，第一次完成了一个漂亮的抓捕任务。可是抓回来后，取证、笔录等司法程序却让鄢克贵傻了眼。不会做笔录，怎么办？

那时刚从部队退伍，第一次主办案件，对他是一个很大的挑战。听说分管法制的副局长赵文很内行，靠着看守所离市公安局很近的便利，鄢克贵厚着脸皮跑到赵文办公室请教，从讯问笔录到法律文书制作，他一天来来回回要问七八次。在赵局长的耐心指导下，鄢克贵终于独立完成"牛仔"案件法律文书的程序工作，"牛仔"被判处有期徒刑十年。此后，他发奋读书，参加自学考试，取得了法律专业的大专文凭。

这件事之后，局里一度传言，这个"死心眼"的湖南仔干活儿办案还蛮厉害。星都派出所原所长林壁祥十分喜欢这个湖南来的"笨"民警，他说："陆丰星都派出所在1992年成立之初，招了20名转业军人，其中有10名是湖南人。有人说鄢克贵是其中最'笨'的，我发现他其实是低调，不爱说话，性格内向，可原则性很强，做人诚实，做事认真，还爱学习。"

可是，工作刚刚有点儿起色时，"没钱"却让这个男人陷入窘境。从小就穷过来的鄢克贵，再次遭遇贫穷的滑铁卢。到派出所后，本来每月还有435元的工资，可三年后农场企业亏损，他与全所民警39个月没发工资。39个月意味着什么？三年多没有任何收入。刚准备结婚的鄢克贵将此事告诉了在湖南老家的未婚妻。对方却说："你等我过来。"不久，与他青梅竹马的女孩儿刘爱芝来到了陆丰，两人举行了简单的婚礼，派出所专门为他们隔出一间小屋让他们安了家。而鄢克贵从此就背上了内疚的包袱，这一背就是23年。

鄢克贵1996年12月结婚，女儿1998年2月出生。可出生刚八天，女儿就患上了新生儿肺炎，每月一大笔医药费，对这个原本就风雨飘摇的家庭来说无异于雪上加霜。女儿刚生下来时，妻子没有奶水，由于没钱买鱼，鄢克贵每天清晨五点天没亮就起床去河里钓鱼，给坐月子的老婆煮好鱼汤后再去上班。就这样，他坚持了六个月。女儿生病住医院，要交2000多元押金。鄢克贵平时全靠妻子打零工和借钱过日子，2000元对他们来说是一笔巨款。他只得厚着脸皮到单位财务去打听何时发工资，可得到的回答仍是没有工资。

鄢克贵的心一直往下沉，其他同事都骂骂咧咧的，一向内向的他虽不吱声，可心里却堵得难受。他有些迷茫了，不知道自己该如何走出困境，继续坚持还是另谋出路？最终，他还是决定坚持。

开始妻子不理解他，埋怨他，后来妻子渐渐明白了他的心思，说他是吃了秤砣，铁了心要干警察干一辈子。

2015年前，鄢克贵每月工资2700多元（现在工资是3900元）全部交给老婆，自己就花单位每月发的300元的补助，最奢侈的就是买两条百元左右的香烟抽。多年来，家里全靠读过医学技校的妻子在私人诊所当护士、给人当保姆、卖药材和借钱支撑。女儿刚出生那年他们就借了七万元，大部分都给女儿看病用了。给女儿治病的三年锻炼了这对夫妻的内心承受能力。

由于家庭情况特殊，鄢克贵每到一个所，所里就会腾出一间办公室给他住。为了报答所里的"恩情"，鄢克贵会主动24小时备勤。大大小小的琐事，不管是不是他分内的工作，只要需要，他就会忙里忙外，管得不亦乐乎。妻子因此常常笑他笨，鄢克贵似乎也成了大家公认的"笨"警察。可他不仅把"笨"演绎得淋漓尽致，还把"痴"练得炉火纯青。

鄢克贵不爱去外面应酬，不爱喝酒，不去 KTV，以前他还有钓鱼的爱好，工作忙了之后就很少去了。他的电脑里有一个"征途"游戏，晚上实在无事时他偶尔也会打一打。除此之外，他几乎没有什么娱乐生活，每天只要所里没工作，他就是读法律书。工资卡交给妻子保管，在食堂吃饭，月初口袋里十几块钱，月底口袋里还是那十几块钱。妻子的妹夫曾经提出让他去帮忙管理一个工厂，开出了月薪两万的优厚报酬，但最终还是被鄢克贵婉拒了。

我问鄢克贵："为什么这么高的收入你都不去？"

他坦诚地告诉我："在这里工作经济是困难，生活也确实艰难，可我不想放弃警察这个职业。我认为这份工作来之不易。虽没有大富大贵，可作为从农村出来的穷孩子，回到家乡时，我是令人羡慕的警察。我只是没钱而已，可精神上却很充实，还有'优越感'。特别是能为一方百姓尽一份绵薄之力，看到群众的笑容，我就感到心满意足。"这就是鄢克贵的"痴"。

三、恶劣的环境淬炼了信念

对于郑猛来说，如果不是鄢克贵敢出头，为他们郑姓家族摆平这起凶杀案，他弟弟怕早就没命了，他们姓郑的人在这个村也将永无宁日。

那是鄢克贵调到陂洋派出所的第 11 年。下午六点多钟，鄢克贵接到电话报警："打死人了，报案啊……"他听到古寨村村支书郑猛一边喘气一边说，"快去现场，谢家打死人了……"

当时所里只有一名协警，鄢克贵喊上协警马上出警。到达古寨村村口的大马路上时，这里已经围了很多村民，只见一个浑身是血的人躺在地上，身后是十来米的血迹。眼前的一幕让鄢克贵头都大了，他看见躺在血泊中的郑某，整个人身上全是刀伤，比一头被宰的猪还惨不忍睹。

血案发生的原因很简单：郑猛的弟弟郑某是养猪的。因病猪送屠宰场被拒收，进而引发口角，郑某骂了对方几句，屠宰场老板谢粒找到村支书郑猛说，要让其弟弟郑某拿四色礼（烟、酒、茶、肉为四色礼，是当地风俗），并放鞭炮向他赔礼道歉。

而郑某听后拒绝了，谢粒便找人报复。当天晚上，谢粒等人将路过的郑某拦住摔倒在地，先用木棍子打，一直打到郑某不动弹了，谢粒又在其头上砍了一刀，将其手脚筋砍断，又将其两条肋骨打断，最后，用挂猪肉的铁钩将其大腿对穿后在地上拖行，一直从村口拖到屠宰场附近。行凶持续了约半个小时。

郑某的母亲跪在血泊中喊着儿子的名字，差点儿哭晕死过去。鄢克贵伸手往伤者的鼻子下试了试，感觉好像还有气："快，找车送医院抢救。"此时，他头脑中只有一个念头——救人要紧。他将伤者抱在自己身上，让自己的体温传递给伤者，保持伤者体内的温度，并让协警拍照取证。

此时，凶手早已逃离现场。鄢克贵调来之前曾听说过古寨村历来是姓谢的强势，还在村里设立了"谢氏理事会"。谢家势力强大，当地人都害怕谢氏家族。这次鄢克贵接手了这个案子，他要借机好好让谢氏家族看看，有敢管的警察。他说："我家属不在当地，不怕他们报复，我料定他们也不敢。"

鄢克贵带上协警直奔谢家。凶手谢粒果然在家没逃，正若无其事地在水龙头旁洗血衣。鄢克贵见状气得两眼直冒火。真是无法无天了，不把你这恶霸法办我鄢字倒过来写。他拧着两条浓眉，一股热流蹿上头顶，冲过去关上水龙头，大声问："郑某是不是你砍伤的？"

谢粒将湿淋淋的血衣扔进水池，理直气壮地说："是我，怎么样？"

鄢克贵随即掏出手铐准备将其铐住。正在这时，从屋内冲出一个挥舞着长刀的青年，气势汹汹地阻拦："谁敢带走我爸，我就不客气了。"

气急的鄢克贵拔出手枪指着谢粒的儿子说："你敢拦试试？"

谢粒的儿子这才怯怯地退让两步。鄢克贵和协警将谢粒带回派出所。

案发第二天，"谢氏理事会"便派两人来说情，并欲将一个纸袋塞给鄢克贵,希望他在处理此案时行行方便。鄢克贵一听火冒三丈,推开纸袋,把手里的一串钥匙狠命地摔在桌上:"还敢说情?你们自己想想,就因为那么一点点小事,竟然把人打成这样,你们还有没有人性?跟杀猪似的,那是人啊!是因为你们家族势力大?还是以为政府不敢管你们?如果被打的是你们的亲人,你们怎么想?还敢来说情,告诉你们,在我这儿没门儿!"那两人没想到这个外省佬儿竟如此"无情",只得悻悻地拎着纸袋走了。

可没几天,平日里同鄢克贵关系不错的一个谢姓村民又悄悄找到他,塞了厚厚一沓钱给鄢克贵:"兄弟,照顾照顾啦,拿去喝茶……"鄢克贵心想,这样一起凶杀案还有人敢说情,真是个是非之地,如果不把握住自己,很容易被突破底线。

鄢克贵推开朋友的手说:"忙,我是帮不了,我们依法办案,受伤者的伤已验,打人的谢粒自己也承认了。要在平时,你觉得我穷,借给我钱周转下我会感激你,可是触及法律的事,你拿钱给我,就是在害我。请你尊重我们之间的交情,别说拿钱,就是一包烟我也不会要你的。"

犯罪嫌疑人谢粒父子受到了法律的严厉制裁,以故意伤人罪被判处有期徒刑六年六个月。谢氏家族最终明白法律无情,在村里的行为明显收敛。而村里其他群众对鄢克贵的秉公执法更是交口称赞,终于有敢为他们撑腰的警察了。郑猛说:"我有什么事都喜欢找他商量,有他出面我心里就踏实。"

鄢克贵说:"办了那个案子,谢家有可能会报复我,但我相信正义的力量。如果犯罪嫌疑人恨我,我觉得没什么,如果老百姓心里怨我,就是我当警察的失职。作为一名警察,必须要有正气,要对得起自己的良心。"

其实如果他办案子时抬抬手,放放水,成千上万的"喝茶费"就能到手,就能让他家的经济情况有所好转,可是"死心眼"的鄢克贵却只会摇头、摆手。他的行为让一些人很不理解。有钱都不要,真是一个"傻仔"。

其实,鄢克贵的内心有一把尺子,时时丈量着生命的质与量、宽与窄、深与浅。

海边的夏天十分炎热,大树下有几个村民在闲聊,几个小孩儿在与一条白色的狗追逐。这天,我们跟随鄢克贵来到博社村。

带路的鄢克贵腰上挂了一大串钥匙,都是派出所的:枪械室、所长室、内勤室、值班室……估计有十多把,但没有一把是自己家门上的钥匙。

他走在我们前面,一路上都在同村民打招呼,时不时被村民拦住聊上两句。他至今不会说当地方言,但已经能听懂潮汕话了。本来,这个地区十分排外,要与村民交心很难。但鄢克贵有些例外,村民们都喜欢这个外乡警察"鄢 Sir",说他对人真诚没架子,做事儿让人放心。

在村里,一堆堆建筑垃圾上面都插着一块歪歪斜斜的警示牌"严禁倾倒制毒垃圾"。五颜六色的高压线密密麻麻,像蜘蛛网一样从一根根电线杆和一家家农户的屋顶绕过。村落古老,村内建筑高度密集、格局凌乱、间隔狭窄,多为"亲吻楼"。尽管岭南的树木长年葱绿,但在"雷霆扫毒"行动前,这里的果树、草木、菜园一片一片地发黄枯萎。让我们更为惊讶的是,在村里一路上看到停在路边的车不是路虎就是捷豹,80%是名牌车,而且大多挂的是深圳车牌。从博社村"两委"办公楼往村口走,就能看到大毒枭蔡东家建了一半的楼房,数十根汉白玉柱子孤独地撑起没有墙的"豪宅";村里还有一些盖了一半的别墅已成"烂尾",让人感到这里曾经混乱、麻木、奢靡的状态。这让我联想起卡夫卡在描述布拉格时写道:"不过是一座形状寒碜的市镇而已,一堆乱七八糟的村舍……它反复地被侵占、反侵占、被轮流侵占……"

陆丰市有 17 个镇,近年来因"毒品"出名,而被称为"制毒第一村"的博社村是甲西镇的一个自然村,归鄢克贵所在的甲西派出所管辖。

博社村位于陆丰市东南部,陆路交通和水路交通都十分方便,坐船可通往汕头、浙江、香港、东南亚一带。毒品在这里能形成气候同其优越的地理位置有天然的联系。该村占地面积 5.4 平方公里，全村1700多户，近两万人，曾经有超过两成的村民涉毒。"生意做不做，关键看博社"，博社村已经成为一些制贩毒人员探风冒险的"风向标"。

冰毒在陆丰成为公开的"摇钱树"，可鄢克贵总是与"摇钱树"擦肩而过。当年父亲说的"穷要穷得干净"就像魔咒在他身上产生超强的免疫力，到甲西的第一天，他就不停地给自己敲警钟。

2010年6月10日，一辆黑色本田小轿车开到陂洋治安检查站，接近卡哨时，却突然加大油门，想冲卡。正在执勤的鄢克贵见状，大喊"停车，停车……"并冲到车前方挥手将其拦截，协警吓出一身冷汗。

看到司机眼神闪烁不定，鄢克贵断定，这里面肯定有"猫儿腻"。他先礼后兵，向司机礼貌地敬个礼后说："请出示驾驶证。"司机神色迟疑，并没有掏驾驶证，而是惊慌地从皮包内抽出一沓百元人民币快速塞进鄢克贵手里，并说："阿Sir，我，我老婆在医院要生孩子，我着急走，这点儿钱你拿去喝茶买饮料。"

鄢克贵问："在哪家医院？"司机支支吾吾答不上来，鄢克贵厉声道，"对不起，请接受检查。"为防止意外发生，他一边推开司机拿钱的手一边趁其不备拔出车钥匙，并马上喊旁边的协警上车检查，果然在车后座搜出一包20多克的冰毒。

四、一缕目光一分点赞

喜欢的事情做得尽善尽美，关键是心中有大爱。这爱是一种给予，是像水一样自然流动的行为。

老大爷写的"你是好人"的字条让鄢克贵惭愧了好一阵子。9月的秋雨让人感到一阵阵凉，甲西派出所的一楼户籍窗口排满了群众。已近下午下班时间，鄢克贵发现一个排队的老人身体虚弱总在咳嗽，又十分焦急地来回走动。鄢克贵立即放下手头的工作，走过去问："大爷，我见你排了一天了，你办什么业务？"

大爷说:"我想给孙子办理户口。"

"原来是这样,真对不起,今天所长外出了,签不了字。你把入户资料放我这里,等所长回来了,我帮你找他签,签好后我打电话给你。我就住派出所,你随时可以来拿。"鄢克贵耐心地告诉老人。

开始老人没听明白,以为不给他办,很着急。鄢克贵反复解释,老人终于明白,连声道谢,留下资料和电话后,一步一回头离开了派出所。当天晚上,鄢克贵将资料递交所长审批签好后,他就打电话给老大爷让他第二天来取。

第二天早上,老人早早来到派出所。鄢克贵将资料交给老人,并嘱咐他下一步如何办理。老人很激动,一时说不出话来,直接向鄢克贵要了一支笔,从口袋内掏出"好日子"香烟撕了一角包装纸,在上面颤抖地写了几个字。鄢克贵接过一看,老大爷写的是:"你是好人,你是真正的共产党员。"鄢克贵手拿着那张纸感到脸上发烧,他并没有觉得高兴,而是觉得汗颜,他只做了这么小的事就得到群众这么重的感谢,看来还是自己平时做得太少了。

"跟群众打交道,最重要就是不要有架子,你尊重别人,别人才会尊重你,千万不要以为自己是一名警察就有什么了不起的。"鄢克贵感慨地说。

一次鄢克贵从派出所去双坑执勤点值勤,途中发现324国道边一棵大树旁有一个小女孩儿在哇哇大哭,职业的敏感驱使他主动走近询问。从小女孩儿语无伦次的回答中,他认定小女孩儿迷了路,于是把她带回执勤点。他边询问边通过公安网的人口信息查找她家详细住址,终于在晚上十点联系上了小女孩儿的家人。小女孩儿的父亲赶到派出所后,看到吃饱熟睡的女儿,紧紧握住鄢克贵的手,半天说不出话来。

陂洋是山区镇,因此比较封闭,辖区内很多老人很少外出,所以根本没有上过户口。2009年,国家实施新型农村社会养老保险政策后,很多老人因为没有户口,无法领取基础养老金。在得知这一情况后,鄢克贵利用自己的休息时间,到老人家中帮他们拍照、做笔录、写理由，帮助30多名老人办好了户口。

一天，一个聋哑女人一路小跑，跑到杂货铺门前，见到自己的两个孩子被绑在一根电线杆上，她哭喊着，围着电线杆转，想找人解开。"警察来了，警察来了。"人群中骚动起来。来人正是鄢克贵。他在所里听到有人报案后赶了过来，一看，被五花大绑的两个男孩儿才七八岁，面黄肌瘦，衣衫褴褛，小一点儿的背部被人打得青一块紫一块，两个孩子呆滞地看着围观的人。鄢克贵得知是杂货铺老板蔡某绑的人，便找到蔡某："他们还是小孩子，你怎么能下狠手打人。你这是违法行为。"蔡某说："他们偷了店里的东西，我只是想教训教训他们。"鄢克贵一听更来气："有你这么教训的吗？你这是违法，懂吗？"

当天晚上，鄢克贵来到孩子家，看到孩子的父亲在门口收拾一堆又脏又臭的垃圾。原来，这家是博社村里典型的贫困户，有五个小孩儿，最大的13岁，有智力障碍，最小的才一岁多。女主人因为又聋又哑无法干活儿，一家七口就靠捡垃圾为生。他看得有些心酸，马上掏出600元钱给了女主人。这之后，他每个月都给他们家送上100斤米。2016年元月，他终于为这家人争取落实到每月800元的低保。这家的五个孩子都没有上学，他又着手帮助他们联系学校，解决了老二和老三的上学问题，并与学校协商减免了他们的资料费等相关费用。最近，老三的手被烫伤，手指头伸不直，如果不及时做手术就有可能变成残疾，但手术费初步估计要三万元。鄢克贵又开始四处组织认捐并联系医院为孩子做手术。孩子父亲不善言辞，只会对别人说："鄢警察是自己人，自己人。"

异地从警20多年，一个外乡人要被当地群众当成自己人谈何容易，鄢克贵是用他的爱心和责任心换取的。

"我们认为他在这里当个民警很吃亏，还不如在我们村当农民种田。他太老实，又不伸手拿，还经常往外掏腰包，所以生活才这么苦。"这是双坑村村民阿宝对他的评价。

傍晚，斜阳余晖。甲西派出所二楼长长的走廊映满金黄色的光芒，窗台上几盆绿色植物十分茂盛。双坑村村民阿宝身着白T恤和牛仔短裤，趿拉着一双拖鞋，坐在鄢克贵办公室的木沙发上。

"每个到甲西的人都会变得很贪财，因为天天有毒品可以赚钱。但是他拒腐蚀，他立场坚定得很。"说话时阿宝双眼溜圆有神，他长得耳阔脸圆，光头，眉宇间透出精明，一边说话一边抖动双腿，有些激动，"我们乡下人素质高低不齐，纠纷、打架、伤害等各种矛盾经常发生，阿贵经常到我们村走访，因为是外地人，他不参与什么帮派家族，他处理案件公正，让我们心服口服。他身上有一种吸引你同他交往的东西。"

阿宝有些为鄢克贵鸣不平地说："我同他聊过，干吗不申请调回湖南？他说很难啊！除非回去不干这一行。我劝他做点儿别的，可以多赚点儿钱，毕竟做警察又累又危险。可他却对我说，兄弟，我只想干警察干到退休。"说到这儿阿宝有些动情，他把脸转向窗外，眼中闪动着泪光。

五、刀尖上的舞者

与毒贩周旋，向来要经过缜密侦查，否则不可预知的风险太多。鄢克贵从事内勤工作的 14 年中，大部分时间都是处理家长里短和鸡零狗碎的案件，没有经办过大起大落风险大的案件，可他骨子里有种"好战"的心。

这天，他迎来了第一次真枪实弹的案件。

清晨八点多钟，正在二楼备勤室查点装备的他听到楼下有人喊报案。他立马下楼，一位村民悄悄地对鄢克贵说，有人在大社寮村内制造毒品。当时，鄢克贵有些怀疑，一般人是不会这样明目张胆举报毒品案的。

这人是不是精神有问题，不正常啊？鄢克贵在心里想。此人见鄢克贵用怀疑的眼光打量他，立马从上衣口袋内掏出一包白色晶体神秘地说："这是我从制毒现场偷来的，我就怕你们不相信……"鄢克贵见状，用手指蘸了一点儿放在舌尖，感觉像是冰毒。他立马给所长打电话汇报。当时所里正式民警只有他一人，他请求所长向市局缉毒大队借人协助，可所长说："不行啊，现在通知来不及了，市局人手紧张，没人派。你带上协警，见机行事，能抓多少算多少。"

鄢克贵深感责任重大，他带上才招的四名协警和一名新警赶往案发现场。他将任务向五人进行了交代，并作了简单分工。然后，每人穿上一件防弹衣，他拿了一支七九式微型冲锋枪，给新警一支七七式手枪（没有上膛），因新警没有持枪资格，这支枪只是给他壮胆用。

他们分坐三台摩托车在报案人的带领下开往大社寮村。一路上尘土飞扬。他们的摩托车停在离现场较远处的一片杂草中，越过齐人高的草丛能看见前方两百米处有一幢两层高的老砖房，青石砌的墙，墙头爬满绿色的藤类植物。根据地理环境，鄢克贵让一名稍有经验的协警配合新警把守屋后的小门，他带上另三名协警准备从前门进入。结果发现前门锁住，但铁门上有一个小方窗，可通过窗口看见院子内有一两部机器在吸气并冒气泡，鄢克贵估计是在分离冰毒原材料麻黄素。

待确定该栋楼的前后门窗都已安排我方人员把守后，行动开始。

"嘭嘭嘭"，他们敲打着铁门，只见里面有两个男子跑过来准备开门，鄢克贵刚想隐身窗边，但已来不及，他的警服被门内的男子看见，只听到有人往回跑。他们立即用脚踢门，但怎么也踢不开。旁边的一扇窗已从内部钉死。他们发现隔壁有一栋无人居住的烂房子，准备从那儿进入后再想办法。结果，他们发现有一个人正从烂房子的窗口伸出头张望，意欲跳楼逃跑。鄢克贵情急之中朝天开了两枪，意欲逃跑的嫌疑人将头缩了回去。鄢克贵用身体一边堵住窗口，一边喊道："不准跑，全退回去，你们已被包围了。"

此时，屋内的嫌疑人将一根木棍伸出窗外拼命砸鄢克贵，鄢克贵的手臂被木棍打了几下，为震慑其猖狂行径，鄢克贵又开了七八枪。与此同时，守候在前门的三个协警破门冲了进去，看到一个嫌疑人还想往外逃，鄢克贵急中生智喊道："你们已经被包围了，有一个已经被打死了，再跑你们就死定了。"这个嫌疑人听到后举着双手从二楼下来，被协警冲上去抓获。鄢克贵他们进到屋内，经过搜查，发现二楼有一个衣柜，鄢克贵用枪指着衣柜门喊："快出来，不出来我就开枪了！"连喊了两声，都没有动静。他猛地拉开柜门，被眼前的一幕吓了一跳，衣柜内站着一个面色死灰、浑身僵硬的女人，原来这名女嫌疑人被吓昏过去了。

控制了一男一女后，鄢克贵又踢开天井内锁住的一房门，发现屋内床上有一人正蒙头大睡，鄢克贵一把将其从床上揪起来反铐住："装啥装?！"

此刻，天下起大雨。雨水清洗着村庄，空气中弥漫着泥土的清香，路边的芭蕉树在雨中显得格外青绿，原本灰头土脸的村庄经雨一洗立马显得山清水秀。鄢克贵浑身被雨水浇了个透，这时才感到被毒贩用木棍打伤的手臂痛了起来。他们成功抓获三名制毒嫌疑人，现场缴获制毒原料麻黄素药水两大桶（约500公斤）以及疑似毒品结晶体约10公斤，案值600多万元人民币。

人是在不断自我完善、自我训练中成长的。鄢克贵在甲西派出所经办的刑事案件中，有70%至80%的案件涉毒。

2014年10月17日，一个寻常的日子。鄢克贵在派出所食堂吃完早餐后，点燃一支烟站在院子内凝视着大门上方迎风招展的四面红旗，旗帜很红。院子白色的围墙斑斑驳驳，但在阳光下似乎显出一种生机来，墙的裂缝中长出一株株野草，院内七八棵荔枝、龙眼树已硕果累累。鄢克贵的内心涌动着一种莫名的激情。

昨晚有线报称："涉毒通缉犯陈某已经偷偷潜回老家张厝村，今天早上他们准备和两名男子进行毒品交易。"抓捕计划很快敲定，鄢克贵摁灭手头的香烟，右手下意识地按了按腰间的那把七七式手枪。八点半，所长吴木强召集大家讨论抓捕行动方案。

作为分管缉毒的副所长，鄢克贵承担一线抓捕任务。张厝村是隶属于甲西镇的一个村庄，靠近省道，路窄巷细。上午九点，三辆民用汽车不动声色地开进张厝村，沿路杂草丛生。进入村口，鄢克贵带领两名辅警转乘摩托车，朝线报所指的巷子驶去。约十分钟对家庭、婚姻、幸福的定义多种多样，刘爱芝在鄢克贵心里就代表幸福。16年的千里遥望反而让他们将婚姻磨砺得更加深厚、更加辽阔。他们让我想起作家杨绛的话："我们三个人，很单纯。我们与世无求，与人无争，只求相聚在一起，相守在一起，各自做力所能及的事。"

7月9日这天上午，我们驱车到达湖南桃源县郊区，穿过郁郁葱葱的树林来到一个村庄的路边。车在一栋二层的破旧楼房前停下，这是刘爱芝在桃源县租的收购中药的仓库。鄢克贵已经有一年多没有回家了，坐在我们身边的他似乎十分平静，眼睛一直看着车前方，流露出一种期待。而我的内心却澎湃着一种期待、渴望，或许，我们比他更急切地想见到他的妻子刘爱芝。

我们的车停下后，看到刘爱芝正在楼上搬运药材。听到我们的喊声，她才大汗淋漓地走下来。

我计算过鄢克贵回一趟湖南老家的路程：从陆丰坐三个半小时车到广州，再坐一小时的地铁到火车站，然后从广州火车站坐11个小时火车到常德，再坐高铁约32公里15分钟到桃源。如果看望父母，还要从桃源坐汽车三个多小时到达家乡白洋村。我终于明白了16年他们夫妻靠电话维系着的爱是多么沉重，也更让人敬重。

当那束午后的阳光照射在倚在门边的刘爱芝的脸上时，我感到一个女性、一个妻子、一个母亲为了支撑一个家历尽沧桑的坚韧。是这样一个女人，撑起了一个基层民警的天空。

面前小院的地上晒满了中药材黄精，四周是青翠的树木、花草。药香、花香和泥土的香味迎面袭来。家是人生的港湾，我们每个人都渴望港湾的温馨宁静，可以无忧无虑地尽享天伦之乐。但是刘爱芝没有想到，她的婚姻从一开始就走上了一条与大多数人不同的路，这是一条常人难以忍受的情感之路：1996年12月27日，刘爱芝奔赴陆丰与鄢克贵举行了婚礼，四年后，便开始了两地分居16年的"走婚"生活：借钱—搬家—找工作—为女儿求医—长途探亲，日子在颠沛中度过……直到2009年，38岁的刘爱芝才拥有真正属于自己的家。下午，我们从刘爱芝收集药材的仓库来到这个家,在桃源县城某住宅小区七楼。

屋里收拾得十分整洁。这是刘爱芝用自己打拼赚的钱以每平方米 900 元买下的 80 平方米的两室一厅。"我终于有家了。"她说得有些苦涩,"结婚十三年一直过着流浪一样的生活,经常搬家,四处租房。我记得第一次有家就是租住那个'鬼屋'。当时一见那屋里的情形,我心里就怕得慌,可我不能让克贵知道,就强装满意。但我不能让女儿长期住那样的房子啊。当初嫁给鄢克贵,知道他做警察没多少钱,但没想到这么苦。当时挺失落的,可我没时间伤心。我认了!好在我很会借钱……"她有些自嘲地笑了。

刘爱芝说:"现在桃源这个家克贵也无法享受啊。一年也就春节回来住个十来天又走了。每次回来他就像给我们母女俩赎罪一样,所有家务全包,什么都不让我做,女儿要什么他都答应。"说到这儿,她背过脸去,"十六年了,想想挺惨的……"这个坚强女人的眼泪还是控制不住流了下来。

一天深夜,刘爱芝上吐下泻,又染上流感,吃了药还是头痛,严重到去医院的力气都没有,好在她是护士学校毕业的,自己在家给自己打针。眼看种植了四年的黄精已进入收割期要烘烤,因为身体太虚弱了,她只得打电话让鄢克贵安排休假回家帮忙。可鄢克贵一接电话就说很忙,走不开。她第一次向克贵发火:"你那么点儿工资,天天说忙,谁让你帮忙你都干,就是你老婆需要时你说忙,真是蠢到死……"气头上,这个湖南女子把一腔的不满倾吐了个干净。

鄢克贵却在电话的另一头说:"我拿工资不干活儿,我干什么?我要对得起那点儿工资……老婆,委屈你了,你自己想想办法吧。"当时,没等他说完她就挂了电话。最后,3000 多斤黄精她还是靠自己搬运,然后又一袋一袋背去借别人的烤房烘烤的。她可是这个家的经济支柱啊,她没有时间、没有资格生病。

刘爱芝记忆中印象最深的一件事是她把女儿连夜送到火车站,让她找爸爸去。每次想起这事,她的心就会酸酸的。

那年女儿读初二，成绩从前三名直降到900名，因为女儿鄢宁骏特别喜欢画漫画，那段时间沉迷于漫画小说。一天，刘爱芝发现女儿没睡中午觉，而是在看漫画小说，她就责骂女儿，女儿却顶嘴说："我不读书了。"

刘爱芝一听就火了，上去就打了女儿一巴掌。女儿却哭喊道："我就不读书……我要爸爸。"刘爱芝一听，心里又气又难过。气头上，她带上女儿就从桃源赶往常德火车站，在卖票窗口刘爱芝对女儿说："这次去陆丰就不要回来了，你爸爸有本事让你去读书就读，读不了你就打工。"倔强的女儿仍不吭声。刘爱芝一气之下，真买了两张到广州的火车票。直到离检票时间还差十分钟时，刘爱芝又问一次女儿："这是我最后一次问你，是去爸爸那儿，还是回去读书？"

这时，女儿低着头眼泪吧嗒吧嗒地掉了下来："回去。"说完就抱着妈妈哭起来，"妈妈，我错了……"

之后，女儿成绩又升了回来。她看到女儿藏起很多画，发现其中有一张是画她爸爸的漫画，画得很像。原来女儿说过不画爸爸，因为一画就会很想他，会想得哭。女儿这张画让刘爱芝鼻子发酸。从那以后，放假时她就会把女儿送到陆丰与爸爸一起住上几天。

自从刘爱芝离开陆丰带女儿回到桃源县，生活便给了她一个重大的挑战：她曾经为了1000多元生活费当过保姆；她曾借款投资种植金银花药材，却因种植不当全部晒死，血本无归，怕丈夫压力大，她一直没敢告诉他；她曾因口袋里只有两角钱买不上一个包子而饿了一天……

刘爱芝扭头看着窗外说："虽然我们在这边，他在那边，目光接触不到，但是我们的思想和灵魂是统一的，精神上相互支撑着。我的愿望就是女儿考上一所好大学，找个好工作。我以后就到陆丰陪克贵到退休，过上两人在海边散步聊天、喝喝茶吹吹海风的日子……"

鄢克贵在一次报告会上发言说起爱人和女儿："她们是我的生命，也是我的最爱。可我不得不对妻子女儿说声对不起。"妻子女儿是他人生大海中的锚，虽相隔千里，他却在孤独中体味着这份遥远的温情。而这份遥远的爱支撑着他的梦想，梦想则丰盈着他的婚姻，这是一个草根民警独特的人生轮回。

后记

  一个会享受孤独的人是真正超脱于物外的，将一切看得云淡风轻。正如一株小草默默地孤独地生长着，风雨不改，依然释放着一丝丝春绿，装点着大地的春色。

  2014年4月22日，是一个寻常的日子。早晨，太阳照旧升起照耀大地，照在陆丰甲西派出所的院内。院内的荔枝树和龙眼树在充足的太阳光下轰轰烈烈地生长，茂盛的绿芽争先恐后排列枝头，展示着绿油油的新装。这一天对于鄢克贵来说，阳光直接照进了他的心里。

  早晨九点多钟，鄢克贵在一楼会议室背对着大门，蹲在墙根修电脑，十分专注。

  这时，派出所大院开进一辆米黄色的中巴，一群人从车上下来，走在最前面的是一位高个儿中年男子，儒雅中透着一股英气。他抬头看了看院子五层高的办公楼，只见外墙正中有八个红色的大字标语"弘扬正气，铁腕治乱"，金色的阳光投射在上面格外耀眼。他微笑着跨进一楼会议室。

  鄢克贵听到声音，扭头一看进来很多人，马上站了起来，双手抹了抹脸上的汗水。这时，郑所长指着他说："省长，这是我所内勤民警鄢克贵。"

  鄢克贵这才认出站在自己面前的是广东省副省长、公安厅厅长李春生。鄢克贵紧张得一脸通红，不知所措地把双手在腰间擦了擦与李春生握手："省长好！"

  李春生看着面前这位身穿深蓝色战训服、精神气十足的民警问道："你在这里干多长时间了？"

  鄢克贵用带着湖南口音的普通话回答："在甲西干了两年，陆丰有二十一年了。"

"你好像是外地人?"

"我是湖南人。"

"你家在哪里?"

面对领导的关心,鄢克贵慌乱间回答说:"我,我没有家。"

李春生副省长一下子纳闷了:"你没有成家?"

鄢克贵慌忙解释:"是这样,我老婆女儿在湖南,我住派出所,嘿嘿,十多年都这样啦。"

鄢克贵随意的回答让李春生副省长心里涌起一层波澜。他神色凝重起来:"陆丰害群之马不少,像你这样默默工作、勤勤恳恳安心扎根陆丰的不多,你是'常在河边走,就是不湿鞋'的典型,我记住你了。"鄢克贵的手被李春生副省长紧紧握住。

鄢克贵像一株默默生长在墙角的小草,突然被阳光洒满全身,一股暖流流过,他眼窝湿润了。

这次会见,无疑给他的人生注入了新的活力。

随后,广东省公安厅对鄢克贵进行了考察,于2014年8月,将鄢克贵提拔为代理副所长,被省公安厅授予一等功臣的荣誉称号。

他用千万个恪尽职守的日子诠释了"爱岗敬业,无私奉献"八个字的精神内涵。

10月是收获的季节,湛蓝的海水在纯净的苍穹下格外明净,无风的海面在晨光下波光粼粼。清晨,鄢克贵走在岸边,风吹动他的思绪,手机里传来妻子的声音:"你在做什么?身体怎么样⋯⋯"